KB071074

10편의 소설 / 10폭의 그림 / 8인의 화가와 함께 좋은 그림을 찾아가는 여성

좋은그림찾기

김해미 창작집

문학공감 도서출판

'좋은 그림'을 찾아볼까요

등단한 지 23년 만에 첫 창작집을 내려 하니 부끄럽기 짝이 없다. 부지런한 분들은 2, 3권은 기본이고, 10권은 족히 내고도 남는 세월이다. 1년에 단편소설을 한 편씩만 써도 23편은 써야 마땅하다. 그릇 탓이다. 게으름 탓이다. 뼛속 깊이 반성한다.

그나마 한 가지 위안은, 언제부터인가 내 소설이 회화작품과 콜라보하는 아름답고, 의미 있는 창작집을 꿈꾸었는데 드디어 그 꿈을 이루게 된 것이다.

내 취지를 이해하고, 기꺼이 그림 파일을 건네준 든든한 화가 친구(선배 및 동료)들에게 마음으로부터 감사의 말을 전한다. 그들의 작품이 내 단편소설과 만나 독자에게 무한한 상상력을 자극하고, 아름다운 여운을 주기를 기대한다. 참으로 진지하게 그림을 그리는, 그림밖에 모르는 순수한 지기들이다. 첫 창작집을 그들과 함께 하다니, 정말 나는 행운아다.

또한, 반세기 만에 다시 만났음에도, 흔쾌히 발문을 허락해 주신 허 선배님에게도 감사를 전한다.

어려서부터 소설가의 꿈을 키워왔지만, 아직도 드러내놓고 소설가임을 말하지 못할 만큼, 나는 스스로 생각해도 미진한 구석이 많은 소설가이다.

세상의 그 누군가 단 한 사람에게라도 감동을 주는 이야기를 쓰는 것. 그것이 나의 소설 쓰기의 대명제인데, 그 기준으로 볼 때 스스로 부족함을 느껴서이다. 최근에 몇 분으로부터 격려를 받았다. 나름으로 용기가 생겨나는 중이다.

이미 선험했거나, 내 스스로 감동을 받은 이야기밖에 쓰지 못하는 내가, 갑자기 뭐 그리 대단한 이야기를 다룰 수 있을까. 앞으로도 나는 내 너듬이에 잡힌 소소한 이야기들을 토대로 그렇게 세상과 소통할 것이다. 다만 얼마 전까지 주변의 예술가들에게 포인트를 맞추었다면, 이제부터는 좀 더 다양한 인간군상들에게 포커스를 맞춰나가고 싶다.

다행히도 인간의 수명이 나날이 늘어나고 있다. 나에게도 소설을 쓸 수 있는 시간이 엄청 많이 남아있는 셈이다. 이제부터라도 남은 시간은 최대한 알뜰하게, 아껴가며 살아야겠다.

창작집 발간을 계기로 나의 손가락 끝이 제대로 탄력이 붙기를, 그리하여 거침없이 자신이 소설가임을 드러내도 좋을 상황이 되기를, 또한 이 글을 읽는 누군가에게는 어떤 의미로든지 작은 희망이 싹트는 시간이 되기를 이 여름, 소망해본다.

2016년 이른 여름, **김해미.**

차례

작가의 말　'좋은 그림'을 찾아볼까요　4

11　롯의 아내

31　이등변 삼각형

57　접붙이기

79　홀로 아리랑

105　좋은 그림 찾기

127　황혼이혼에 대하여

151　수의(壽衣)

175　유나

201　봉호 오라버니

217　동지미국 전(傳)

발문　자신 있는 사람만이 쉽게 말하고 쉽게 쓴다　239

반인반수 　　　　김태훈

우정 　　　　정장직

매화중독 　　　　이종협

금강무지개 　　　　정명희

지도그리기(뉴욕) 　　　　김여성

소도 　　　　이재호

자연과 인간 　　　　박인규

Camellia on the paper 4 　　　　이종협

A/P blue & jazz 40 　　　　유병호

꼴라쥬 98-A 　　　　김여성

김태훈   반인반수   2012 / 125x85cm / c-print

롯의 아내

"뵙게 되어서 반갑습니다."

"저도 마찬가지예요."

"점심은 드셨나요?"

"그럼요, 커피까지 들고 왔답니다."

의례적인 인사가 오가는 동안에도 나는 여자의 얼굴에서 눈을 떼지 못했다. 꼭 어디를 꼬집어 아름답다고 할 수는 없는 얼굴이었지만 나름대로 사람의 시선을 끌기에 족한 얼굴이었다.

앉음새를 고쳐가며 여자의 얼굴을 뜯어보는 동안, 나는 꺼진 눈두덩과 함께 나이와 달리 세상살이에 달관한 듯한 눈빛이 자아내는 여자의 묘한 분위기에 빠져들었다. 거기에 선이 분명한 입술, 무엇보다도 그 모든 것이 조화되어 피어나는 여자의 미소는, 어떤 알지 못할 마력이 되어 온 방 안을 압도하는 것 같았다.

됐다. 저 정도의 얼굴이면 예상외의 수확을 얻을지도 모른다. 나는 속으로 쾌재를 불렀다.

소개를 해준 미세스 유가 과장하여 나의 이력사항을 피력하기 시작했다. 적당한 대목에 이를 때마다 여자는 잊지 않고 고개를 끄덕여 보였다. 이윽고 미세스 유의 설명이 끝나자 여자가 내 눈을 똑바로 바라보면서 속삭이듯이 말했다.

"몇 달째 남편이 외국에 나가 있답니다. 남편을 위해 특별히 선생님을 모신 거예요. 부끄럽긴 하지만 여자 분이시라 용기를 낼 수 있었구요."

그러고 보니 가구며 소파, 벽에 걸린 세 점의 유화작품, 페어 그라스를 통해 바라보이는 베란다의 벤자민 두 그루까지가, 며칠 전 이웃집에서 빌려 본 '거실 인테리어'라는 책에서 제시한 기본 모델과 거의 다름이 없었다. 예외가 있다면 한쪽 벽면의 거의 대부분을 차지하고 있는 족히 200호는 될 듯싶은 대형 그래픽 작품인데, 이것은 아파트의 단조로움을 깼을 뿐만 아니라 이 집의 전체적인 분위기를 고양시키는데 한몫을 단단히 하고 있었다.

이때껏 적지 않은 집을 방문했지만, 이 집처럼 극도로 절제된 가구가 꼭 필요한 자리에 제대로 박혀있는 집은 드물었다. 커튼은 물론이려니와 방석과 쿠션, 그 밖의 자질구레한 장식품 일체도, 일류 디자이너의 손으로 만들어진 것 같이 새로우면서도 조형적인 세련미를 보여주고 있었다. 빼어난 안목이었다. 웬만한 재력 아니면 감히 흉내도 못 낼 일이기는 했다.

아르바이트를 통하여 내가 만나게 되는 예사의 집은 비록 고가의 가구들로 들어차 있다 해도 언제나 나에게 쓴웃음을 짓게 했다. 알만한 건축가가 설계했다는 집조차 주인의 대단치 않은 안목 덕분에 형편없는 실내 분위기를 연출하는 것도 여러 번 목격한 바 있다. 더욱 어처구니없는 일은 그런 집의 안주인일수록 자기 자신과 가족에 대해서 터무니없는 자랑을 가지고 있는 점이다.

"카세트테이프도 보내고 편지도 자주 하지만, 이번에는 제 모습이 담긴 사진을 보내서 남편에게 기쁨을 주고 싶어요. 곧 남편 생일이 돌아오거든요."

남향인 아파트의 실내는 자연광만으로 촬영이 가능했다. 나는 되도록이면 자연광을 이용하여 '여자의 하루'를 촬영하기 시작했다. 특히 예의 미소를 중요시한 것은 말할 것도 없다.

북향인 부엌에서는 후레쉬를 사용할 수밖에 없었다. 그리고 예정된 마지막 스케줄로 나는 여자의 누드를 찍게 된 것이다.

언제나처럼 침실에서부터 촬영에 들어가기로 했다. 아마추어 모델의 경우 자기 집 침실만큼 안정감을 주는 장소는 드물다. 아무리 스스로가 원해서 마련한 자리라 해도 서툰 모델 노릇은 진땀이 나게 되어 있다. 모든 사진이 다 그러하지만 누드 사진을 찍을 때 모델의 심리상태는 기가 막히도록 정확하게 작품에 반영된다.

가능한 한 모델의 기분을 쾌적하게 해줄 것. 친구처럼 언니처럼 스스럼없이 대해줄 것. 어떻게든 가급적 빨리 한마음이 될 것. 이것이 다시 인물 사진을 하게 되면서 내가 터득한 좋은 사진 만들기 첫째 단계이다. 거기에 아름답게 찍히려는 모델의 노력과 보기 좋고 더욱 기억에 오래 남을 작품을 만들겠다는 찍는 이의 마음이 합쳐진다면 보나마나 그 사진은 성공이다.

여느 집 침실에 들어설 때마다 나는 그 방의 주인이 풍기는 각기 다른 개성의 분위기에 움찔한다. 대부분은 안주인의 분위기에서 그 집안의 전체적인 분위기가 추측되고 그 추측은 일단 정확하다. 그러나 웬걸, 거실은 돈만 많이 들인 대신 별다른 개성이 없는 반면, 침실만큼은 최대한으로 평안하고 안락하게 꾸며져 있는 것을 숱하게 체험한 나였다.

역사는 밤에 이루어진다잖아. 성공한 남자 뒤에는 반드시 어떤 면으로 든 탁월한 아내가 있기 마련 아냐. 그러게 베갯머리송사라는 말이 나왔지. 아르바이트를 주선해 준 정애에게 감사하는 마음으로 저녁을 사면서 그동안의 느낌을 말했을 때, 그녀가 의미심장하게 웃으며 덧붙였다. 배워서 남 주니?

이 집도 예외는 아니어서 거실과는 전혀 다른 분위기의 침실에 들어서면서부터 나는, 나도 모르게 피식 삐져나오는 웃음을 삼켜야 했다. 우선 눈에 들어온 것이 대형 더블침대였다. 그것은 그 굉장한 크기로 나를 압도했는데, 특히 머릿장 부분에 붙어있는 발가벗은 남녀가 엉켜있는 목각 장식은 흡사 로댕의 작품 '지옥의 문'을 연상시켜 나를 혼란시켰다. 벽면에 부착된 두 점의 판화 역시 춘화나 크게 다를 바 없었다. 허긴 피카소도 저만한 그림은 에칭으로 숱하게 남겼지 않았던가. 유명화가가 그렸으면 명화이고 그렇지 않으면 춘화로 보이는 내 눈에 이상이 있는지도 모를 일이었다.

불현듯 ㅋ동에서 있었던 촬영 장면이 떠올랐다. 스물다섯 안팎의 그녀는, 침대 윗부분에도 네 군데 기둥을 세우고 핑크색에 흰점을 찍은 중세풍의 레이스 커튼을 쳤었다. 커튼을 부제로 한 그녀의 누드 사진은 얼마나 선정적이었던지! 바로 그 사진 뒷면에 자신의 연락처를 명기하면 만사오케이가 될 것이라며 그녀는 기뻐했었다. 나이보다도 앳되어 보이는 데다가 해맑은 피부를 가지고 있어서 언뜻 보기에는 대학 2학년생밖에는 보이지 않던 여자였다.

후에 그녀는 내게 자신의 친구 몇을 더 소개하여 주는 친절을 잊지 않

좋은그림찾기

았다.

예행연습과도 같은 몇 컷의 침실촬영이 끝난 후 이번에는 거실을 배경으로 한 촬영에 들어가기로 했다. 화인다를 통해, 삼십 후반이 되었다고는 좀처럼 믿어지지 않을 만큼 탄력 있고 아름다운 여자의 누드를 본 직후에 결정한 일이었다. 더구나 이 집의 거실은 사진촬영을 위한 세트로도 손색이 없지 않은가. 거실 곳곳에서의 촬영이 끝난 후에는 양탄자 위에 드라이플라워와 생화 몇 송이를 배치한 후 역광을 이용하여 촬영하기도 했다. 그 순간만큼은 나도 마치 이 계통의 귀재로 알려진 '자크 알렉상드로'라도 된 기분이었다.

"이런 포즈는 어때요?"

여자는 천부적인 모델이었다. 나는 신이 났다. 모처럼 사진다운 사진을 찍는구나. 정애에게 이 사진을 보여주면 무어라고 할까. 그보다 이 여자와 함께 야외촬영을 하면 어떨까. 얼마 전 동해안 여행 중에 보아두었던 청송리 바로 그 괴암의 신비한 자연과 이 여자는 얼마나 조화로울까? 아니 나의 임의대로 분위기를 연출하여 다시 한 번 촬영에 임할 수만 있다면….

나는 마음껏 셔터를 눌러댔다. 찰칵 차아―ㄹ칵. 셔터 속도에 따라 달라지는 셔터음을 즐기며, 나는 일찍이 느껴보지 못한 기쁨과 기대감에 부풀어 있는 나 자신을 깨달았다. 참으로 오랜만에 느끼는 신선한 포만감이었다. 이제야말로, 나도 무엇인가 새롭게 시작할 수 있을 것 같은 예감까지 들었다.

"팔이 떨어져 나갈 것 같아요."

실내용 조명등을 들고 나의 작업을 돕던 미세스 유의 말이 아니었다면 나는 더욱 셔터를 눌러댔을 것이다. 나의 첫 고객이기도 했던 그녀는, 최근 사진에 매료되어 시간이 날 때마다 자신이 찍은 사신을 가시고 와서 내게 조언을 구하기도 한다. 그녀는 내게 심심치 않게 고객도 소개해 주고 있다. 뿐만 아니라 내가 요청만 하면 아무리 바쁜 날이라도 시간을 쪼개 달려와 나를 거들어 주곤 한다.

"아직 몇 커트 더 찍을 수 있지요?"

미세스 유를 쉬게 하고 여자의 은밀한 시선을 따라 침실로 들어섰다. 별다른 생각 없이 따라 들어서기는 했는데 막상 단둘이 되고 보니 일순 이상한 기분이 되었다. ㅌ동에서의 별스러운 촬영장면이 새삼 떠올랐던 것이다. 단순히 일진이 나빴다고 치부해 버리기에는 영 개운치 않던 뒷맛, 그날 이후 나는 얼마나 의기소침했던가. 또다시 그런 일이 생긴다면 그냥 귀싸대기를 후려치고 말 테다. 나는 적어도 사진작가야. 그처럼 너절한 점박이 찍기 따위는 사양하겠어.

북두칠성같이 일곱 개의 점이 있다는데 당최 보여야 말이지요. 사례는 따로 후하게 드릴 테니 그걸 꼭 좀 찍어줘요. 같은 여자니까 부탁하는 거예요. 그 점에 내 복이 다 들어있다지 뭐예요? 얼마나 궁금했다구요. 내 몸 중에 제일 중요한 건데 제대로 보고나 죽어야 할 게 아니겠어요.

대체 저 나이에 무슨 심정으로 볼품없는 제 나신을 사진으로 남기고 싶을까 생각되는 여자였다. 그러면서 엉뚱하게 자신의 은밀한 부분에까지 카메라 렌즈를 들이대게 하는 철면피한 면상이라니. 아니 무엇보다 그런 지경에 이르러서도 태연을 가장하며 촬영을 마친 나에 대한 혐오감이 더 견딜 수 없었다. 단지 돈 때문이었을까? 새로 마련하느라 애먹은 독일제 중형 카메라 핫셀 때문이었을까?

내 고객들은 자신의 모습이 그대로 재현된 상태라 해도 더러는 불만을 표시했다.

– 내가 이렇게 볼품없이 늙다니 세월이 참 한스럽군요.

– 눈가에 생긴 이 주름살을 좀 제거해야 할까 봐요.

– 이번에는 가슴의 성형수술을 받아 볼까요?

그런가 하면 일 년에 7kg의 살을 뺐다는 ㅈ동의 여사장은 제가 생각해도 대견한지 만족한 표정을 지으며 말했다.

– 비만관리실을 그만 다녀도 되겠지요?

더 늙기 전에 정말 꼭 한 장 가지고 싶었던 사진이었노라고 고백하는 측들도 예상외로 많았다. 제 서랍 깊숙한 곳에 넣어두고 은밀히 자신의 나신을 바라보는 기쁨.

그들의 심리상태를 모르는 바 아니므로 나는 틈나는 대로 앵그르의 '오달리스크'나 '발팽송의 욕녀'의 명화 같은 보조 자료를 통한 포즈 연구, 또 적절한 인화기법을 동원하여 그들에게 단순한 '사진' 이상의 낙(樂)하나를 제공하고 있는 셈이다.

다행히도 여자는 가슴선을 강조하는 토르소 형식의 사진을 부탁했다.

"사진이 마음에 들면 확대해서 걸어두고 싶어요. 얼굴이 없으면 주인공이 나인지 알게 뭐예요? 침실에 걸어두면 참 재미있을 것 같아요. 선생님, 잘 좀 부탁해요."

남다른 욕심을 가지면서도 나는 끝내 여자에게 모델제의를 하지 못한 채 아파트를 나서고 말았다. 비밀이 보장된다는 전제 아래서 맺어진 거래이기 때문일까. 운을 떼기가 여간 망설여지는 게 아니었다. 어쨌든지 사진만 잘 좀 나와 주라. 사진을 건네주며 부탁을 해도 결코 늦지는 않을 것이라 여겼다.

토요일 오후 1시, 행복 미용실에서 2시 예식의 신부 J양. 일요일 오전

10시, 무지개 미용실에서 12시 예식의 신부 K양.

스튜디오에 들어서자마자 서둘러 내 스케줄이 메모되어 있는 흑판에 다가갔다가 나는 곧 당혹했다. 남편은 주말마다 반복되는 나의 근무를 일단 긍정적으로 받아 들여가고 있을 것이다. 그것은 파리유학을 담보로 한 아버지와의 치열한 신경전 끝에 남편을 택한 이후, 내가 감당해야만 했던 적지 않은 질곡에 대한 그의 보상심리와 무관하지 않을 것이다. 내가 지나가는 말처럼, 영상 스튜디오에서 사진기사로 나오라는데 나가볼까 했을 때, 남편은 눈을 반짝 빛내기까지 했었다. 내 주 업무가 고작 남들의 애경사(哀慶事)를 촬영하러 가정을 방문하는, 이른바 출사촬영뿐임을 알렸을 때조차, 그는 무조건 환영하는 뜻을 표했다. 연애시절까지만 해도 친구들의 결혼식장에서 후레쉬 펑펑 터트리고 다니는 내 모습이 별로 보기 좋지 않다던 이였다. 왜 그렇게 티를 내고 다니니, 알아줄 사람은 다 알아주는 실력 아냐? 좀 조신하면 좋겠어, 그렇게도 말했던 것 같다.

약혼, 결혼식은 왜 주말에만 이루어질까. 평일에 그러한 행사를 하면 나 또한 주말을 가족과 함께 보낼 수 있으련만….

스튜디오에서의 내 일은 약혼, 결혼식 한두 시간 전에서부터 시작하여 예식의 전 과정을 촬영하는 연출사진이다. 일생에 가장 아름다운 날을 위하여 신부는 정성껏 화장하는데 나는 신부의 화장하는 모습부터 놓치지 않고 카메라에 담는다. 촬영의 재미로 말하면 이보다 더 즐거운 일은 없다. 세상에서 가장 행복하고 아름다운 한 쌍의 남녀, 그들의 사랑스러운 모습을 담는 일은 아름다운 세상을 확인하는 일이기도 하다. 화장이 끝나고 결혼식이 시작되기 전까지 예정된 시간 안에 촬영을 마치고 돌아와 다시 결혼식 광경을 마무리하려면 최소한 세 시간은 소요된다. 식장 주변에 대학교라든지 공원이 있다면 일이 조금 수월하기는 하지만, 어쨌든 사전답사는 필수적이다.

문제는 이번 일요일만큼은 아이들과 약속이 있으니 양해해 달라고 누누이 말해 두었는데도 불구하고 또 스케줄이 잡혀있다는 점이다. 토·일요일을 위한 출사 기사라고 해도 과언이 아닌 내가 어찌 예정된 일을 피할 수 있을까. 주말에 국한되다시피 하는 일을 택한 것 자체가 애당초 주부로서의 내 위상에 적지 않은 타격을 준 셈이다.

그러나 이번은 엄연히 내 입장을 사전에 충분히 설명하여 둔 바 있는 터이다. 그럼에도 굳이 내 스케줄을 잡아 놓은 것은 무엇 때문일까. 누구에게라고 할 것 없이 화가 치밀기 시작했다. 따져볼 양으로 장(張)에게로 갔다. 장은 '스튜디오 영상'의 책임자급 사진 기사이다. 그는 며칠 전에 부탁받은 식품회사의 홍보사진을 정리하느라고 눈코 뜰 새가 없다.

나를 힐끗 쳐다본 장이 나의 항의를 받고 나서야 생각난 듯이 내뱉었다.

"모델을 한번 보고 나서 말씀하세요. 정 선생님에게 딱 어울리는 모델이라서 나도 모르게 정했는데요. 그런 모델 놓치면 후회하실 걸요."

연출사진의 경우 모델이 웬만하면 촬영도 자연 흥미로워지게 되어 있다. 작품으로서의 품격을 결정하는 것이 모델이기 때문이다. 동료들 사이에서도 모델 복이 있다는 부러움을 받게 된 이면에는 모델 덕분에 어부지리로 좋은 작품을 많이 낸 나에 대한 시새움이 섞여 있다는 것도 나는 안다. 반드시 미남 미녀가 아니어도 사진이 될 확률이 많은 모델이 있는 법이다. 신부 화장을 한 후에 완연하게 달라지던 여자애들의 얼굴, 이상하게 내게는 그런 모델이 잘 걸려들곤 했다.

결국, 스케줄의 그물은 '모델'인 셈이다. 이 그물에 걸려든 이상 나는 또 물러서게 되어있다. 남편은 이번에도 두 아들을 데리고 미술대회에 참석해 줄 것이고, 큰애는 언젠가처럼 '엄마는 사진에 미쳤다'고 일기에 쓸 것이다. 사진에 미친 엄마, 나는 처음 그 대목을 읽고 황당하여 눈물이 찔 끔 나올 지경이었다. 그날 나는 학교에서 돌아온 큰애를 붙잡고 물었다.

"엄마가 사진에 미쳐서 많이 불편했니?"

"아—니."

"그럼, 사진에 미친 엄마가 미워?"

"아—니."

"엄마가 사진을 그만두고 예전처럼 집에만 있을까?"

"사람은 누구든지 자기가 하고 싶은 일을 할 때 제일루 행복한 거래. 그 런데 내가 왜 그걸 막아? 내가 그림 그릴 때, 지호가 심술부리면 한대 먹 여주고 싶은데…."

다만 이따금 만이라도 가족 동반하여 나들이를 하고 함께 미술대회 같 은데도 가자는 것이다. 꼭 집에 있겠다고 약속한 날에 〈엄마, 사진 찍으러 급히 나간다.〉는 메모를 보면 얼마나 맥 빠지는지 모른다는 아이의 말이 었다.

내가 영상 스튜디오에 애착을 가지고 있는 것은 암실 이용이 자유롭다 는데 있다. 매일 근무가 아니고 필요할 때만 호출되어 일을 맡고 있는 이 상, 암실이용을 제한받는다 해도 어쩔 수 없는 일이다. 그런데도 이곳에 서는 아침 7시부터 밤 12시까지 암실을 개방하는 편이다. 암실이 없는 내 게 이것은 얼마나 큰 혜택인가 말이다.

머지않아 나는 내 개인 명의의 스튜디오를 갖게 될 것이다. 필요하다면 조수 한두 명 고용하지 말라는 법도 없다. 되도록이면 주말 출사촬영은 삼갈 작정이다. 그렇게 되면 더 이상 아들애에게 사진에 미친 사람으로 몰리지 않아도 좋을 것이다.

장의 말대로 내가 만나 본 두 쌍은 누구나 탐낼 법한 모델이었다. 나는

내 스튜디오를 가지게 될 때까지 아무래도 사진에 미쳐있어야 되겠다고
생각을 고쳐먹었다.

  그토록 나를 들뜨게 했던 여자의 사진은 몇 컷을 제외하고는 쓸만한
게 없었다. 그 몇 컷도 나의 기대에는 훨씬 미치지 않았다. 역시 광선이 문
제였다. 광선이 약한 탓으로 이거다 싶은 작품이 없는 대신 분위기는 그
런대로 잡혀있는 셈이었다. 약간의 조명 장비를 보완하고 배경처리를 좀
더 꼼꼼하게 한다면 좀 더 나은 사진이 나올 텐데…. 아니 그보다도 광선
이 분명한 야외에서 다시 한 번 촬영할 수만 있다면. 하지만 이제 와서 더
이상 뭘 어쩔 수 있겠나. 나는 결점을 보완하기 위하여 꼴라즈, 몽따쥬
방법까지 동원해 가며 인화를 해나갔다.
  ― 누우드 사진은 반드시 처녀 모델이어야 해, 제아무리 아름다운 누우
드라도 카메라는 못 속이거든.
  광선과 사진. 사진과 여자 모델. 누우드 사진과 숫처녀…. 반드시 숫처
녀의 누우드이어야 사진작품으로의 품격이 형성된다고 열변을 토하던 진
교수가 생각났다. 내가 찾은 모델을 본다면 그는 뭐라고 할까. 항상 예외
는 있는 법이니까, 눙치며 시침을 뗄지도 모르겠다. 모델 찾기가 제일 고
심꺼리라면서 여름이면 아예 해수욕장에서 살다시피 하는 그. 세월이 갈
수록 눈에 드는 모델감이 줄어든다고 개탄해 마지않던 누드 사진 전문가.
창조주의 선물 중 가장 으뜸이 여인의 육체라며 결코 괘도 수정이란 있을
수 없노라고 고집스레 자기 길을 걷던 분. 그분을 만난 지도 정말 얼마나
오래되었나. 내 재능을 인정해 주고 꿈을 갖게 해주던 분. 원한다면 자신
의 모교인 파리 제3대학에 스칼라쉽을 받게 해주겠다고 나를 부추기기
도 했다.

그놈과 헤어지기만 한다면야 프랑스 유학쯤 못 보내줄 것도 없지. 인물이 변변하냐, 집안이 그럴듯하냐. 장남만 아니어도 내 이렇게 답답하지는 않을게다. 도대체 그놈 어디가 그렇게 좋은 게야? 혼사란 어느 한쪽이 기울여서는 안 되는 법이다. 누가 봐도 안 되는 혼사야.

무엇이 그리도 아버지의 마음을 완강하게 하였을까. 눈만 뜨면 닦달해대는 아버지로 하여 나는 한때 심각하게 남편과의 별리를 생각했다. 유난히 그림 그리길 좋아했던 어릴 적부터 파리는 내 꿈의 도시였다. 파리유학은 그즈음의 나에게는 꿈의 실현이나 다름없었다. 그러나 나는 남편의 곁을 결코 떠날 수 없었다. 후회하지 않을 자신이 있으면 나에게 와. 난 너의 아버지를 이해할 수 있을 것 같아. 네가 나를 떠난다 해도 그것 역시도 이해할 거야. 나는 널 행복하게 해줄 자신이 없어…. 남편이 내게 적극적으로 매달렸으면 돌아설 수 있었을까.

연년생으로 두 아이를 낳아 기르면서 나는 더 이상 카메라를 만지지 않았다. 그 무궁무진한 소재를 흘려보내면서도 나는 조금의 아쉬움도 없었다. 적어도 그러려고 노력했다. 나도 모르게 남편을 의식한 탓도 있었을 것이다. 사진작가가 아닌 아내의 길을 택한 이상, 나는 최선을 다해 내 가정을 지킬 의무가 있었던 것이다.

모든 부모가 자기 혈육의 모습을 담기 위해 동분서주하고 있을 그 시각에, 나는 4B연필로 천천히 잠자는 아이의 얼굴을 그렸다. 아이의 활동량이 많아질 즈음에는 바삐 뒤를 쫓아다니면서 재빨리 크로키하기도 했다. 신통치 않은 나의 크로키와 소묘실력과 함께 내 아이들의 유년기는 그렇게 흘러갔다.

내가 다시 카메라의 먼지를 턴 것은 큰 아이의 일곱 번째 생일이었다. 마악 미운 일곱 살에 접어든 아이는 그때 앞니가 두 개 빠져나갔다. 곱슬머리에 짱구이며 웃으면 보조개가 깊이 패이는 녀석의 천진난만한 모습. 그것이 나로 하여금 가능하면 잊으려고 애썼던 사진에의 향수를 부채질한 셈이었다.

칠 년 가까이 벽장 속에 갇혀있던 카메라였는데도 작동에 이상이 없었던 점은 지금 생각해도 이상한 일이다. 카메라와의 오랜만의 해후는 참으로 가슴 벅찼다. 한때는 나의 분신이나 다름없었던 카메라. 대학 입학 기념품이기도 한 이것을 둘러매고 나는 얼마나 원대한 희망에 부풀었던가. 살아생전 한 장의 사진조차 남겨놓지 않은 할아버지로 하여 '사진'의 한을 가진 아버지. 내게 퍼부은 그분의 전폭적인 지지에 힘입어 사진과 더불어 했던 나의 청춘은 한껏 푸르기만 했다. 늘 기지개를 키고 있는 우리 사진계에 저항하며 새로운 무엇을 보여주겠다고 기고만장하게 굴 수 있었던 젊은 시절의 나.

앞니를 드러내고 마음껏 웃는 큰애와, 역시 그런 그의 친구들을 찍기 시작했다. 거의 세 통 가까운 필름을 소모하였을 때 이거다, 확신이 서는 작품이 찍혔다. 동네 D.P.E점에서 확대하여 판넬을 한 후 종일토록 들여다보면서 나는 좋은 작품은 바로 이런 거다. 있는 그대로의 진솔한 삶을 담는 것… 흥분하여 혼자 중얼거렸다. 그 옛날에 벌써 이 사실을 간파하고 그 유명한 사진전 '인간가족'을 주관했던 에드워드 스타이겐에 대한 생각도 새로이 했다.

사진은 사진으로서의 영역이 엄연한데, 구태여 회화의 영역을 침범하지 못해 안달하던 예전의 나에 대한 자못 깊은 통찰의 시간도 보냈다. 그 흥분 끝에 정애에게 연락을 넣었다. 캠퍼스 커플이었던 정애는 신접살림을 아예 스튜디오 한켠에 차리더니, 근래는 주로 화랑 측과 손잡고 개인전 팸플릿과 미술작품 촬영에 열을 쏟고 있었다. 같은 길을 걷는 부부의 경우, 대개는 아내 편에서 자기 일을 포기하는데 비해 정애 부부는 여전히 사이좋은 친구처럼 무슨 일이든지 함께 해결해 가고 있어 옆에서 보기에 아주 마음이 편했다.

맘 잘 먹어, 영상 스튜디오를 연결해 주며 정애는 자신 있게 말했었다. 우물쭈물하다 보면 아까운 시간만 가잖니? 당분간 세상 구경한다 생각하고 무조건 덤벼보는 거야.

취업에 이어 내게 '색다른 아르바이트'의 길을 모색해 준 것도 바로 그 애였다.

처음 이 일을 권유하면서 정애는 자기 나름의 몇 가지 조언을 덧붙여 주었다. 첫째, 전문가연 할 것. 앞으로 네가 상대할 마나님들은 전문가에 약하다. 그것만큼은 돈으로 살 수 없다는 것을 누구보다도 잘 알고 있기 때문이다. 둘째, 대가는 두둑하게 요구해라. 그것은 이중의 효과를 거둔다. 절대 비밀이 보장된다는 것과 그럴만한 가치가 있는 작가와 동참한 작업임을 강조하는 의미가 된다. 셋째, 죄의식은 금물이다. 특히 내 윤리의식을 건드리는 그녀의 마지막 주문은, 내 성격을 가장 잘 안다고 여기는 정애가 조심스럽게 언급한 것이었는데 그것은 단순히 그 애의 기우였을 뿐이었다. 오랫동안 가정이란 울 속에서 안주하고 있던 내게도 이처럼 쏟아져 들어오는 일감이 있다는 것은 정말 뜻밖의 기쁨이 되었다. 아무리 천한 일이라 해도 그것이 건강한 노동이면 가치가 있는 것인데 내가 내 노동과 그 대가를 부끄러워할 까닭이 뭐람. 말로만 듣던 심각한 빈부격차에 대해 직접 체감하게 해준 이 일에 내가 왜 죄의식을 가져야 되는가 말이다.

예기하지 않은 소득이 생긴 덕분에 나는 사진을 시작하면서 입게 된 경제적인 압박에서도 얼마간 벗어날 수 있게 되었다. 이제 나도 남편 눈치

보지 않고 새 기재를 사 모아도 되는 것이다. 내가 잠자고 있는 동안에도 세상에는 참 많고도 새로운 기재가 나와 있었다.

얼마 지나지 않아 그 일은 나로 하여금 독립의 꿈을 갖게 하는 변수로 작용하게도 되었다. 바보가 아닌 다음에야 죄의식이라니, 천만의 말씀이다. 나는 내 스스로 죄의식을 다 버렸다. 나는 그만큼 때가 묻었는지도 몰랐다.

모든 예술은 애당초 상류사회를 즐겁게 하기 위한 도구로 출발했었다. 상류사회가 없었던들 베토벤도, 모차르트도, 요한 슈트라우스도 없었을 것이다. 미켈란젤로나 루벤스, 로댕 등의 작품 또한 그들을 즐겨 찾던 부유층의 후원이 없었던들 오늘날 남아있기나 했을까.

나는 새로 태어날 내 작품을 위해 부딪치게 되는 모든 이들을 일단은 나의 파트롱 자리에 놓아두려 한다.

"당신, 요즘 어째 점점 야해지는 것 같애."

저녁을 들면서 남편은 그예 참지 못하고 한마디를 했다. 어제저녁 일없이 빨간색 매니큐어를 칠했더니 그게 눈에 설었나. 찬 없는 밥이래도 맛있게 먹어주길래 그게 고마워서 작은 애의 궁둥짝을 토닥여 주었더니 그때 눈에 띄었나 싶어, 이거 말예요, 하며 손을 들어 보이니까 남편이 그게 아니라며 고개를 저었다. 꼬집어 말할 수 없지만 요즘 들어 내가 문득 문득 낯설어 보인단다. 큰애도 그래 맞아. 엄마 요새 조금 이상해, 반찬도 제대로 안 해 주고, 제 아빠를 거든다. 그래 모두가 이상하다면 이상한 게지, 나는 괜히 심드렁해져서 수저를 놓고 일어섰다.

석간신문을 챙겨 들고 거실로 나왔다. 신문 한 귀퉁이에는 일본의 인기 스타 미야자와 리에라는 열여덟 살짜리 여자애 누드집이 나와 일본 열도가 들끓고 있다는 토픽이 실려 있다. 사진을 찍은 이는 시노야마 키신이며 사진을 찍은 장소는 산타페로, 사천오백 엔의 사진집은 불티나게 팔리고 있단다. 사진의 주인공은 18세의 아름다운 순간을 남기고 싶어 옷을 벗었을 뿐이라고 당돌하게 답변하여 주위를 또 한 번 놀라게 했다나.

언젠가 한번 시노야마 키신의 작품을 본 기억이 있다. 참으로 맑고 투명한 영혼의 소유자일 거라는 생각이 들 만큼 깨끗하고 군더더기 없는 사진을 찍고 있었다. 그러면 모델의 마음에도 흡족해할 사진을 찍었을 법했다. 미야자와 리에라는 모델 자체가 대단하다는 생각도 들었다. 한 장 한 장 잘라 내어, 집 안을 장식해도 좋을 사진집을 만들어 주세요. 애당초 그녀는 사진작가에게 당당하게 요구했단다. 그건 바로 예술성 높은 작품을 말하는 건데 18세밖에 안 된 소녀의 주문으로는 당차지 않은가.

그래 바로 그거다. 포스타리제이션(Posterization) 기법. 기사의 어떤 부분을 읽다가 그런 생각이 불쑥 들었는지 나는 그때까지 잊고 있었던 '포스타리제이션' 기법에 생각이 미쳤다. 바로 그거다. 바다 건너 어떤 일이 벌어지던 간에 내 알 바 아니지. 나는 서둘러 집을 나섰다.

마지막으로 작업을 끝내고 퇴근을 하려는 동료에게 열쇠를 건네받고 나서야 나는 가쁜 숨을 몰아쉴 수가 있었다. 진작에 왜 이 기법을 생각해 내지 못했을까. 서둘러 원판을 찾아 원판에 직접 솔라리제이션 처리를 한 후 인화를 하였다. 노출 과도의 경우 한번쯤은 생각해 보곤 하던 이 기법을 여태껏 기억하지 못하다니. 아무래도 나이 탓인 것 같다. 대나무 핀셋으로 현상액 속에 든 인화지를 건져 올리며 나는 조금 조바심을 냈다.

희미하게 여자의 가슴선이 드러나더니 마침내 유연한 곡선이 확실해졌다. 재빨리 인화지를 건져내어 이번에는 정지액에 집어넣었다. 정착액을

좋은그림찾기

거치기 전 나는 심호흡을 한번 했다. 아아, 이거다. 나를 괴롭히던 사진의 결점은 순식간에 보완되고, 내게는 거의 완벽한 한 장의 누드 사진이 들려져 있었다.

수세의 시간을 단축하기 위해 아유산소다 용액을 사용하기로 했다. 준비해 놓은 판넬에 물기가 가시지 않은 사진을 붙이면서 나는 콧노래라도 부르고 싶은 심정이 되었다. 이 정도의 사진이면 여자도 나의 모델제의를 거절하지는 않겠지. 다른 사진과 달리 처리된 이 작품을 보고 그녀도 뛸 듯이 기뻐할 거야. 그리고 나의 제의를 쾌히 수락한다. 그렇게만 된다면 나는 기필코 내 생애에 한 획을 긋게 될 작품을 만들고 말리라.

내게는 작품의 건조를 기다릴 시간이 없었다. 서둘러 만든 판넬을 들고 나는 여자의 아파트로 향했다.

벨을 누른 후, 아파트의 문 앞에서 여자의 기척을 기다리는 동안에도 나는 흥분상태에 있었다. 내게는 오로지 여자의 반응만이 관심사였다.

약간의 시간이 경과한 후에야 전혀 예기치 않은 음성이 누구세요를 거듭 외쳤다. 순간 나는 집을 잘못 찾아오지 않았나 하는 생각에 허둥거리지 않을 수 없었다. 더듬거리며 나는 간신히 대꾸했다.

"아, 은미 언니요?"

현관문이 화락 열리며 하얀 나이트가운 차림의 젊은 여자가 물이 똑똑 떨어지는 머리카락을 동색의 수건으로 동여매면서, 순식간에 내 눈앞에 나타났다. 수일 전 바로 여자가 입었던 눈에 익은 가운이었다. 이 가운을 입은 여자의 모습을 나는 최소한 네 컷 이상 찍었었다. 그날 나는 남태평양의 해변가에서 거의 비슷한 모양의 비치 가운을 걸친 유명 모델의 상큼한 모습을 상기하며 셔터를 눌러 댔었다.

"언니가 요새 정신이 헷갈려. 자기 오는 날도 제대로 기억 못하고. 언니는 월, 수, 금에만 여기 와요. 내일 오시면 만나실 수 있겠군요."

들고 있던 사진 판넬을 옆구리에 고쳐 끼면서 돌아서려는데 중년 남자의 경박한 목소리가 내 귀를 후려쳤다.

"여어, 뭐하는 거야. 빨리 문 닫고 이리와 봐. 나 지금 바쁘다구. 그 여자 이뻐? 이쁘믄 들어오라 그러든지. 함께 놀지 뭐."

"아무나 넘보지 말아요."

등 뒤에서 탁 소리 내며 닫치는 철문. 그 너머로 여자의 목소리가 아득히 멀어져 갔다. 뭐, 함께 놀자고? 얼굴이 홧홧 달아 오는 것을 느끼며 반사적으로 뒤를 돌아보았다. 굳게 닫힌 진회색 철문이 눈에 들어왔다.

그때 왜 내가 생뚱맞게도 '롯의 아내' 생각을 했는지 모르겠다. 그녀는 신의 분노로 멸망하고 있는 소돔과 고모라 성이 아무래도 궁금하여 뒤돌아보았다가 소금기둥이 되어 아직껏 사해에 남아있다고 했다. 롯의 가족 넷 중에서 소금기둥이 된 단 한 사람…

그러다 보니 불쑥 바로 내가 움직이는 소금기둥이 아닌가 하는 생각이 들었다. 그 생각은 점점 내가 바로 움직이는 소금기둥이라는 확신을 갖게 하더니, 끝내는 내가 영락없이 살아있는 '롯의 아내'라는 심증으로 굳어져 갔다.

나는 허둥대며 아래층으로 향하는 계단에 발을 내딛었다.

정장직　　우정　　2012 / 50x50cm / 캔버스에 아크릴

이등변 삼각형

폐관을 앞둔 이 시간에도 박은 나타나지 않고 있다. 이제 내가 그를 기다릴 수 있는 기간은 내일 단 하루뿐이다. 시내 중심에 고급 아뜨리에를 차려놓고 저를 따르는 부유층 여자들을 상대로 그림을 지도하며 살았다는 박. 그간 가진 개인전만도 무려 20여 회에 이르며 그때마다 매번 오프닝 리셉션을 얼마나 화려하고 품위있게 치루었던지, 한번 그 자리에 참석했던 사람들은 오랫동안 그 날을 잊지 못한다고 들었다. 뿐인가, 전시된 그림은 7할 이상 팔려나가는 걸로도 유명했단다. 구매자들의 대부분이 여자들이라는 점도.

그런 그가 이제부터라도 제대로 된 그림을 그려야겠다는 말을 남기고 홀연히 이 도시를 떠난지도 올해로 사 년째가 된다고 했다. 동료 그 누구조차도 연락이 닿지 않는 후미진 어느 한 곳에 칩거하며 그는 정말 제가 그리고자 하는 제·대·로·된 그림을 그리고 있는 걸까. 아무리 그렇다한들 이쪽 방면으로 해바라기처럼 열려있는 제 귀는 어쩌지 못할 터, 내 소식을 들었다면 박은 이곳에 응당 얼굴을 내밀 것이다.

남은 날짜는 이제 하루뿐이다. 그는 내 앞에 나타날 수도, 나타나지 않을 수도 있다. 그의 의사 여하에 따라 나는 그를 볼 수도, 끝내 보지 못하고 또다시 이 땅을 떠날지도 모르겠다. 그렇다. 이것은 전적으로 그의 의사 여하에 달려있다. 이것은 정말 불공평하다.

박을 만나 특별히 나눌 어떤 이야기라도 내겐 있나. 글쎄 그런게 꼭 필요한 걸까. 잘 있었나? 그 한 마디면 족하지 않을까. 그래 나도 잘 지냈네. 정말 반갑군. 그리고 몇 분 후면 우리는 예전의 우리로 쉽게 돌아갈 수 있을 것 같다. 우리 정해도 잘 있다네. 이제는 어엿한 미용전문가가 되었지. 헤어질 때쯤이면 나는 어쩌면 동생 정해의 얘기까지 주절거릴지도 모르겠다. 술이라도 흠씬 나눈 다음이라면 그때 왜 내게 안 왔나. 무엇이 두려웠어? 아니 그보다 그래, 그림은 좀 되어 가? 물을 수 있으려나.

처음 이 화랑 '맥'에서 초대전 제의를 받았을 때 내게 제일 먼저 떠오른 것이 바로 박의 얼굴이었다. 애당초 이 땅을 떠날 때 결심한 대로라면 섣부르게 '귀국전'을 열 시기는 아니었다. 그런데도 나는 마치 기다리고나 있었던 것처럼 화랑주인의 말에 쉽게 동의하고 그의 조건을 거의 백 프로 받아들였다. 포스터와 팜프렛 제작을 위해서 최소한 한 달 정도 앞당겨 작품을 보내주셔야 합니다. 그림 판매에 따른 수익금은 4:6제로 하기로 하지요. 요즈음 여기도 워낙 불경기라서 저로서도 다소 모험이긴 합니다만….

어렵게 내 전화번호를 얻었다는 그의 한국말이 그렇게 정겹게 들릴 수가 없었다. 수화기를 내려놓는데 불쑥 박이 떠올랐다. 이번 기회에 그를 만나볼 수 있을까.

좋은그림찾기

고향이라 해도 중소 도시에 지나지 않는 이곳의 25평 남짓한 화랑에서 치르는 나의 귀국전은 보는 이에 따라서는 얼마든지 초라하게 보일 수도 있었을 것이다. 첫날 이곳에 들렀던 고교동창 한 녀석이 내 뒤를 따라다니며 못내 서운한 듯 되뇌었던 것도 그 탓이리라. 너무 좁고, 게다가 냉방조차 되어있지 않은 곳에서의 전시회라니…. 그것도 무려 20년 만의 귀국전인데…. 무려, 20년이라…. 벌써 그렇게 많은 세월이 흘렀나.

뉴욕에 도착한 처음 얼마간, 물감값을 벌기 위한 약간의 시간을 제외하고 나는 나머지 시간을 모두 남의 그림을 보는데 사용했다. 어쨌든지 이 땅에 온 목적은 엄연히 좋은 그림 그리기이니 그 외의 것은 생각할 겨를이 없었다. 다행히도 내게는 부양할 입이라곤 아직 아내 하나뿐이었다. 부양이라니, 사실을 말하면 되레 내가 아내에게 부양을 받고 있는 셈이었다. 아내는 나보다 앞서 취업 이민을 와 있는 일 년 동안, 본토인도 어렵다는 간호사 자격시험을 통과하여 H대학병원에서 일하는 간호사였다. 진심으로 아내는 내가 화가로 성공하기를 바랐다.

우선은 대부분의 시간을 뉴욕의 미술관을 돌며 그토록 오랜 기간 내 흠모의 대상이었던 명화를 보고 또 보는데 썼다. 인쇄물로만 접하며 나름대로 상상력을 동원했던 탓에 실제 작품을 눈앞에 두고 보면서 내가 가진 느낌은 한 마디로 당혹감이었다. 그중에서 살바도르 달리의 지독한 세필 그림은 뒤통수를 한 대 얻어맞은 듯한 충격이었다. 깜짝 놀랄 만큼 작은 캔버스에 담긴 그의 섬세하면서도 결코 조잡하지 않은 다양한 세필 그림들. 그중에서 학창시절 나의 마음을 빼앗았던 '풍경, 기억의 고집'은 겨우 3호 F가 채 안 되는 사이즈였다. 이토록 스케일이 큰 작품도 이렇게 작은 화폭에 담을 수 있는 거구나…. 그때까지 쭉 100호 이상의 그림만 그려오던 내게 달리의 그림은 그 크기에서부터 나를 당혹하게 하기에 족했다.

전시실 삼면 벽에 가득 그려져 있던 에두아르 마네의 수련 연작…. 이 끼 낀 푸른 연못, 그리고 그 위에 둥둥 떠다니던 크고 작은 수련들…. 마당비를 붓으로 사용하지 않았나 싶게 크고 담대한 터치도, 나로서는 그 때까지 단 한 번도 감히 상상조차 해보지 못한 것이었다.

그러다가 만 듯 여백이 단연 돋보이던 파블로 피카소의 대형벽화는 아예 나를 경악하게 했다. 그리는 이의 기분을 그대로 전달해주던 생생한 붓 자국, 캔버스에 발린 물감의 두께, 색의 혼합, 붓 자국이 지나간 속도…. 그리고 나는 서서히 왜소하기 그지없는, 그러면서도 한없이 건방지기만 한 내 자신을 돌아보게 되었다…. 이 거대한 땅덩어리 어느 한구석도 꿈적하지 않을 내 그림을 가지고, 나는 이제 승부가 뻔한 싸움을 벌여야 한다….

어디에서건 나를 드러내 보이는 행위는 부끄러운 법이다. 더욱이나 내가 태어나고 자라고, 그리고 한때 왕성한 활동을 펼치던 땅에서 갖는 오랜만의 드러냄은 아무리 초연한 척 애를 써도 나를 긴장시키기에 족했다. 오프닝 리셉션이 있던 날. 나는 나의 친지, 선배, 후배 할 것 없이 모두들 한결같이 아직껏 나를 기억해 주고 있다는데 대해 정말 감사하는 마음이 들었다. 그리고 모두들 열의를 가지고 꼼꼼히 나의 그림을 봐주고 나에게 관심을 가져주는데 고마움을 느꼈다.

방금도 한 청년이 조심스레 내게 다가와 인사를 건넸다. 나를 대하는 그의 태도가 마치도 세기의 거장을 대하는 듯해서 나도 모르게 웃음이 삐져나왔다. 더 크고 넓은 세계로 나가겠다고, 이곳이 좁아 답답해서 미치겠다고 발버둥치던 때가 나에게도 있었다. 바로 저 청년의 연배쯤이었

좋은그림찾기

을까.

출국을 하루 앞둔 밤. 어쩜 이 땅에서의 마지막이 될지도 모른다는 조바심 때문에 나는 친구들과 코가 삐뚤어지게 마셔댔다. 그날은 이상하게도 어느 좌석에서건 박이 내 옆에 있었다. 삼차쯤 되는 어느 술자리에서였던 듯싶다. 나는 옆자리에 있는 그만이 알아들을 수 있는 목소리로 뇌까렸다. 어떡해서든지 세계적인 화가로 대성하고 돌아오겠어. 박도 간신히 나만 알아들을 수 있게 내 말을 받았다. 그래, 넌 반드시 해내고야 말 거야. 그의 말에 고무된 내가 덧붙였다. 금의환향이 아니면 돌아오지 않을 거야. 너 지금, 나를 잘 봐둬라. 언제 나를 보게 될지 그건 아무도 장담 못 해. 진짜가 되어서야 나타나겠다구. 알겠어? 송사리들이 싫어. 미꾸라지들도 싫구. 그래 임마, 용인척하면서 비린내 풍기는 놈들도 다 싫어. 그래서 떠나는 거야, 큰물에 가서 한번 놀아 볼란다. 평소와 달리 박이 다소 기운이 빠진 목소리로 말했다. 터 잡는 데로 나도 불러 줘. 혼자보다 둘이 더 안 났겠어? 정해하고 곧 뒤따라갈게. 뭐, 미국까지 따라오겠다고? 것도 내 동생 정해랑? 나는 술이 확 깨는 듯해서 되물었다. 너 금방, 내 뒤를 따라 미국에 온다구 했냐? 그래 네 동생이랑. 너도 네 여편네 덕에 미국 가는데, 나도 네 동생 덕에 미국 좀 가면 안 되냐? 뭐야? 이 새끼가 정말. 순간적으로 내가 녀석의 멱살을 잡아챘다. 잡힌 멱살쯤은 아랑곳없다는 듯 녀석이 다시 중얼거렸다. 눈꼴이 시어서 그런다. 겨우 여편네 덕에 미국 가면서, 웬 폼은 그리 재. 넌 지금 정식으로 유학 떠나는 게 아니잖어. 솔직히 말해 봐. 너 그 여자 덕 보려고 그 여자를 택한 거 아냐? 갑자기 녀석이 목소리를 높였다. 멱살을 잡았던 내 손이 녀석의 힘에 의해 저절로 풀렸다.

정말 나는 아내를 사랑하여 그녀를 택한 것일까. 단순히 이 땅에서 박으로부터 벗어날 목적에서는 아니었을까. 이 친구들 왜 이래? ㅅ과 ㅈ이 우리 사이에 끼어드는 것을 기화로, 나는 슬그머니 녀석을 제쳐냈다.

나는 친구들이 나의 결혼을 그런 식으로 보지 않을까 늘 마음이 편치 않았다. 그래서 되지도 않게 박을 상대로 금의환향 운운하며 필요 이상으로 떠들어댔는지도 모르겠다. 네깐 녀석이 어떻게 감히 내 동생을 탐낼 수 있냐. 임마, 갠 천사나 다름없어. 그러나 이미 꼬부라진 내 혀에서 뱉어낸 말은 상대방에게 온전히 전해질 리 없었고, 그건 박도 마찬가지였다. 우리 둘뿐이 아니었다. 모두들 엉망으로 취해 있었다. 곧 통행금지 사이렌이 울릴 시각이었다. 무슨 수를 쓰던지 나는 내일 오후 여섯 시. 뉴욕행 비행기를 타야만 했다. 얀마, 너 내일 비행기 탈 거야, 안탈 거야? 그만 일어서야지. 통행금지에 걸리면 말짱 허당이다. 누군가가 나를 일으켜 세웠다. 못 이기는 척 나는 그를 따라 일어섰다.

그때 어떤 식으로든 나는 박에게 확실한 태도를 보여주었어야 했다. 그랬다면 내가 없는 이 땅에서 정해는 그렇게 혼돈에 빠지지도 않았을 것이다. 그날 일을 생각하면 나는 아직도 미궁에 빠져드는 기분이다.

미궁에 빠져드는 기분 – 살아가면서 이런 경험을 해보지 않은 이가 있을까. 나는 정해에게 그 모든 것은 너의 운명이야 라고 말하고 싶다. 어쨌든지 너는 이제 네가 원하는 삶을 살고 있잖니? 그간의 일이 다 네 운명 탓이라치면 그뿐. 이 오라비도 더 이상 네 일로 고통받고 싶지 않다, 잘라 말하고 싶다.

그런데 난 왜 박을 기다리고 있는 걸까.

박과 나는 고교시절. 시내 남녀고등학교 미술반원 중심의 미술서클을 만들면서 비로소 알게 되었다. 크고 작은 미술대회의 상을 그, 아니면 내가 도맡아 휩쓸면서 서로 얼굴과 그림의 취향 정도는 익히 알고 있었지만 우리는 이때에서야 비로소 서로를 확실히 알게 되었다.

형편없이 왜소한 체구의 나에 비해, 박은 정말 당당한 체구를 가지고 있었다. 게다가 타고난 달변일뿐더러 유머감각도 남달라서 여학생들에게 특히 인기가 좋았다. 그러나 무엇보다 나를 경탄하게 하는 것은 그의 그림에서 넘쳐나는 힘이었다. 자신감 넘치는 선과 대범한 붓놀림이었다. 도대체 그 힘은 어디에서 비롯된 것일까.

체력이 곧 국력이야, 아무리 재능이 뛰어난 놈이라도 일찍 죽으면 말짱 허당 아냐? 피카소나 달리를 봐. 노익장 과시하며 수많은 여성편력을 해도 누구 하나 욕하는 놈 없잖아. 오히려 특별대우 받으며 멋지게 살지.

스스럼없이 서로의 집을 왕래하게 된 어느 날이었다. 예고 없이 그의 집 마당에 들어섰다가 나는 80kg의 역기를 어렵지 않게 들어 올리는 그의 단단한 가슴을 보았다. 야심에 찬 얼굴, 자신감이 넘치는 태도는 곧바로 그의 그림에 오버랩 되어서 내게는 어떤 울림이 되었다.

그는 하루도 거르지 않고 운동을 했다. 그렇게 비축된 힘이 붓 밖으로 빠져나와 그의 캔버스에 도달하면 그것은 무한한 에너지가 되는 모양이었다.

서클 구성원들이 마련한 공동 작업실에 모여 그림을 그릴 때마다 나는 그의 대범하면서 저력 있는 붓놀림을 보며 그에 비해 나의 것은 얼마나 작고 보잘것없는가 회의에 빠지곤 했다. 결국, 나는 짐을 챙겨 들고 그곳을 나왔다. 녀석의 시야에서 벗어나자 비로소 홀가분해졌다. 그제서야 그림이 그려졌다. 힘이고 나발이고 씨팔, 내 것 내가 그리고, 네 것 네가 그리면 다야. 오랜만에 나는 자유로워졌다.

"선생님 그만 문을 닫을까요?"

몇 번에 걸친 미스 홍의 채근을 받고 나서야 자리에서 일어섰다. 아직 하루가 더 남아있다. 박은 다만 아직껏 나타나지 않았을 뿐이다.

오랜 지기인 ㅅ과 ㅈ, 그리고 몇몇은 벌써 약속이 되어 있는 술집에서 기다리고 있을 것이다. 그곳으로 가기에 앞서 나는 천천히 전시회장을 둘러보았다. 미스 홍이 표시해 놓았는지 어제보다 더 많은 그림 밑에 빨간 동그라미가 그려져 있다. 작품이 구매되었다는 표시였다. 뉴욕에서는 작품당 가격이 매겨지는데 비해 이곳은 캔버스의 호수에 따라 그림값이 결정되는 만큼 4:6제라 해도 나에게 만만치 않은 금액이었다. 내가 이곳에 없었던 20년 사이 그림이 이처럼 빠르게 보통 사람들의 생활 속에 스며들어 있다는 것이 믿기지 않는다. 이처럼 터무니없을 정도의 비싼 가격으로도 거래되고 있다는 것, 또한 이해가 가지 않는다. 심지어 재벌급 화가도 적지 않다니 얼마나 재미있는 변화인가.

구매자 생각에 이르면 내게는 생각나는 한 사람이 있다. 서른다섯 나이임에도 어린아이의 눈빛을 가지고 있던 파란 눈의 재크.

모든 것이 어설프기만 한 상태에서 나는 세 번째 개인전을 바그너 미술관에서 갖게 되었다. 낮에도 한 차례 다녀간 적이 있던 백인 사내가 폐관을 앞둔 시간에 다시 찾아왔다. 내가 그림을 그린 사람이라는 것을 확인한 그는 주머니에서 지폐와 동전을 모두 끄집어냈다. 어안이 벙벙해 있던 내게 그는 바로 그 순박하기 그지없는 눈에 힘을 그러모으면서 더듬더듬 말을 하기 시작했다.

"이게 지금 내가 가지고 있는 현금의 전부야. 네 그림을 보고 나서 곧바로 은행으로 갔지. 어때, 미스터 강! 나는 지금 이 그림이 몹시 마음에 들어. 이 그림, 나를 줄래? 이 그림을 내게 주면 나는 언제까지나 이 그림을 간직하겠어. 알겠니? 언제까지나…"

언제 내가 이토록 열렬한 지지자를 가진 적이 있었던가. 그림값이라기에는 턱없는 금액이었음에도 나는 두말하지 않고 그에게 그림을 내주었다. 뛸 듯이 기뻐하던 그의 모습. 누군가가 내 그림을 이처럼 절실하게 원할 수도 있다는 것을 그때 처음 알았다. 나는 그때 처음으로 화가가 되기를 참 잘했다는 생각을 했다.

그날 이래로 그림의 주인은 어쨌든 그 그림을 진심으로 사랑하는 사람이어야 한다는 생각을 갖게 되었다. 그리고 그 생각은 아직껏 변함이 없다. 과연 구매의사를 밝힌 저 사람들은 내 그림을 진심으로 원하기는 하는 걸까?

연일 마신 술 때문에 오전 내내 자리에서 일어나지 못했다.

모처럼의 귀국에서도 매번 늦은 시각에 귀가하는 내가 못마땅한지 어머니가 참지 못하고 한 말씀 하신다.

그동안 너 술 먹는 모습 안 봐 살 것 같더라마는. 그래, 전시회는 잘 돼 가고 있는 거여? 어머니는 할 말이 많은가 보다. 꿀물을 들여놓으며 떠보듯이 아내 이야기를 끄집어낸다.

진이 어멈도 이번에 함께 나왔으면 얼마나 좋았을꼬. 그 앤 네 전시회에 관심도 없대니? 에미 살 날도 이제 얼마 안 남았다. 이런 기회가 늘 있는 것도 아닌데, 함께 오지 않고 설랑….

어머니, 어멈은 직장생활을 하고 있잖아요.

그려, 것도 모르는 거 아니지. 그래도 사람이 그러는 거, 아녀. 너, 예 와있을 때 아니면 직접 전화 거는 법도 없고. 네 형수가 섭섭해 하는 거 같어. 동서라고 단둘인디 조금만 사분사분 굴면 좀 좋아? 동생 정해 덕분에 할 수 없이 내게 와서 머물었던 기간 동안 겪은 마음고생을 어머니는 꼭 이런 식으로 표현한다.

대신 정해가 자주자주 전화하잖아요.

그려, 근디 갸는 왜 한번 나올 생각 않는다니? 그냥 내처 그렇게 산다? 내, 그 박가 놈 때문에 그러는 거 알긴 한다. 그놈 어디 살아있는지 원.

살아있기만 하면요 어머니. 나는 어쩌면 내가 그를 기다리는 이유를 알 것도 같은 기분이 들어서 어머니의 말꼬리를 붙들고 늘어진다.

여직, 장가 안 들었을까?

그랬으면요?

그냥, 한번 생각해 봤지 무어….

그런가, 혹여 나도 녀석을 기다리는 합당한 이유를 가지고 있는 걸까?

[오라버니와 새언니에게]

정해는 나에게 한 달에 한 번씩 꼭꼭 편지를 보내왔다. 언제나 서두가 이렇게 시작되는 편지였다. 더러 나 혼자만 읽고 싶은 편지조차도 항상 타이틀을 그렇게 달았다. 어차피 한방을 사용하고 있는 사람들에게 비밀이 있을 리 만무하니 굳이 모호한 편지를 띄울 필요 없다는 투가 분명했다. 매사에 맺고 끊는 것이 분명한 애였다. 그런 정해의 편지는 늘 나에게 기쁨을 주곤 했다.

그날의 편지는 온통 박에 관한 내용뿐이었다.

이번 국전에서 박 선생님이 특선을 하셨대요. 소식을 듣자마자 그분 이 단숨에 우리 집으로 달려왔지 뭐예요.

엄마는 마치 오빠가 상을 받은 듯 기뻐하셨어요. 매년 연례행사처럼 오빠가 그쪽에 작품을 보내곤 했던 것을 기억하고 계신거지요. 오빠, 나는 그분이 그렇게 실력이 있는 분인 줄 몰랐어요. 그리고 내게 그토록 관심이 있다는 것도요. 오빠 놀라지 마세요. 박 선생님이 제게 정식으로 청혼을 하셨답니다. 나는 지금 어떻게 해야 할지 모르겠어요. 오빠가 곁에 있다면 얼마나 좋을까, 오직 그것만 생각합니다.

그리고 오빠, 제가 알기로는 박 선생님도 오빠와 같이 서양화가 전공인 줄 알았는데 아닌가 봐요? 신문에는 동양화 부문의 특선자 명단에 올라 있던 걸요. 그러고 보니 전 박 선생님의 작품을 한 번도 본 적이 없더군요. 오빠랑 그렇게 많은 전시회를 보러 다녔는데 어떻게 그럴 수가 있지요?

아무튼, 오빠 그리고 새언니. 지금 나는 하늘이라도 날 것 같은 기분이에요. 이 기쁨을 오빠와 함께 나누고 싶어요. 야호!

편지를 다 읽고 났을 때, 내 손에는 진땀이 배어나고 있었다. 내가 아는 한 박은 동양화를 그린 적이 없었다. 그는 지금 무슨 짓을 하고 있는 건가.

언제였던가, 그는 족히 세 돈은 됨직한 순금반지 하나를 끼고 우리들 앞에 나타난 적이 있었다. 그때도 바로 그와 동명이인이 되는 동양화가가 국전에서 특선을 했을 때였다. 촌놈들이 뭐 아냐? 할 일 없는 교감이 조간신문을 보다 말고 흥분해서 달려 왔더만. 그리고는 느닷없이 내 손을 잡고 흔들어대는 거야. 박 선생 축하합니다. 시상에 그 어려운 상을…. 그리고는 내 이야기를 들어볼 짬도 없이 떠들어대는 거야. 내가 첫눈에 박 선생 알아보았다. 봐라, 시골구석에 박혀있어도 인재는 다 알아주지 않느냐. 그러니 우리도 박 선생을 달리 대해야 한다. 우선 축하하는 의미로 작은 기념품이라도 하나 마련하는 것이 어떻겠냐. 그러고 다니더니만 며칠 새 이 순금반지를 해주너라 이 말씀이야.

박의 이야기를 듣고 있던 동료들이 모두 믿기지 않은 얼굴들을 하고 돌아앉았다. 그라면 능히 꾸며댈 수도 있는 이야기쯤으로 여기고 넘긴 셈이었다. 박이 한쪽 눈을 찡긋거리며 내게로 다가앉았다. 너도 못 믿겠지? 그래 맞아. 살다 보니 내게도 이런 희한한 일이 생기긴 생긴다. 용기를 가지고 더 좀 살아봐야겠어.

박은 상대가 누구이건 한번 점찍은 여자애에게서 결코 순순히 물러나는 법이 없었다. 후레쉬 맨 시절. 내게도 오랫동안 마음에 두고 있으면서 말 한마디 건네보지 못하던 윤이라는 여학생이 있었다. 나를 도와준답시고 윤이를 친구의 화실에 불러들여 함께 작업을 하게 해준 것도 바로 그였다. 처음엔 제 소임에 충실하던 박이 어느 날 윤이에게 모델을 해달라고 부탁했다. 그리고 그 그림을 완성할 때쯤 해서는 둘의 눈빛은 완연히 달라졌다. 그리고 둘의 관계는 한 학기나 유지되었던가?

그런 그가 내놓고 나에게 정해와 결혼하겠다고 선언한 이상, 그는 정해에게도 물불을 가리지 않았을 것이다. 아무리 취중이었다 해도 나는 그때 어떤 식으로라도 그에게 제동을 걸었어야 옳았다. 그때처럼 내가 내 가족 친지들과 멀리 떨어져 있다는 절연감을 절감해 본 적이 없었다. 열흘이 넘어서야 받게 되어있는 우편물. 꼬박 열세시간의 시차가 나는 거리 저 너머에 내 가족과 친지가 있다.

그날 밤 나는 태어나서 처음으로 장문의 편지를 썼다. 정해야, 박, 그 친구 믿을 놈 아냐. 그러니 조심해야 한다. 그는 동양화를 그려본 적이 없어…. 나는 놈을 결코 미워할 수 없다만, 그러나 너와 연결되는 것은 싫다….

대학에 입학하여 서울로 올라온 그해 봄부터 삼 학년 겨울방학 때까지 우리는 성북동의 한 하숙집에서 함께 뒹굴며 숱한 대화를 나누었다.

어느 날이었다. 한밤중 인기척에 잠이 깬 나는, 공동 수돗가에서 쭈그리고 앉아 숨죽여 울고 있는 그를 보았다. 하마 그치려나 기다려보아도 그는 울음을 멈추지 않았다. 끝내는 꺼이꺼이 소리 내어 섧게도 울어댔다. 삼십 분은 족히 울었을까. 수돗물로 목을 축이고 난 박이 허푸허푸 세수를 시작했다. 그리고는 휘적휘적 걸어 들어와 내 옆에 눕더니, 이내 코를 골기 시작했다. 그가 묻히고 들어온 냉기와 궁금증으로 나는 밤을 꼴깍 새우다시피 했다. 그러나 웬일인지 그날 밤의 사연을 나는 끝내 들을 수가 없었다.

종강을 며칠 앞둔 날, 박은 돈을 벌어야겠다며 서둘러 세가 싼 변두리에 작은 화실을 얻어나갔다. 그때서야 나는 그의 가정형편이 전과 같지 않다는 것을 알았다.

4학년 여름방학은 졸업 작품 때문에 학교 작업실에서 내내 보냈다. 언제나처럼 졸업전은 공모전 형식을 띠우고 있어 졸업을 앞둔 우리들 모두의 목표는 대상 수상이었다. 여유 있게 졸업 작품을 하고 있는 나에 비해 벌써부터 가족을 부양하기 위해 애쓰는 박을 보기가 민망했다. 무엇보다도 화실에 갈 때마다 늘 새로운 여자애가 박의 곁에 있는 것이 가시처럼 마음에 걸렸다. 자연 내가 박을 찾는 횟수도 줄어들었다.

마땅히 대상 수상작이 될 줄 알았던 내 작품이 일등상으로 밀려난 것을 알았을 때, 더더욱이 내가 그토록 소망해 마지않던 대상이 다른 사람 아닌 박에게 간 것을 알았을 때, 나는 까까머리 시절부터 어쩔 수 없이 갖게 된 열등의식을 추스르느라고 오랜 시간 애를 먹어야 했다. 나는 그때 마음을 굳혔다. 어떻게 해서든지 박이 있는 이 땅을 벗어나자. 그리고 졸업식을 눈앞에 두고서 서둘러 자원입대를 해버렸다.

제대를 하고 고향의 한 여학교에 적을 두게 되었다. 마음에 맞는 선후배들과 어울려 제법 창작에 열을 올리고 있으면서도, 나는 내 나름의 돌파구를 찾느라 분주했다. 친구의 주선으로 알게 된 아내는 내게 구원이나 진배없었다. 내 경쟁 상대는 박 정도가 아니다. 나는 더 넓은 세계로 가도록 운명 지어진 사람이다. 결혼이 임박했을 때에서야 서울생활을 견디다 못한 그도, 내게서 1시간 거리에 있는 ㅂ군의 중학교에 자리를 얻어 내려온 것을 알게 되었다.

"아침부터 어떤 분이 계속 선생님을 찾는데 어떡할까요. 그냥 댁의 전화번호를 알려드릴까요?"

화랑의 미스 홍이었다. 박이다. 그럼 그렇지, 제깐놈이 안 나타나고 배길 수 있나. 나는 직감적으로 박이라 단정하고 서둘러 집을 나섰다.

온통 나와 같은 피부색, 나와 닮은꼴인 사람들과 뒤섞여 있다는 것이 이렇게 큰 기쁨일 줄이야. 늘상 서투른 남의 언어로만 지껄여 대다가 이렇듯 마음껏 모국어로 떠들어댈 수 있다니…. 길을 묻는 노인네와 몇 마디 나누는 대화로도 나는 금세 행복해졌다.

차는 쏜살같이 달리기 시작했다. 차창 밖으로 새롭고도 깨끗한 풍경이 휙휙 지나간다. 정말 푸근하다. 내 집, 내 고향, 내 나라만이 줄 수 있는 푸근함. 주변 풍광이 낯설어도 나는 전혀 무섭거나 두렵지 않다. 메이 아이 헬프 유? 도처에서 손을 내밀고 도움을 준다 해도 늘 두렵기만 하던 외국생활.

금의환향을 하지 않을 거면 아예 발을 들여놓지 않을 거야. 진짜 그림을 그리지 못한다면…. 수없이 다짐하고 또 다짐했지만 나는 결국 나 자신과의 약속을 지키지 못한 채 돌아와 전시회를 하고 있다. 애당초 그것

좋은그림찾기

은 지키지 못할 약속일 수도 있었다. 진짜 그림이라니. 과연 무엇이 진짜 그림인가. 최소한 뉴욕의 현대미술관이나 구겐하임 뮤지엄에서 초대전시를 하자고 프로포즈해 올 정도의 그림? 누구에게든지 객관적이고도 정당하게 인정을 받을 수 있는 그림? 무엇보다 최선을 다해서 그리고 있다는 것이 더욱 가치 있는 것이 아닐까. 더 많이 보고, 더 열심히 생각하고, 더 많은 시간을 할애하여 그림을 그리는 것만은 자부할 수 있다. 나는 가족들의 빵을 만들기 위하여서 보다 그림 그 자체를 위하여 살았으며 앞으로도 그럴 예정이니까.

박은 어떻게 변했을까. 정말 그림다운 그림을 그리고 있는 걸까. 그보다 내 그림을 보긴 한 걸까.

마침내 박 선생님이 학교를 그만두셨습니다. 그간 제가 직장생활을 해서 모은 것과 엄마가 둘러주시기로 한 것, 그리고 선생님이 마련한 약간의 돈으로 선생님의 이름에 비하면 형편없이 작지만 아담한 화실을 하나 마련했답니다. 앞으로 작품생활에만 매진하겠다는 선생님의 결심은 정말 대단합니다. 평상시의 꿈처럼 제가 그림을 그리는 사람의 아내 역할을 정말 제대로 해낼 수 있을지 어떨지 요즈음은 참말 걱정이 됩니다.

오빠가 생각하기에 제게 그런 특별한 능력이 있다고 보세요? 퇴근을 하고 선생님의 화실에 들러 그분의 그림을 보는 것이 요즘 저의 일과입니다.

그런데 오빠, 오빠는 박 선생님께 무엇인가 단단히 곡해를 하고 있는 건 아닌지요. 저는 오빠가 우리 박 선생님에 대하여 갖고 있는 감정을 도통 이해할 수가 없어요. 그는 언제나 오빠 이야기를 합니다. 덕분에 오빠가 어떤 대학생활을 했나, 어떤 생각을 했었나 많은 부분을 새롭게 알아나가고 있는 중인데요. 오빠의 첫사랑 윤이 씨와의 일조차도….

저는 오히려 박 선생님을 통해서 오빠를 더더욱 가깝게 느끼고 있는 셈이구요.

그리고 무엇보다 오빠, 저는 제 마음을 사기 위하여 그처럼 엄청난 거짓말조차도 해낼 수 있는 그분이 마음에 들어요. 이건 보통 사람은 할 수 없는 일이지요. 참으로 용기 있는 일단의 사람을 빼고는 말이지요. 사랑은 무릇 용기 있는 자만이 이루어낼 수 있다고들 하던가요?

박 선생님은 제게 약속하셨답니다. 이제부터는 정말 소신껏 그림을 그리겠다구요. 저는 그분을 믿어보기로 했어요.

또다시 정해의 편지를 받은 것은 내가 정해에게 장문의 편지를 연거푸 두 통이나 보내고 난 직후였다.

박은 이제 다시 그림을 그릴 모양이다. 그림다운 그림. 그라면 해낼 수 있을 것이다. 나도 내심 반가웠다. 다시 그의 그림을 볼 수 있다는 설레임, 그리고 늦긴 했어도 어떤 식으로든 박이 제 자리를 찾으려고 노력하고 있다는 사실이 내게는 기뻤다. 아니, 오히려 두렵기조차 했다. 그러나 나는 정해가 박의 제물이 되어서는 안 된다는 생각만은 떨쳐버릴 수가 없었다.

나는 다시 편지를 썼다.

정해야. 제발 오빠 말을 들어라. 그라면 내가 더 잘 알아, 제발, 제발 정신을 차려라. 박은 네가 생각하고 있는 그런 사내가 아니야. 넌 분명 후회할 거야. 어쩌면 평생, 이 오빠를 원망할지도 몰라. 이제라도 그에게서 헤어 나와라. 그는 재능은 있는 사내다, 분명. 박의 곁에 있으면 언젠가 그가 빛을 볼 날을 보긴 할 것이다. 그러나 그는 너 같은 아이가 감당하기엔 너무 벅찬 사내야…. 아아, 네가 이 오라비의 말을 제대로 알아들을 수 있다면 얼마나 좋을까?

그림만 그리다가는 죽도 밥도 안 되겠다는 판단으로 흑인가에 있는 슈퍼마켓을 인수하였다. 남들이 다 겁내는 곳이었다. 하루건너 권총 강도가 들이닥치는 지역이었다. 어쨌든지 목돈을 만들려면 이것이 가장 빠른 길이라는 판단이 섰다. 나는 돈을 쥐는 대로 파리로 가야만 한다. 하루가 다르게 자라나는 아이들을 위해서도 하루빨리 나의 거취를 정해야 한다. 새벽부터 밤늦게까지 일에 파묻혀 밤낮이 어떻게 돌아가는지 모를 지경이었다. 언제 붓을 잡아보았나 까마득하게 여겨져 자꾸 마음이 조급해졌다.

아침나절에 그악스럽게 전화기가 울어댔다.

"헬로우?"

"한국 놈이면 한국말을 해 인마. 나야, 나."

"누, 누구라구?

"얀마, 니 매제다. 니 매제 목소리도 기억 못하냐?"

"그래, 너구나. 반갑다. 그래 어떻게 지냈어?"

"우리, 신방 꾸몄다. 정해가 네게는 알려야 되겠다구 해서….."

박이었다. 마침내 올 것이 왔다는 생각이 들었다. 늘 조마조마하던 일. 마지못해 나는 축하의 말을 전했다.

"정식으로 식을 올리지 못해 미안하다만, 그건 내 의사가 아닌 거 너도 알지?"

"무슨 소리야?"

"너, 약속 잊었냐? 니가 어머니를 초대하고 어머니가 우리를 초대해야 일의 순서가 되는 거 아냐? 네 와이프가 먼저 가서 널 초대했듯이…. 그 지랄 맞은 미국법이라는 게 그렇게 묘하게 되어 있다면서? 너 혹시 아직 시민권인가 뭔가도 못 따고 빌빌거리고 있는 거 아냐?"

완전히 얼이 빠져있는 내게 녀석이 다시 쏟아 부은 내용인즉, 이민법에 의하면 부모가 결혼 안 한 자식을 초청하여 미국으로 데려가는 것은 식은 죽 먹기이나, 결혼한 자식을 데리고 가기는 하늘의 별을 따기만큼이나 어렵고 시일이 많이 걸리지 않느냐는 이야기였다. 그래서 본의 아니게 정식으로 혼인절차를 밟지 않았으니 우선 하루라도 빨리 어머니를 미국으로 초청하라는 전갈이었다. 그래야 저도 자동적으로 미국행이 이루어지지 않느냐는 것이었다.

한없는 노동력만이 최대 무기인 이 땅. 백인만이 인간으로 대접받는 인종전시장인 이 땅에 내 혈육 하나를 더 보태라구? 그 애가 이 땅에서 누릴 수 있는 것이 과연 있기나 한 것일까.

"그, 그래. 알았어…. 그, 그런데 그림은 좀 되어 가냐?"

"뭔가 될 듯 될듯한데 쉬이 잡히지 않는단 말이야. 그곳에 가면 이 허물 다 벗어버리고 시원하게 한바탕 일을 벌일 것도 같은데 말야. 이 땅이 왜 이렇게 싫은지 모르겠어. 너도 그랬잖아. 송사리, 미꾸라지 다 싫다고. 난들 별 수 있냐? 너보다 더 싫은 놈들이 더 많은 나 아니었어…. 아아아, 너한테 가고 싶어, 제발 나 좀 데려가다고…. 그래서 우리 한번 신나게 붓을 놀려 보자고. 너하고 라면 뭔가 해낼 수 있을 것 같아. 얌마, 너 듣고 있지? 그 골방 같은 작업실 한구석에서도 말야, 우리 얼마나 의기양양했었냐? 세상이 온통 우리 것인 양 맘껏 떠들어대던 때가 우리에게도 있었잖아? 내게 너라는 라이벌이 없었다면 어땠을까."

화랑은 비교적 한산했다. 미스 홍도 방금 전 내게 전해준 내용 이상을 알지 못했다.

"꼭 만나 뵈어야 할 사람이라고만 하시던 걸요. 다시 연락드리겠다고요. 선생님의 근황을 자꾸만 꼬치꼬치 묻던 데요. 약간 쉰 듯한 저음이었구요."

분명히 박이다. 그도 나를 궁금해하고 있다. 제가 사람이라면 궁금하겠지.

생각보다 이민법이 까다로워서, 어머니가 오시고 나서 한 해가 다 지나서야 정해는 내게 왔다. 정해의 눈 밑에는 기미가 새카맣게 끼어있었다. 아내의 제안대로 미용기술을 익혀온 정해는 약간의 휴식을 취한 후에 곧바로 미용실에 취직을 했다. 새 생활에 적응하기에도 힘이 들었을 터인데도 정해는 바쁜 중에 박을 불러들일 서류를 작성하여 보내는 것 같았다.

박은 전화 한 번, 편지 한 장 쓰는 법이 없었다. 매번 정해가 전화를 하고 왜 빨리 오지 않느냐고 성화를 바치는 것 같았다. 더러는 나 몰래 그에게 얼만가의 돈을 보내는 눈치이기도 했다.

변화를 두려워하는 아내를 설득하다 못해 나는 파리행을 일단 접어둔 채 대학원에 등록했다. 그간 국내 사정이 좋아졌는지 새까만 후배들이 많이들 와 있었다. 그들과 함께, 한 캠퍼스에서 공부를 하면서도 나는 자주 격세지감을 느껴야 했다. 같은 피부색깔을 가졌다는 이유만으로 얼굴 붉힐 일도 많이 겪었다.

그즈음에는 나는 정해보다 오히려 내 쪽에서 박을 더 절실하게 기다렸다. 하루빨리 그와 어울려 그 옛날 함께 나누었던 이야기를 나누며 다시 옛날의 열정에 휩쓸릴 수 있으면 좋겠다는 생각이 들었다. 박과 함께 그림을 그리고 함께 술을 마시던 그 무렵이, 정말 눈물겹게 그리웠다.

박에게 한번 독촉전화를 넣어야겠다는 나를 정해가 말렸다. 수일 전 통화를 했는데 박이 자기에게는 뉴욕보다 파리 쪽이 더 어울리지 않느냐고 묻더란다. 아무리 생각해 봐도 자기는 파리 체질인 것 같다고. 마침 스폰서가 한 명 생겼으니 기회를 보아서 그쪽으로나 한 번 가봐야겠다고도 했단다.

"그게 대체 무슨 소리야?"

"오빠, 이젠 나, 그 사람에 대한 미련 없어. 이곳에 오면 혹시 사람이 달라질까 생각했는데, 저렇게 애를 먹이고 오지를 않더니 뜽딴지같이 파리로 가겠으니 생각이 있으면 나보러 그리로 오래. 생각이 있으면 이라니? 그게 지가 나한테 할 소리야? 보나마나 어떤 돈 많은 여자 하나 꿰어차고 파리행을 꿈꾸고 있는 거야. 틀렸어, 애당초 틀려먹은 인간이야. 오빠, 나, 이제 그 사람 포기할래. 그 인간 생각만 해도 넌덜머리가 나."

정해는 정말 그날 이후 내 앞에서 박의 이야기를 더는 끄집어내지 않았다. 박에게서도 끝내 편지 한 장 날아오지 않았다. 정해 몰래 내가 서너 차례 전화를 넣어보았으나 번번이 연결되지 않았다. 그 애 말대로 낯선 여인네들만이 전화를 받을 뿐이었다. 어느 날 나는 그들 중 한 사람에게 마침내 그가 파리로 떠났다는 소식을 들었다. 그러나 나는 그날 이후 파리의 지인 누구에게서도 그의 소식을 얻어듣지 못했다.

"선생님, 아침부터 전화 주신 바로 그분이신데요."

폐관을 앞두고 ㅅ, ㅈ과 함께 작품정리를 거의 끝내가고 있는데 미스 홍이 내게로 수화기를 넘겨주었다.

"너 한번 만나기 되게 어렵다."

박은 다짜고짜 시비조로 나왔다. 녀석은 늘 그랬다.

"그래? 그렇담 미안하게 됐다."

"작품 다 봤어, 좋던데? 역시 넓은 세계로 간 것이 잘한 짓 같아. 너의 경우엔."

"대체 어디에 있는 거야? 모두들 궁금해하던데…. 바쁘지 않으면 좀 만나지."

"그렇잖아도 지금 그리로 가려던 참이야. 네게 도움을 청할 게 있어. 폐관시간이 다 되어서 미리 전화하는 거야. 혹, 장소를 옮길 것 같으면 메모해 놓던지…."

"기다릴게."

그제야 안도의 한숨이 쉬어졌다. 나 못지않게 박도 나를 만나고 싶어 했음을 확인한 탓일까. 이상하게 마음이 푸근해졌다.

약속한 30분 후에, 정확히 박은 화랑에 나타났다. 이십여 년의 세월이 흘렀어도 박의 곱슬머리와 눈웃음치는 모습은 예전 그대로였지만, 나와 마찬가지로 그의 머리 또한 반백이었다. 그동안 적당히 늘어난 몸피와 풍광 좋은 곳에서 오랫동안 제 일에 열중한 자에게서나 나옴직한 몹시도 평안한 낯빛이 참으로 보기에 좋았다.

진심으로 나는 그의 손을 잡았다. 그제껏 함께 기다려준 ㅅ, ㅈ과 함께 근처에 있는 호프집으로 들어섰다. 자리를 정하고 나자 그제서야 생각이 난 듯, 박이 영문으로 쓰인 편지 한 통을 슬며시 내 쪽으로 밀어 놓았다.

"며칠 전에 배달된 우편물인데, 무슨 귀신 씻나락 까먹는 소린지 알 수가 있어야지. 한번 읽어봐라."

발신인에 시선이 멎는 순간 나는 화들짝 놀라움을 금치 못했다. 잠시 후 편지를 펼쳐 보고는 나는 아예 감전에라도 된 듯 한동안 옴짝달싹하지 못하고 그렇게 앉아있었다.

"대체 뭐야? 뭔데 그래?"

ㅅ이 내 손에서 채뜨리듯 인쇄물을 가지고 갔다.

"발신인이 브르크린 미술관장으로 되어 있는데? 자네 거기서 전시회

하나?"

"어찌어찌해서 그런 게 오긴 왔는데, 그거 해도 되는 거야? 현지 사정에
하도 어두워서 이렇게 와도 겁이 나서 말이야."

박의 목소리가 자못 근심스러운 어조를 띠웠으나, 그의 마음 한구석에
감추어진 자랑을 내가 모를 리 없었다. 마침내 앞에 놓인 생맥주를 들이
켰다. 4%의 알코올 기운 덕분에 갈증도, 감전 기운도 다소 누그러드는 것
같았다.

그곳에서의 초대전은 미국에 거주하는 예술가들에게도 요원한 희망 사
항이었다. 나 또한 그쪽 큐레이터의 눈에 들기 위해 한때 얼마나 마음을
졸였던가…. 공모전이 없는 미국화단에서 작품을 인정받기 위해서는 화
랑의 전문 큐레이터의 눈에 드는 것이야말로 성공의 지름길이다. 매번 완
성된 작품을 슬라이드로 만들어 목표로 하는 화랑에 우편물을 보내는
일은 미국에서 활동하는 화가라면 당연히 거쳐야 할 코스였다. 구겐하임
뮤지엄이나 현대미술관에 보내진 내 작품 슬라이드만도 거의 소형트럭 한
대 분은 되지 않았을까? 그쪽에서 보내온 초대장이 아닌 것이 내겐 그나
마 위안이라면 위안인 셈이었다.

지난 세월 동안 나의 목표는 오로지 두 미술관에서의 초대전시라 해도
과언이 아니었다. 그것이 이루어진 연후에라야 떳떳하게 귀국전시를 할
수 있으리라 생각했다. 격에 다소 차이가 있긴 하지만 단지 브르크린 미
술관으로 장소가 변경된다 해도 그 생각은 크게 다를 바가 없었다. 그곳
에서 역시 아직껏 단 한 명의 한국 화가도 전시회를 한 적이 없다….

결국, 나보다 한발 앞선다 이거지? 현지에 있으면서도 내가 따내지 못한
초대전시를 이곳에 앉아 희희낙락한 줄로만 안 네놈이 따낼 수 있다니….
녀석의 전력으로 보아 어쩌면, 이것도 거짓인지 모른다…. 녀석이 또 한

번 나를 우롱하고 있는지도…. 그깟 그림으로 네놈이 감히 세계무대를 겨
냥하여 나를 우롱하려 들어? 아니, 칩거하는 동안 녀석에게 어떤 획기적
인 전환이 온 것은 아닐까? 아냐, 그건 있을 수 없어…. 마음과 달리 자꾸
만 경련을 일으켜대는 오른쪽 눈두덩을 손가락 끝으로 지그시 누른 후,
나는 생맥주로 한 번 더 입술을 축였다. 내 하는 양을 빤히 쳐다보고 있
는 박의 시선을 주체하기가 참으로 힘이 들었다.

　스에게서 초대장을 건네받은 후, 나는 모두가 알아듣게끔 천천히 읽어
내려가기 시작했다.

　　금번 우리 브르크린 미술관에서는 귀하의 전시회를 갖기를 희망합니다.
　　그동안 우리 측 큐레이터가 귀하의 작품을 눈여겨 보아온 바에 의하면…
　　… 배분은 5:5. 팸플릿과 포스터 제작 및 오프닝 리셉션은….

　목소리가 자꾸 잠겨왔으므로 나는 자주 헛기침을 하며, 그때마다 맥주
를 들이켜야 했다.

이종협   매화중독   2013 / 204x240cm / 캔버스에 오일

접붙이기

"변변치 못한 제게 이렇게 큰상이 주어지다니 정말 부끄러울 따름입니다."

우선 그는 이렇게 겸손하게 인터뷰의 운을 뗄 작정이었다. 세상살이라는 게 무엇 하나 만만하지 않은 것이 있을까 만은 흉내조차 어려운 것이 있다면 바로 이 겸양의 덕인 것 같다. 그러나 한번 흉내라도 내어 보리라. 그러다 보면 언젠가 그놈조차 내 차지가 되지 않을까. 그때쯤이나 되어야 누구에게라도 자신 있게 성공했다 큰소리칠 수 있을 것 같다. 그나저나야, 이 오룡골 촌놈아. 너 참 출세했다.

거울 속의 제 모습을 불러 세워 비아냥해 보며 그는 다시 연습을 계속했다.

"온종일 무릎을 꿇고 작업을 합니다. 그러다 보니 한쪽 무릎에 뚝살이 져서 불구처럼 느껴질 때가 많아요. 그렇다고 이제 와서 습관이 된 자세를 바꿀 수가 없어 계속 같은 자세로 일합니다. 고충이라면 그게 고충이랄까요?"

그 말엔 조금 가슴이 뜨끔거리는데, 내 무릎은 아직 건재하거든. 그럼 뭐라고 엄살을 떨어야 한담. 정미, 요건 왜 하필이면 이때 외출이야.

ㅅ미술제의 묵화부문에 응모한 다음 날부터 그와 정미는 인터뷰 연습에 들어갔었다. 보나 마나 형기 씨 작품이 최고 상이예요. 그러니까 우리 인터뷰 연습이나 해요. 왜 서당개 삼 년이면 풍월을 읊는다지 않나요? 나도 이제 그럴 자격 충분하다구요.

정미에게는 어떤 예감이라도 있었다는 말인가. 아니면 심사위원을 찾아 은밀히 인사를 하고 다니는 나의 행동을 이미 간파했다는 말인가.

그쯤에서 도예가의 후손이라는 말을 슬쩍 흘려버리세요. 피는 못 속인다 뭐 그런 상상을 하게 말이 예요. 그래야 기자들이 알아서 부풀려 댈 거 아니에요. 또 ㅎ대학원에 적을 두었다는 얘기도 빠트리면 안 돼요. 구태여 연구과정이라는 것을 밝혀서 산통 깨지 말고 대충대충 얼렁뚱땅…. 왜 형기 씨, 장끼 있지 않아요? 요즈음은 그저 학벌 제일주의 시대니까. 인터뷰 끝나면 기자에게 눈치껏 금일봉 전달하는 것쯤 모르지 않겠죠?

그때 그는 순간적으로 생각했었다. 이 기집애는 늘 나보다 한 수 위야. 잘못 다루었다가는 큰코다칠지 몰라.

그리고 형기 씨, 내 이야기도 절대로 빼놓으면 안 돼요. 당신의 뒤에는 당신을 전폭적으로 지지하며 온갖 협조를 마다하지 않는 저, 정미가 있다는 얘기! 참 나도 따라가도 되죠?

어딜 간다고 했더라? 오늘 아침 분명 정미는 무슨 모임엔가를 나가야 된다고 말했었다. 그런데 도대체가 어떤 모임이라고 했는지 기억에 없다. 함께 생활하면서 생긴 안도감 때문일까. 예전처럼 시시콜콜 알려 들지 않는다고 정미가 알면 토라질 일이다. 그녀의 부재를 알고 있기만 했어도 급작스런 인터뷰 요청에 그처럼 황망히 응한다고 수락했을 턱이 없다. 그녀와 함께라면 인터뷰 장소에도 얼마나 느긋한 마음으로 나갈 수 있을까. 그녀가 골라주는 옷을 입고 나란히 신문사 현관에 당도하는 모습이야말로 오랫동안 그가 꿈꿔왔던 장면이 아닌가.

서실에 조금 늦게 가기만 했더라도 오늘 인터뷰는 내일로 미룰 수 있었을 것이다.

아예 그곳에 들르지 말았었던가. 혼자서 기자들을 상대할 생각을 하니 걱정이 되는 일이 한두 가지가 아니었다. 워낙 말주변이 없는 그다. 그에 비하면 정미는 타고난 달변이다. 부부는 상호보완이라고들 하지. 반쪽인간이 하나가 되는 과정이라고도 하고. 최근 들어 비로소 그는 스스로 보기에도 정미로 인해 제 모습이 온전한 인간으로 바뀌고 있음을 느낀다.

아무리 생각해도 결혼결심은 잘한 일이다. 가까운 친척 몇 명을 잃긴 했어도 그 몇 곱절의 충족감과 행복감을 얻을 수 있지 않았는가. 모두들 질투를 하고 있는 거다. 아암, 내 처지가 되어보라지. 나 같은 결론을 내리고말고….

시계를 들여다보며 그는 조금 서두르기 시작했다. 우선 옷장 문을 활짝 열어 재치고 다림질되어 주인을 기다리고 있는 와이셔츠 중에서 화가의 신분에 가장 잘 어울리리라고 여겨지는 것을 골랐다. 평상시에는 좀처럼 걸치지 않던 분홍색과 연보라의 잔잔한 꽃무늬가 있는 것. 양복 또한 이날을 위해 미리 마련해놓은 엷은 크림색을 택했다. 마지막으로 화장대로 다가가 남성용 스킨로션을 듬뿍 손에 던 다음 얼굴에 골고루 펴 발랐다. 비로소 모든 준비를 마친 그는 전신거울을 통해 다시 한 번 제 모습을 비춰보며 흡족한 미소를 지었다.

오후 2시 30분. 초봄의 미풍은 곱슬곱슬한 그의 머리카락을 기분 좋게 흩날렸다. 택시를 타면 시간이 많이 남을 것 같아서 그는 느긋한 기분으로 버스 정류장이 있는 곳으로 걸어갔다. 별스럽게 굴 것 없어. 침착해야 해.

버스는 쉬이 오지 않았다. 길가 개나리들이 마악 꽃망울을 터트리려 하고 있었다. 아파트 주변을 단장하기 위해 주민들이 꺾꽂이하여 심었던 바로 그 꽃이었다. 그도 정미를 따라 그것을 거들었었다. 신비하기도 하다. 그저 줄기를 꺾어 땅에 꽂았을 뿐인데 이처럼 싹이 돋고 꽃이 피었구나. 곧 이것들은 무리를 지어 저마다의 아름다움을 뽐내겠지….

좌석버스가 한 대 그의 앞에 와서 멈춰 섰다. 머뭇거림 없이 그는 차에 올랐다. 참말 좋은 계절이야…. 그는 빈자리 중에서 어느 한 곳을 택해 가장 편안한 자세를 취해 앉았다.

그날 날씨도 바로 이랬다. 정미의 연락을 받고 그녀의 부모님을 만나러 가던 날, ㄹ호텔 커피숍으로 가는 동안 그는 이렇게 아름다운 날씨임에도 불구하고 얼마나 많은 땀을 흘렸던가. 긴장감으로 입안 가득 고여 오던 침은 또 어땠는가.

우라질 놈의 침. 정미와의 데이트 때 제일 많이 지적을 받은 것도 바로 이 침 뱉기였다. 천박해 보이는 습관이니 하루빨리 고치라고 성화였다. 정미의 성화가 아니더라도 그는 자신의 그 습관이 과히 좋은 것이 아닌 것을 알고 있었다. 그러나 애를 쓰면 쓸수록 입안 가득 고여 드는 침.

소년 시절의 그에게 세상에서 제일 미운 사람은 열 살 연상의 큰 형이었다. 그래서 혼자 있을 때면 땅바닥에 최형철이라고 써놓고 침을 뱉은 후 마구 밟아 보았다. 에잇, 에잇, 에잇, 퉤 퉤 퉤. 나쁜 놈, 씨팔 놈. 더러는 김 영감이라고 써놓고 마구 밟아보기도 했다. 김 영감의 토지를 소작하던 아버지가 늘 영감태기 앞에서 절절매는 것이 미워, 때로는 아버지 이름을 써놓고 밟아 보기도 했다. 그러면 가슴이 조금 후련해지는 듯했다.

맨정신일 때는 오룡골의 궂은일을 도맡아 하면서도 술만 한 잔 걸쳤다 하면 개차반이 되어 온 동네를 휘젓고 다녀서 동네 사람들의 지탄을 받던 큰형. 견디다 못한 동네 사람들에 의해 강제로 추방당하기까지 형의 행적은 두고두고 동네 사람들의 입질에 오르내려 어린 그를 옥죄었다. 그의 가족이 형과 함께 추방당하지 않은 것은 순전히 김 영감의 배려 덕이었다.

얼마나 고마운 어른이시냐. 우리는 그저 그 어른 그림자도 밟으면 안 되는 겨. 알았제?

이후 그에 대한 아버지의 맹목적인 충성심이 더욱 각별해졌음은 말할 필요가 없었다.

"어쨌든 형기 씨, 난 더 이상 부모님의 성화에 견딜 수가 없어요. 우리 부모님을 한번 만나줘요. 만나서 그저 내 결혼을 미뤄 주기만 해요. 지금 공부를 하는 중이어서 결혼을 할 입장이 못 된다고 둘러대기만 하라구요. 그다음은 내가 알아서 처리할게요. 제발, 나 좀 살게 해줘요."

그도 정미가 남들이 말하는 결혼적령기를 넘어서고 있음을 알고 있었다.

하루빨리 감정을 정리하고 그녀를 놓아주어야 한다. 그래야 마땅하다. 그러나 생각과 달리 정미에게 향한 그의 마음은 더욱 절실해져 가기만 했다.

이번 기집애는 대학물까지 먹었다면서? 어떻게 대학물까지 먹은 년이 사람을 그리도 못 볼꼬. 혹시 그 년 가짜 대학생 아냐? 요샌 가짜가 하쌔고 쌘 세상이니, 무어.

그림을 시작하면서부터 부쩍 모양을 내는 그를 보며 여자로서의 어떤 직감이 작용한 탓인가. 구두를 신고 있는 그의 뒤통수에다 대고 아내는 빈정거렸다.

그 죄를 다 어찌 받으시려고…. 아들만 낳게 해주신 하나님, 정말 고맙습니다. 딸 낳아 저런 화상 좋은 일 시키지 않아도 되니 어찌 좋은지…. 그만해도 내 복이 터진 거지요. 네, 그렇고 말구요.

골목길을 나서는 그의 귀에 들려온 아내의 비정거림은 이상 깊은 노래의 후렴구처럼 하루 종일 그의 귓가를 맴돌았다.

그날, 그가 떨어지지 않는 입으로 정미에게 자신이 이미 결혼을 한 몸이라는 것을 밝힐 수 있었던 것은 사실 그 영향이었다고 봄이 옳다. 한동안 그를 바라보기만 하던 정미는 어이없다는 표정으로 그러나 단호하게 말했다. 무슨 농담을 그렇게 눈썹 하나 까딱 안하고 해요?

스스로 총각임을 내세운 적이 없건만 처음 만날 때부터 정미는 그가 미혼임을 의심하지 않는 눈치였다. ㅎ대학원 연구과정반의 분위기가 사실 그랬다. 생활에 다소 여유를 가진 가정주부와 거의 비슷비슷한 환경과 연배의 올드미스가 대부분인데 유독 한 명 끼어있는 남학생. 그네들이 보기에도 만만치 않은 실력에 동안을 가진 그는 그림을 그리다가 혼기를 놓친 노총각임이 분명하였을 것이다.

그들의 눈에 비친 제 모습이 과히 나쁘지 않았을뿐더러 딱히 사실을 밝힌다고 하여 크게 득이 될 것이 없어 차일피일 미뤄 왔는데, 정미의 표정을 보는 순간 그는 자신이 마치 파렴치범이라도 되는 양, 가슴이 뜨끔하였다.

정미와 그녀의 부모는 커피숍의 구석진 자리에서 이미 그를 기다리고 있었다. 이편을 향해 손을 흔들어 보이는 정미에게 마주 웃어 보이며, 그는 심장에서 박차는 듯한 박동소리를 들었다.

정미의 아버지는 오래 관료생활을 해온 사람들에게 흔히 보이는 신중함과 권위의식이 몸에 배어 있었다.

좋은그림찾기

나이는? 직업은? 가족관계는? 안경 너머로 탐색의 눈망울을 굴리며 어떻게든 거절할 실마리를 찾기 위해 애쓰는 정미 아버지의 노력이 그의 눈에는 안쓰럽게 비쳤다. 은근히 오기가 일었다.

정미를 저에게 주십시오. 그는 생각지도 않은 말을 불쑥 내뱉었다. 나이나 제 직업이 정미와의 결혼생활에 어떤 장애가 된다고 생각하십니까? 이해가 부족하신 것 같아서 말씀드리겠는데 화가만큼 나이 들면 들수록 더더욱 그 진가가 발휘되는 직업이 흔치 않습니다. 더욱이 제가 하고 있는 묵화는 가장 한국적인 그림으로 우리나라에서는 이미 대중화되어 있지 않습니까? 혹시 아버님께서는 윗분들에게 묵화 한 점 선물해 본 적이 없으신지요? 저는 바로 그런 우리의 그림을 그리느라고 혼기를 놓친 사람일 뿐입니다. 용기를 북돋아 주신다는 의미로 정미를 제게 주십시오. 결코, 후회하시지 않도록 노력하겠습니다.

예기하지 않은 그의 열변에 가장 큰 반응을 보인 것은 정미였다. 아버지, 이 이는 강남에서 서실을 해요. 그거 하나만 잘 운영해도 우린 잘 지낼 수 있거든요. 허락해 주세요. 아버지가 늘 말씀하셨잖아요. 눈, 코, 입만 제 자리에 붙어있는 사람이면 제 신랑감으로 족하다고요. 아버지, 게다가 이 이는 저를 이처럼 원하고 있잖아요….

석연치 않은 표정으로 한동안 말없이 앉아있던 정미 부모는 별다른 의사표시 없이 돌아갔다. 그네들이 떠나간 빈자리를 바라보면서 그는 자기 자신에게 놀라고 말았다. 그건 그녀도 마찬가지였다.

둘은 의기투합하였다. 결혼 일시, 되도록 빨리. 결혼식장, ㅈ일보사 강당. 주례는 ㅎ대학원의 연구과정에 적을 두었을 때 알게 된 서화의 대가 현암 선생. 신혼여행은 하와이나 괌으로 3박 4일. 보금자리는 서실이 있다고 둘러댄 강남의 가람아파트 정도….

결혼에 앞서 그는 성미가 둘러낸 것과 같이 앞으로 생활의 근거가 될 서실을 만드는 일을 서둘러야 했다. 준비기간 동안 그는 정말 그림을 그리다가 혼기를 놓친 노총각이 되었다. 그것 역시 예기치 못한 기쁨이 되었다. 어쩌면 영원토록 느끼지 못할뻔한 기쁨이 아닌가.

정미와 함께 시작할 새 생활은 이제까지와는 전혀 다르게 꾸며 보리라. 늘 없는 것, 투성이어서 갈증만 나던 종전생활을 단번에 반전시켜, 무엇이든 넘쳐흐를 정도의 풍요가 있는 생활 말이다. 생각만으로도 그는 행복했다.

결혼식은 극히 제한하여 초대된 하객들의 축하를 받는 가운데 조촐하게 치러졌다. 그날의 귀빈은 당연히 ㅎ대학원 연구반원들이었다. 그들은 한결같이 밝고 화사한 복장으로 들어서서 결혼식을 축제 분위기로 이끄는데 한몫을 단단히 했다. 누가 보아도 행복한 시작이었다.

형과 누이는 물론 그의 결혼식에 참석했지만 새로 마련해 준 양복과 구두에만 마음을 쓰는 눈치였다. 그들에게는 집안을 일으켜 세운 장한 동생의 또 한 번의 장한 결혼이었다. 불평이라거나 반대의사란 있을 수 없었다.

그의 어머니 역시 형과 누이와 다르지 않았다. 시종일관 어머니의 입가를 떠나지 않던 웃음기가 그것을 여실하게 증명하고도 남았다.

버스가 드디어 광화문에 닿았다. 벌써 몇 번째 시계를 들여다본 끝이어서 그는 다시 시계를 보지 않고 ㅈ신문사 쪽으로 걸음을 옮겼다. 구사옥이 아니라 새로 지은 사옥입니다. 5층 문화부의 유 기자를 찾아주세요.

오랜만에 나와 본 거리였으나 생각했던 것보다 쉽게 새 사옥을 찾을 수 있었다. 조경까지 끝낸 사옥은 오래전부터 거기 있었던 듯 자연스러웠다.

국기와 나란히 게양되어 있는 신문사 사기가 눈에 익어 그는 반가움마저 가졌다. 그는 오래전 이 신문사의 배달 소년이었던 적이 있다. 그가 받은 얼마 되지 않은 급료는 식구들의 식량이 되고 의복이 되고, 더러는 그의 학비가 되기도 했다….

유 기자는 자리에 없었다. 급한 용무로 담당 기자가 출타 중이라고 밝힌 문화부의 김 차장은 거듭 사과를 하며 대신 인터뷰를 시작하였다.

— 그림을 시작한지는 얼마나 되셨습니까?

10년 조금 넘습니다. 이제 겨우 묵화의 깊은 맛을 알 듯합니다. 그런데 대상이라니 그저 송구스럽습니다.

— 학력이 잘 알려 있지 않던데 실례지만, 대학은 어디를 다니셨습니까?

의림 선생 문하에 들어가 묵화의 기초를 닦았습니다. 그분이 타계하신 후로는 잠시 ㅎ대학에 적을 두었었지요. 그러나 대학교육에 별 의미를 가질 수 없어 얼마 다니지 않고 그만두었습니다. 그 후로는 죽 혼자 작업을 해왔습니다. 다행히도 우리나라에는 참고가 될 좋은 원본 그림이 얼마든지 있지 않습니까? 그것들을 스승 삼아 그리고, 또 그렸습니다. 덕분에 우리나라의 전국 방방곡곡 그림이 있는 곳이라면 안 다닌 곳이 없지요.

— 결혼은 하셨습니까?

그림 그린답시고 작년에야 예를 올렸지요, 당연히 아이도 아직 없고요.

— 한국화 중에서도 유독 묵화부문에 열중하게 된 계기가 있다면?

아무래도 아버님 탓이 클 것입니다. 아버님은 이름 없는 도공이셨거든요. 그분 곁에서 흙을 만지며 자랐습니다. 도자기에 좋은 그림을 그려주는 화가를 만나면 아버님이 어찌나 좋아하시던지, 저는 좋은 그림을 그려 아버지를 기쁘게 해드릴 꿈을 가지게 되었습니다.

상대방을 편안하고 스스럼없게 대해주는 김과 헤어지며 오히려 그는 섭섭한 마음까지 들 정도였다. 물론 그는 김에게 금일봉이 든 봉투를 찔러 주는 민첩함을 잊지 않았다. 그것만큼은 그가 언제 어느 장소에서건 소신 있게 해치울 수 있는 일이기는 했다.

내일 조간신문에 내 이름 석 자가 실린다. 어디 이름뿐이랴. 내 사진도 아마 대문짝만하게 박혀 나올 것이다. 사진이 실물보다 더 젊게 나와야 할 텐데….

돌아가는 길은 지하철을 이용하기로 했다. 지하도 입구에서 그는 정미에게 전화를 넣었다. 정미는 여전히 부재중이었다.

낮 시간의 지하철은 한산하기 마련이다. 대중 교통수단도 이처럼 안락하게 이용할 수 있는데 왜 사람들은 자가용을 굴리지 못해 안달일까? 듬성듬성 빈자리를 지켜보면서 그는 쿡 웃음을 터트렸다. 콩나물시루라고 비유되던 버스를 타고 터덜터덜 야간 고등학교를 드나들던 때가 먼 옛적이었던 것만 같다. 인간이야말로 얼마나 간사한가. 신문 배달에서부터 우유 배달, 이삿짐 운반, 그리고 박스공장에서의 잡일에 이르기까지 그가 해내야 했던 일은 얼마나 다양하고 힘겨웠던가.

김 영감의 간곡한 권유와 협조로 이루어진 서울 유학생활은, 처음 얼마 동안 그간 그가 김 영감에게 가졌던 나쁜 감정을 지우는데 한몫을 단단히 했다. 열세 살 어린 나이이기는 했지만, 분에 넘치는 일이라는 것쯤 모르지 않았다. 김 영감 자제들을 위하여 마련한 집 한쪽 방에서 기거하는 호강을 누리며, 그는 이런 생활을 할 수 있게 도와준 김 영감을 받들어 모셔야겠다는 생각도 절절히 했다.

그 집에는 김 영감 자제만이 아니라 그의 조카까지, 초등학교에 다니는 학생부터 대학에 다니는 학생 모두 합해 아홉 명이 기숙하고 있었다. 그들을 위해 오룡골의 과부 찬이 어멈도 진작부터 찬이와 함께 서울생활을 해왔다. 과부 사정 과부가 안다고 찬이 어멈은 유독 그에게 친절하게 굴었다. 어린 나이에 부모 떠나 살면서도 어머니가 그립다거나 외롭다거나 하는 따위의 감정에 메이지 않을 수 있었던 것도 어쩌면 찬이 어멈 탓이 클 것이다.

신동 소리를 들으며 자라왔던 그에게도 서울 애들은 넘을 수 없는 벽이었다. 그러나 그는 좌절하지 않고 밤잠을 설쳐가며 공부를 했다. 일각이 아쉬웠다. 그날도 그는 그렇게 책에 매달려 있었다.

"아니 이 새끼가, 사람 말이 말 같지 않나."

피할 겨를이 없었다. 김 영감의 맏아들 병호였다. 대낮부터 술에 취해 있던 병호는 술 심부름을 시키려고 여러 번 그를 불렀다 했다. 기척이 없자 병호는 들고 있던 소주병을 냅다 던졌다. 찬이 어멈이 달려들어 와 그 둘 사이에 끼어들었다.

"이게 어쩐 일이랴."

눈 밑 자리를 찍고 떨어진 소주병은 다행히도 깨지지 않고 방바닥에 나뒹굴었지만, 그의 얼굴은 피투성이가 되어 있었다.

"정신 차려 새꺄. 공부는 뭐, 아무나 하는 건 줄 알아? 주제를 알고 까불어야지. 주제를…"

아침에 일어나 거울을 보니 어디가 눈이고 어디가 코인지 분간이 가지 않았다. 얼굴의 부기가 빠질 때까지 학교를 쉬었다.

한번 생긴 상처는 쉬이 아물지 않고 이따금씩 그를 괴롭혔다. 주제를 알아 이 새꺄, 니 주제를. 한밤중 통증 때문에 잠이 깨면 어김없이 들려오던 그 목소리.

병호뿐만이 아니었다. 고등학교에 다니는 병민이 또한 그를 대하는 태도가 거칠기 짝이 없었다. 때도 없이 시키는 술, 담배 심부름은 그래도 참을 만했다. ㄱ여중에 다니는 동네 여학생에게 편지를 전달하는 일은 정말 못할 일이었다. 여학생은 쌀쌀맞기 이를 데 없어 한 번도 그에게 답장을 건네준 적이 없었다. 무엇보다 싫은 일은 학교 친구들에게 여학생 꽁무니나 따라다니는 아이로 비쳐지는 일이었다.

그 아래 녀석들의 태도도 다를 것이 없었다. 처음엔 깍듯이 형이라고 부르던 국만 학생 녀석들마저 함부로 이름을 불러대기 시작했다.

얼굴에 생긴 상처는 마음속 깊은 곳으로 옮겨갔다.

그를 보낸 뒤 아버지는 김 영감의 더욱 충직한 충복이 되었다. 전에는 그 집 일꾼이 나르던 곡식이며 양념들을 핑계 삼아 직접 들고 오기 일쑤였다. 이놈아, 그래 도련님이 심부름을 시키면 예에 하고 쪼르르 달려가야 옳지, 언감생심 어떤 면전이라고 모른 척을 햐, 모른 척을…. 뒤늦게 사태를 안 아버지는 그에게 생긴 상처 자국은 아랑곳하지 않고 그만을 책망했다.

애당초 아버지가 딱히 자신을 두둔하고 감싸주리라고 기대를 한 것은 아니었지만, 그만 서러워서 눈시울이 붉어졌다. 그래서 저도 모르게 볼멘소리를 하고야 말았다.

"서울이 싫어졌슈. 아부지, 아부지 따라 내려 가믄 안 되겠슈?"

순간 두툼한 아버지의 손이 그의 오른쪽 뺨을 힘껏 내리쳤다. 얼떨결에 두 손으로 볼을 감싸 쥐고 나서야 아버지의 눈에 일고 있는 불꽃을 보았다. 그때까지 그는 그처럼 화가 난 아버지의 모습을 본 적이 없었다.

"똥이 무서워서 피하는 줄 알아 임마? 더러워서 피하는 겨, 더러워서. 어찌 되든 견뎌내야 하는 겨. 견뎌내야! 알겠냐? ㄱ중학교는 아무나 댕기는 학교가 아녀. 이 집 밥 먹는 사람 중에 ㄱ중학교 댕기는 놈, 너 말고 또 있냐? 응, 또 있냐구? 너 왜 애비가 이 모양 이 꼴인 줄 몰라서 이러는 겨? 본때 좀 보여주란 말여, 본때를. 임마! 영감탱이 말마따나 판사든, 검사든 되어 이 집 바람막이가 되어 주어도 좋으니 이 애비 한이나 안 남게 시리. 이놈아! 칼을 뺐으면 무든 배추든 내려쳐야 될 거 아닌감. 네가 정 어려우면 애비가 본때 좀 보이랴?"

그날 이후 아버지는 한동안 서울에 들르지 않았다.

ㄱ중학교 뺏지. 그것은 자식 가진 사람이면 다 탐을 내게 하는 마력을 가지고 있기는 했다. 그러나 그로서는 뜻밖이었다. 아버지도 내가 괜찮은 놈이라는 것을 알고 있구나. 그저 김 영감 정도의 인물에나 굽실거리며 살 위인은 아니란 말이지. 좋다. 어디 한 번 해보자. ㄱ중학 정도에서 만족해서는 안 된다. ㄱ고등학교를 거쳐 ㅅ대학교를 가는 거다. 병호에게도 병민이에게도 불가능한 일을 해내는 거다. 보란 듯이 해내고야 말 테다. 아버지가 본때를 좀 보여주라니께, 본때를.

1학년의 겨울, 마침내 서울 애들을 따라잡은 그는 드디어 학급석차 1위의 성적표를 들고 고향에 내려갔다. 그 딴에는 금의환향이었다.

온통 동네가 어수선했다. 마을에 대단위 위락시설이 들어온다는 소문이 돌아, 온 동네가 술렁거렸다.

우리 땅도 그러니께 그 계획에 들어 간댜? 그럼 보상은 대체 어느 정도 해 준댜? 아무리 그려도 고향이 질 인디, 여기 떠나 살 수 있을까 몰러. 땅께나 가진 사람들은 그런 사람끼리 그렇지 않은 사람들은 또 저희들끼리 눈만 뜨면 모여앉아 밤새 자기만 모르는 새 소식이 더 오지는 않았는지 궁금해했다. 연일 아버지도 술에 취해 돌아왔다.

흐흐흐 봐라, 형기야. 이게 바로 오룡골 개발 계획서라고 하는 거, 요기 빨간색으로 칠해 놓은 곳 있쟈? 요기가 바로 한마디로 노른자위 땅 인디, 거기가 바로 영감님이 내게 주기로 약정한 땅이구면. 보상금을 타면 우리 여기를 뜨자. 형기 니 학교 근처로 이사를 하는 겨. 쬐끄만 가겟방이라도 하나 얻을 수 있으면 좋겠는디….

오룡골에 있는 땅의 대부분은 김 영감이 실질적인 소유주였다. 이곳에서 태어나 살아왔어도 이날 이때까지 김 영감은 손수 밭 한 뙈기, 논 한 마지기 일구어 농사를 지어본 적이 없는 인물이었다. 아무리 땅이 많기로 아버지에게 땅을 준다는 약정을 하다니. 그로서는 처음 듣는 이야기였다. 어머니도 누이도 모두 아버지 곁에 모여들었다. 그러나 아버지는 더 이상 입을 열지 않았다.

개학을 앞두고 인사차 김 영감에게 들렀을 때 그는 방안 가득 화선지를 펴놓고 무엇인가를 그리고 있는 노인의 모습을 보고 놀라움을 느꼈다. 울 밖은 저처럼 소란스러운데 그의 방은 밖의 소동과는 무관하게 적요했을 뿐만 아니라 차마 범치 못할 기운마저 넘쳐나고 있었던 탓이었다. 그러나 정작 그를 놀라게 한 것은 그림을 그리고 있는 그의 얼굴이었다. 사람이 어쩌면 이렇게 달라 보일 수 있을까. 천상의 얼굴이 있다면 바로 저런 얼굴일 것이다. 그에게 그날의 광경은 경이로움 그 자체였다.

2학년 첫 번 시험이 임박해 왔다. 이번에도 1등 자리를 놓치면 안 된다. 가까스로 얻은 1등 자리 때문에 그는 온 신경이 곤두서 있었다. 새벽 5시쯤 되었을까. 깜빡 잠이 들었던 그는 무슨 소리 엔가에 흠칫 놀라 잠을 깼다. 담벼락과 붙어있는 창 쪽에서 다시 조심스럽게 문 두드리는 소리가 났다.

누이였다. 누이는 소리죽여 말했다. 형기야, 짐 싸가지고 나와, 니 짐. 빨리! 영문도 모르는 체 그는 주섬주섬 책가방을 챙겼다. 옷도 다 싸. 니 껀 다 싸가지고 나와야 돼. 한 방에서 기거하는 찬이 어멈이 후딱 눈을 떴다. 왜 그랴, 형기야. 대체 무슨 일여? 누이가 빨리 나오래유. 기어이 일 난 거구만 그랴. 찬이 어멈이 대충 짐을 꾸려주며 구시렁거렸다. 서둘러, 도련님들 깨면 별로 좋은 일 없을 껴.

가까스로 현관문을 빠져나온 그에게 다가서며 누이가 채뜨리 듯 짐을 하나 받아들었다. 누구 본 사람 없냐? 찬이 엄마. 뭐라 그러든? 기어이 일이 난 모양이라구. 그려, 기어이 일이 난 겨. 무슨 일? 가. 가면서 얘기 해 줄께.

개발 계획서를 손에 쥔 아버지는 사람이 이상해져 버렸다. 어딘가에 가서 며칠 만에 돌아오는가 하면 집에 돌아와서는 한동안 벽만을 쳐다보고 누워 있다가 벌떡 일어나 벽장 깊숙이 넣어두었던 개발 계획서를 한도 없이 들여다보곤 했다.

바로 어저께여. 밤이 이슥해져도 아부지가 돌아오시지 않아 걱정하고 있는디, 마당에서 쿵하는 소리가 나잖아? 깜짝 놀라 나가보았더니 글씨, 초주검이 다 된 아부지가 마당에 누워 있는 겨. 성집이 아저씨라고 영감 태기 일꾼 있잖아? 그 사람이 업어다 내 박친거여. 아버지가 영감태기 땅을 가로채려고 그랬다는디, 나는 당최 그 말이 뭔 말인지 모르겠어.

거기 그대로 눌러 있다가는 더 큰일이 벌어질 것만 같아서 모녀가 궁리 끝에 서울로 향했다는 거였다.

여긴 그래도 너도 있고, 오빠도 있잖아. 영감태기 성미, 너도 알지? 언젠가, 혹부리 아저씨가 얼마나 된통 당했냐? 열차가 바로 있어서 얼마나 다행이던지….

형네 집에 가서 아버지를 뉘이고, 통행금지가 해제되기를 기다려 예까지 한달음에 달려왔다고 했다.

아무리 아부지가 죽을죄를 지었다 해도 그렇지, 어떻게 사람을 그렇게 모질게 다룰 수 있다. 두고 봐. 언제고 꼭 복수하고 말껴. 누이는 주먹까지 쥐어 보였다. 다소 의외이긴 해도 아버지의 모반이 어쨌든 그에게는 싫지 않았다. 궁금증을 참지 못한 그가 오래 참았던 질문을 하고야 말았다. 아버지가 정말 영감태기 땅을 가로채려 했을까, 누이? 그걸 내가 어떻게 아냐?

새벽달은 오룡골에서 보던 그달이 아니었다. 별 또한 그러했다. 새벽 공기가 찼다. 둘은 하염없이 걸었다. 단련된 다리였건만 허벅지께가 뻐근해 왔다.

두부 사ㅡ려. 두부 장사가 종을 흔들며 지나갔다. 신문 배달 소년이 열심히 자전거의 페달을 밟아댔다.

나도 두부 장사나 해볼까나. 누나가 푹하고 웃음을 터트렸다. 신문 배달이라면 모를까, 두부 장사는 니가 어떻게 하냐? 걱정 마, 어떻게든 니 공부는 아부지가 시켜줄 껴.

그러나 한 번 쓰러진 아버지는 좀처럼 일어설 줄 몰랐다.

텅 비었던 전동차 안의 자리는 구역이 바뀔 때마다 꾸역꾸역 들어온 사람들로 이내 가득 찼다. 승객들의 대부분이 어린 학생인 걸로 미루어 하교 시간이 분명했다. 둘씩 셋씩 짝을 이룬 그들은 쉴 새 없이 무엇인가를 말하고 있었다. 귀 기울일 필요 없이 그들의 대화는 자연스럽게 들려왔다. 화제 대부분이 저희들 학교의 선생님에 대한 것이었다. 내게도 저런 때가 있긴 있었지…. 여태껏 살아오며 기억할만한 선생님 한 분 가지지 못한 것은 어찌 나만의 탓일까. 이런 날 불쑥 찾아가 소주라도 나눌 수 있는 선생님이 진정 아쉬웠다.

선생? 그의 눈에 비친 선생이란 작자들은 한결같이 돈푼깨나 있는 집

좋은글찾기

아이들에게나 관심이 있을 뿐이었다. 고향의 학교 선생님도 그랬지만, 서울의 선생님들은 더더욱 그러했다. 있는 집 아이들은 언제 어디를 가도 환영을 받았고 그는 어디를 가도 주눅이 들어 지내야 했다. 그가 모두에게 인정을 받은 것은 중학교 1학년 말. 학급에서 일 등을 했을 때뿐이었다.

맨 처음 붓의 사용법을 가르쳐 준 동네의 서예 선생만은 그래도 스승이라 칭해도 될 듯하다. 그를 가르친지 얼마 되지 않아 스승은 말했다. 선생은 아무래도 이쪽 방면에 재질이 있는 것 같습니다. 열심히 해보십시오.

몇 차례 부동산을 전매하여 재미를 본 직후였다. 딱히 할 일이 없어 소일삼아 서예학원에 나갔다가 의외의 재미에 빠진 그는 밤늦게까지 글씨를 쓰고 사군자를 쳤다.

스승은 일산 선생을 소개하여 주었다. 현재는 채색화에 밀려 제 자리를 찾지 못하고 있지만, 묵화는 언젠가 모두에게 새롭게 인식되어질 것입니다. 이것이야말로 우리의 뿌리이기 때문이지요. 일산 선생은 장담했지만, 그는 별로 개의치 않았다. 내친김에 ㅎ대학원 연구과정에 들어갔다.

김 영감의 집에서 풍겨 나오던 묵향 냄새가 바로 이것이었다는 확신이 선 것도 그 무렵이었다. 김 영감에게는 늘 사람들이 쉬이 접근 못할 어떤 기운이 감돌았다. 기품이 있었다. 위엄이 있었다. 그것은 지위나 재산 따위가 주는 힘 때문일까. 생활이 주는 여유 때문일까. 아니면 타고나는 것일까. 혹시 묵향 탓은 아닐까.

많지 않은 나이이긴 해도 정미에게도 바로 이 기품이 있다. 옛날에 태어났다면 정미는 지체 높은 대갓집 규방의 주인이지 않았을까.

그는 가능하다면 과거의 자기를 깡그리 잊고 살고 싶다. 정미를 닮아 귀티가 흐르는 아이를 낳아 레이스가 요란한 유모차에 태운 뒤 동네의 공원을 산책하고 싶다. 그 아이와 더불어 여태껏 누리지 못한 온갖 호사를 누리며 살고 싶다. 화가 아버지와 그 남편을 자랑스러워하는 아름다운 어머니를 둔 행복한 사내아이….

"보라야, 얘, 보라야!"

그의 앞자리에 서 있던 여자애가 지하철 바깥에 서 있던 여자애를 향해 냅다 고함을 치르는 바람에 그는 정신이 퍼뜩 났다. 보라라고 불린 여자애는 계속 딴청이었다.

"어이구 저 주책, 귀 구멍이 막혔나 봐."

좋알거리던 여자애는 자기에게 차내 승객의 시선이 집중되었음을 뒤늦게 깨닫고 얼굴이 홍당무가 되었다.

민호 생각이 났다. 이따금 서실에 전화를 넣어서 아버지. 그림도 좋지만, 집에 좀 다녀가세요. 아버지 얼굴도 잊어버리겠어요, 하곤 했다. 엄마 몸이 많이 안 좋으신 거 같애요, 꼭 좀 다녀가세요. 그제 전화 목소리는 조금 볼이 부어 있었다.

안 돼. 지금이 애비에게는 대단히 중요한 때다. 뭔가 조금씩 일이 풀려가는 중이거든. 이 다음에 너도 크면 알 수 있을 꺼다. 지금 열심히 하지 않으면 때를 놓치고 말게 돼. 옛날이 더 좋았던 것 같애요, 아버지. 아버지도 그때는 늘 집에 계셨구요. 공장 때문에 형들은 시끄럽다고 불만이 많긴 했지만요.

이런, 이번 달에는 생활비 송금도 잊고 있었다. 민수, 민석. 모두 별일이야 있을라구. 아내? 그 여자는 언제나 변함없이 살고 있겠지. 자신의 신에게 매달려 내가 저지른다는 온갖 죄를 사하여 주십사 마음을 다하여 기도하느라고 하루가 어찌 가는 줄도 모를 거야. 빌어먹을, 그는 아내를 생각하면 늘 입맛이 썼다.

그녀가 언제부터 눈빛도 생김새도 판이한 이국의 신을 섬기게 되었을까. 난산 끝에 둘째 애를 낳은 직후가 아니었던가. 그보다도 끊임없이 일속에 파묻혀 살아야 하는 제 생활을 어떡하든지 보상받고 싶은 심리는 아니었을까?

어렵사리 장만한 전셋집에 그는 가족단위의 박스 재생공장을 세웠다. 고물상에서 가져온 박스는 그의 가족에 의해 눈 깜짝할 사이 수출품 포장용 박스가 되었다.

수출지상주의 시대였다. 수출을 하려면 제일 먼저 필요한 것이 무엇인가. 물건을 담을 박스였다. 수년 동안 남의 집에서 일을 배우며 발도 넓혔기 때문에 거래처를 확보하기는 어렵지 않았다. 철칙 하나, 어떤 일이 있어도 납품 약속을 지킨다. 철칙 둘, 반드시 완벽한 제품만 납품한다. 그의 말을 전해들은 식구들은 일사불란하게 움직이며 밤낮으로 힘에 부치도록 일을 했다. 한 번 거래를 튼 사람들은 계속하여 그에게 일을 맡겼다. 주문은 끊임없이 들어왔다. 밤을 새우는 일이 빈번해졌다. 손 하나가 아쉬웠다. 어머니는 고향에 인접한 미아골에서 색싯감을 구하려 했다. 전부터 알고 지내던 아낙이 자청하여 매파가 되었다. 혼사를 이용해서라도 고향에 아들의 성공을 알리고 싶어 하는 어머니의 마음을 그는 모르는 척했다.

아내는 그때 막 피어난 꽃봉오리였다. 웃을 때면 그녀 주변에 환한 빛이 생기는 것처럼도 느껴졌다. 시골에서만 살던 사람치고 서울생활에 대한 적응도 빠른 편이었다. 모두들 복덩이가 들어왔다고 좋아했다.

혼례를 치른 후 두 해가 지나서야 아이가 생겼다. 입덧이 어찌나 심하던지 아내의 얼굴은 반쪽이 되었다. 꼬박 하루 동안 진통을 했다. 골반이 유난히 작아 제왕절개 수술을 해야 한다는 진단이 내렸다. 자손을 둘밖에 가질 수 없다는 수술의 전제조건이 그를 망설이게 했다. 어머니가 완강하게 나섰다. 씨가 귀한 집안이여, 둘만 낳을 수 있남. 그래서 여자로 태어난 것을 업보라는 거 아녀. 참그라, 그저 죽었느니 하고 참아 내거라.

민호는 아내가 죽음을 각오하고 낳은 세 번째 아이였다. 그 모든 고통을 겪으면서 아내는 점점 더 말수가 줄어들었다. 최근 들어 그는 아내가 웃는 것을 본 적이 없다. 자연 그들의 관계는 소원해져 갔다.

정미는 돌아왔을까. 혼자서 인터뷰를 마친 걸 알면 어떤 얼굴을 할까.

실수 없이 잘했어요? 뭐 다른 것은 묻지 않았어요? 아니 그보다 엄마에게 먼저 알려야겠어요. 혼인신고 미룬다고 말끝마다 트집을 잡으시잖아요. 소식 들으면 뭐라고 하실까. 돌아서서 수화기부터 들을 게 뻔하다.

― 마지막으로 한 가지만 더 묻겠습니다. 앞으로의 계획이 있다면 어떤 것입니까? 김 차장이 물었다. 얼마나 오랫동안 준비해온 답변인가. 그는 담배 개피에 불을 붙인 후 짐짓 여유를 부려가며 입을 열었다.

아버님의 유업을 받들어 백자 항아리에 묵화를 그려 넣는 일을 해내는 일입니다. 화선지의 수명이 천 년이라면 도자기는 몇 천 년이고 보존될 수 있지 않습니까?

전등차의 여자 아나운서가 그가 내려야 할 역 이름을 정확히 발음했다. 그는 일어섰다. 그의 의식은 좀 전의 인터뷰 장면에 머무른 듯, 그의 입가에는 상기도 웃음기가 생생하게 남아있었다.

정명희 금강무지개 2016 / 50x44cm / 캔버스에 아크릴

홀로 아리랑

1. 시계

새벽 세 시를 알리는 벽시계의 타종소리를 들으며 윤 노인은 눈을 떴다. 앞으로 한 시간 반은 이렇게 죽은 듯이 누워있어야 한다. 아무리 눈이 일찍 떠진다 해도 마땅히 해야 할 일도 없는 바에야, 괜히 일어나 부시럭대다가 안방에 있는 큰딸 내외의 잠을 축낼 까닭이 없지 않은가. 딸네 집으로 옮겨오면서 손자네 집에 그냥 놓고 오기로 한 벽시계를 되찾아오기 망정이었지 그렇지 않았으면 어쩔 뻔했을꼬. 시간을 가늠할 수 없어 뒤척대다가 급기야 시계를 들여다본다고 불을 켜고, 그러다보면 이른 시간이어도 더 누워있을 생각이 나지 않아 괜스레 곤히 자는 큰딸을 깨우려 할지 그건 노인도 이제는 장담을 못한다. 요즘 들어 왜 그리 자발 맞아졌는지 노인은 정말 자기 자신을 쥐어박고 싶을 때가 한두 번이 아니다.

아무래도 벽시계를 되가져와야겠다고 운을 뗐을 때도 딸의 표정은 그다지 밝지 않았다. 가능하면 옛 시계는 잊고 큰딸이 준 새 시계에 적응하려 해도 그것이 생각처럼 쉽지 않았다. 이십 년 넘게 익숙해 온 타종 소리도 소리려니와 신 새벽, 당최 시간을 가늠할 수 없었던 노인은 계속 선잠이 들곤 했던 것이다. 이사 온 며칠 사이 밤낮없이 피로감을 느끼던 끝에서야 그 원인을 알아낸 노인은, 딸 내외에게는 그저 대전에 갔다 오겠다고 말하곤 한달음에 손자에게로 가서 옛 시계를 짊어지고 돌아왔다.

'노인네가 웬 고집은 그리 세담.'

난감해 하던 큰딸 내외의 그때 그 표정을 노인은 아직도 잊을 수가 없다. 지들은 한 백 년 젊을 줄 알지마는…. 그게 그렇지 않다는 것을, 늙음은 예고하는 법 없이 어느 날 그렇게 소리소문없이 조금씩 다가선다는 것을, 그것을 어찌 때가 되지 않고서야 알 수 있을꼬.

시계를 가져온 날 노인은 모처럼, 정말 모처럼, 달디단 잠을 잤다.

텡– 텡– 텡– 텡–. 드디어 기상 시간을 알려주는 네 번의 타종소리. 옛 시계는 오늘 같은 신 새벽, 그 다정하고 정확한 타종소리로 제 소임을 다 하는 참이다. 오늘은 또 무엇을 하며 하루를 보내야 하나, 순간적으로 노인은 앞일이 아득하게 느껴졌다. 7년 전 아내를 떠나보내고 나서도, 지금처럼 이렇게 사는 것이 막막하거나 아득하게 느껴진 적이 없었다.

이제 막 시작해서인지 시골생활은 참으로 고적하기 그지없다. 열다섯이 되던 해에 고향을 떠나 줄곧 도회지에서만 떠돌았기 때문일까? 도회지생활에 염증을 느껴 이곳으로 와 전원생활을 즐기고 있는 큰딸 내외와는 달리 노인에게는 이곳 생활은 때때로 유배라도 떠나온 듯 참담한 느낌마저 들곤 했다.

우선 마땅한 대화 상대가 없다는 점이 노인에게는 가장 큰 어려움이었다. 사위는 사근하기 이룰 데가 없지만, 왠지 그럴싸한 화제를 잡기가 거

북살스러웠다. 어쩔 수 없이 사위의 신세를 지게 되었다는 자격지심이 노인의 심사를 점점 더 불편하게 한 탓도 컸다. 아내 말대로 사위는 백년손님인데 그 손님의 신세를 지게 되다니, 젊은 시절의 그였다면 감히 생각도 할 수 없는 일이기는 했다.

대략 30분쯤 더 뜸을 들이고 나서 윤 노인은 천천히 자리를 털고 일어났다. 그만하면 딸 내외에게도 예의는 차렸다 싶은 생각이 들기도 하고, 등짝이 쑤셔 와서 더 이상은 누워있을 재간이 없기도 했다. 여름이라고 해도 아침저녁으로 제법 서늘한 기운이 감도는 시골공기는 오늘도 예외는 아니다. 흠 헛. 노인은 딸 내외의 잠을 깨우지 않으려고 조심을 하지만 마루를 밟을 때며 화장실 문을 여닫을 때, 자기도 모르게 헛기침소리를 낸 통에 안방에서도 두런두런 말소리가 흘러나온다.

습관이 된 아침 냉수목욕은 노인이 서른다섯이 되던 해부터 여든이 넘은 오늘날까지 하루도 거르지 않고 해온 일이다. 그 시간대조차도 매년 변하지 않고 고정되어 온, 바로 지금 이 시각이다. 그러니까 사십 년 넘게 줄곧 해온 습관인 것이다. 노인은 하다못해 어디엔가 여행을 가서조차 가능한 한 냉수목욕을 해왔다. 젊은 한때는 보문산 계곡에서 얼음을 깬 후 그 속에 들어앉았다가 머리에 고드름을 매달고 집까지 달려오기도 했다. 그 때문에 아내로부터 '정말 독한 양반'이라는 달갑지 않은 별명을 얻기도 했다.

지하수와 연결된 수도는 그때의 얼음보다야 차지 않지만, 오늘 노인에게는 섬뜩할 정도의 한기가 느껴졌다. 노인은 잠시 야릇한 기분이 되었다. 이제라도 아내의 곁으로 갈 수만 있다면 얼마나 좋을까? 하루하루 이렇게 연명하고 사느니 아내에게 갈 수만 있다면 딸들에게, 또 곧 출소한다는 아들에게도 짐이 되지 않을 텐데….

아내는 병약하긴 했어도 그리 빨리 가버릴 사람이 아니었다. 동네 슈퍼마켓에 다녀오다가 잠깐 정신을 놓아 병원 신세를 며칠 지긴 했어도 퇴원해서 요양을 하면 별일이 없을 줄 알았다.

그날도 마침 큰딸 내외가 병문안을 왔다. 딸은 아내의 부탁대로 욕조 가득 물을 받아 제 에미의 몸을 조심스레 닦았다. 목욕을 마친 아내는 얼굴에 홍조까지 띠었다. 그리고 한 시간이나 지났을까. 아내는 조용히 눈을 감았다. 마지막까지 노인의 걱정을 하면서. 그때 노인은 아내에게 위로한답시고 했던 그 말이 여직 서럽다.

"여보, 나는 괜찮아. 봐, 나는 건강하잖아."

조용히 고개를 끄덕거리던 아내의 입가에 웃음이 번졌던가 싶었는데 그 길로 아내는 노인의 곁을 떠나고 말았다. 나 먼저 갈 테니 곧 뒤따라와요, 라는 한마디 마지막 인사도 없이…. 언제나 당신이 먼저 가셔야 아이들이 편한데, 입에 달고 살던 아내는 그 길만큼은 남편에게 양보할 수 없었던 것일까. 마음의 준비도 되지 않은 노인을 남겨놓고 그렇게 먼저 가버렸다….

건강만 하면 살아가는데 아무런 지장이 없을 줄 알았다. 늘 자신이 있던 것이 건강이었으므로 그것만 지켜지면 나머지는 별문제가 되지 않을 줄 알았다. 비록 아내가 앞서 떠나가긴 했으나 사람이 태어나고 죽는 것은 인지상정이려니 했다. 그러나 떠나간 아내의 자리는 왜 그리 크고 넓은지…. 아내 없이 홀로 산다는 것이 왜 이리 서툴고 고달프기만 한 건지….

"아버지."

노인은 딸의 목소리를 듣고서야 화들짝 놀란다.

"그래, 내 얼른 하고 나가마."

딸은 이따금씩 혼자 있는 아버지가 이렇게 오래 기척이 없으면 한 번씩 아버지를 불러보곤 한다. 생전의 아내도 그랬다. 괜스레 걱정이 많은 것도 내림인가 싶다가도 그래 주는 큰딸이 못내 고맙다.

2. 스케줄 관리

오빠의 부도로 노인의 거처가 자연스럽게 조카에게로 옮겨간 지난 한 해 동안, 일주일에 한 번꼴로 정옥은 노인의 방문을 받았다. 대개는 정옥의 집에서 하룻밤 묵은 후 근교의 산이나 들로 나가 둘이 함께 산책을 하거나, 더러는 가까운 금산에서 열리는 장이나 축제 등을 구경하곤 했다. 노인은 아직까지 큰 병치레 한 번 하는 일 없이 정정할 뿐 아니라, 호기심 또한 왕성한 편으로 아직도 한곳에 머무르는 것보다 이곳저곳 유람하는 것을 좋아한다.

어떻게 보면 노인의 건강비결은 되도록이면 불필요한 걱정은 하지 않고 주어진 여건 속에서 즐겁게 사는데 있는 것 같았다.

정옥은 그토록 아끼던 외아들의 파산소식에도 아랑곳없이 노인이 여전히 꼿꼿하고 정정한 것을 다행으로 여기다가도, 자식이야 어쨌건 자신의 안위에만 집착하는 이기적인 노인네로 생각되어 이따금 복잡미묘한 감정에 빠지곤 했다. 오빠 정섭에 대한 미움은 미움이고, 어머니가 살아계셨으면 최소한 저렇게 이기적인 태도를 취하지는 않을 것이라는 생각 때문이었다.

그런데 의외의 사태가 생기고 말았다. 결혼한 지 십 년이 넘도록 아이가 없던 조카며느리에게서 아이를 가졌다는 낭보와 함께 더는 할아버지를 모실 수가 없노라는 전갈을 보내온 것이다. 입덧에 유산 기미가 겹쳐 몸조리를 해야 한다는 것이 표면적인 이유이었지만, 애초부터 노인을 모실 마음 그릇이 되어있지 않던 아이들이었다. 서울에 있는 여동생과 궁리 끝에 정섭이 나올 때까지 우선 정옥의 집에서 노인을 모시기로 했다.

이사를 하면서도 별다른 반응을 보이지 않던 노인은, 막상 짐을 풀자 무엇 무엇이 빠졌다며 누구에게랄 것 없이 타박을 하기 시작했다. 어차피 정섭이 출소하게 되면 도로 오빠 집으로 가서야 해서 짐을 최소한으로 줄였으니 불편해도 조금만 참으라 해도 그때뿐, 노인은 하루가 멀다고 조카네에게 갔다가 무엇인가를 들고 오곤 했다. 정옥의 눈으로는 그다지 중요한 것이 아닌데도 불구하고 바쁘다는 조카의 차에 편승하거나, 택시를 대절까지 해가면서 자신의 고집을 꺾지 않고 무엇인가를 계속 옮기는 데는 저렇게도 아버지가 지각이 없는 사람이었나 야속한 마음마저 들었다. 제일 마지막으로 가져온 것이 바로 다 낡아빠졌지만, 타종 소리만큼은 분명한 벽시계였다.

그 시계가 오고부터 정옥 내외에게는 달콤한 아침 시간이 사라져버렸다. 노인에게는 효자격인 시계가 그들에게는 단잠을 잘라먹는 괴물역할을 하기 시작한 것이다. 연이어 들려오는 허 흠, 노인의 헛기침 소리와 푸와푸와 샤워소리는 지금 지상에서 정옥 내외가 듣는 최악의 소리로 자리매김되는 중이었다.

아버지의 사십 년 넘는 생활습관을 이제 와서 바꾸도록 종용한다거나 비난하고 싶은 생각은 정옥에겐 추호도 없었다. 다만 새벽잠을 즐기는 정옥 내외의 달콤쌉싸름한 그 시간을 빼앗지만 말아주었으면 하고 바라는 것이다. 이건 정말 아무리 생각해도 억울했다. 날마다 새벽잠을 설치니 정옥은 거의 온종일 비몽사몽 간을 헤매게 되었다.

뿐만이 아니었다. 그간 남편이 정년퇴직한 덕분으로 이제 정옥은 노인과 오붓한 시간을 가지기는 어려운 처지가 되었다. 한 달이면 대여섯 번 남편과 이런저런 모임에 동행하는 일도 잦았고, 더러는 백화점이나 시장에도 다녀와야 했기 때문이었다. 물론 출가한 아이들을 보러 일산에도 빈번하게 다녀와야 하기도 했다. 그런 사실을 육감적으로 알아챘는지 노인은 이제는 스스로 하루하루의 스케줄을 챙기기 시작했다.

바로 오늘 아침만 해도 그랬다. 이곳 화림리에는 아직껏 시내버스가 하루 네 번밖에 왕복하지 않는다. 노인이 아직 혼자 시내에 나가는 것은 이르다고 판단한 정옥은, 일정기간 동안은 노인과 함께 외출하기로 정한 다음 일주일에 최소한 이틀 정도는 대전, 또는 금산시까지의 동반 외출계획을 세웠다. 그리고 바로 내일 세 식구가 모두 함께 외출하기로 약속을 해두었다.

이른 아침을 먹은 탓에 텃밭에서 웃자란 열무며 상추, 쑥갓을 한 차례 솎아내고 나서도 시간은 8시밖에 되지 않았다. 정옥은 설거지를 마친 후 세탁기 앞에서 빨래를 돌리느라고 노인이 제 곁에 서 있는 것을 알아채지 못했다.

"아가!"

정옥은 거의 노기에 가까운 목소리로 자신을 부르는 노인의 목소리를 듣고 소스라치듯 놀라고 말았다. 아마 노인은 이미 여러 차례 정옥을 불러댄 모양인데 정옥은 그 사실을 전혀 모른 채 빨래에 여념이 없었던가 보았다. 이미 노인은 말끔한 정장차림이었다.

"왜요, 아버지? 어디 가시게요?"

놀란 정옥에게, 그제서야 조금 누그러진 목소리로 노인이 대답했다.

"아무래도 갑갑해서 서울에 좀 가보려고."

"그럼 내일 저랑 함께 나가셔서 올라가세요."

정옥의 대꾸에도 아랑곳없이 노인은 고집을 부렸다.

"오늘, 가고 싶어."

"어디 꼭 들르실 데라도 있으세요? 그보다 혼자서 올라가실 수는 있으세요?"

"그럼, 그럼. 첫 번 시내버스가 15분에 있지 않어? 그거 타고 차부에 가면 서울 가는 차는 많지 않던가?"

"돌아오시는 차는요?"

"아, 내가 집도 못 찾아올까 봐?"

마침내 노인이 다시 역정을 냈다. 그 바람에 정옥은 괜스레 머쓱해졌다.

사실 노인이 이처럼 스스로의 스케줄을 챙기고 살아간 것은 어제오늘의 일이 아니건만 새 생활에 적응하기까지의 기간을 참지 못해 벌써 서울행을 하려 하는 것은 정옥에게는 정말 뜻밖이었다. 무엇보다 노인의 기억력이 예전만 못한 것이 정옥의 걱정이었다. 한 번 대전에 외출할 때마다 하루 네 번 운행하는 버스 시간을 기억하지 못해 택시를 대절하는 일이 벌써 여러 번이건만, 당신이 돌아올 시간까지 초조하게 기다릴 딸의 입장이나 과분한 택시비 지출 같은 것은 애당초 관심 밖인 아버지다. 허긴 어머니 살아생전에도 그랬다. 정옥이 친정에라도 들를라치면 어머니는 혼자서 집을 지키고 아버지는 늘 무슨 일 때문인지 그렇게 출타 중이셨다. 사내란 자고로 하루 한 번은 문밖출입해야 한다는 것이 젊을 적부터 노인의 소신이긴 했다. 세상에 어른을 모시는 일이 이처럼 어려운 일일 줄이야…. 요즈음엔 아예 남편의 눈치까지 보게 된다. 조카며느리가 이따금씩 뱉어내던 하소연이 다 뼈있는 말이었음을 새록새록 느끼고 있는 요즈음이었다.

3. 순례기

언니인 정옥에게서 갑자기 노인의 서울행 소식을 접한 정혜는 공연히 짜증이 났다.

근래 들어 부쩍 잦아진 아버지의 서울행은 '서울 사는 친척탐방 또는 인척순례'의 의미가 컸다. 이번 서울행 또한 정혜에게는 몇 날 며칠이고 노인이 지칠 때까지 그의 수행비서 노릇을 해야 함을 의미한다. 몇 차례 동행한 결과에 의하면 바로 이 행사는 이제 윤씨 일가에게 더 이상의 의미가 없다는 것이었다. 오빠 정섭의 부도로 인하여 사실상 노인은 그가 오랫동안 누려온 집안의 최고 어른으로서의 권위를 상실한지 오래였다. 정섭은 정옥, 정혜 자매에게는 물론이거니와 손이 닿는 친척 누구에게라도 연 걸리듯 빚이 걸려있었다. 다만 누구 하나 내놓고 노인에게 그 사실을 말하지 않고 있을 뿐이었다. 정혜에게는 아버지에게 그 사실을 알려야 하는 책무가 있지만, 그것이 알려졌을 때 노인이 받을 충격이 두려워 어쩌지 못하고 있는 처지였다.

더욱 그녀를 난감하게 하는 것은 정혜에게는 이미 며칠 전부터 선약이 두어 군데 되어있다는 점이었다. 그중 한군데는 딸애의 혼사와 연결되어 있었으므로 이쪽에서 약속을 앞으로 당기거나 뒤로 미룰 처지가 아니었다. 정옥은 가급적이면 서울역에 나와 노인을 모셔갔으면 하지만 그건 안될 말이었다. 노인의 서울행이야 자주 있는 일이지만 혼사는 때를 놓치면 어렵다는 걸 얼마 전에야 가까스로 깨달은 정혜이다. 더욱이나 딸애는 이미 서른이 가까워 오고 있다. 언제까지 정섭에게 떼인 혼수비용 탓만 하고 있을 계제가 아닌 것이다.

어른 모시기가 극진한 언냐야 모든 스케줄을 접어두고 라도 한달음에

서울역으로 향할 테지만 정혜는 우선 일의 우선순위대로 일 처리를 하기로 마음먹었다. 마침 아들애가 집에 있었으므로 녀석에게 당부하고 집을 나서기로 했다. 할아버지와 맛있는 점심이라도 사 먹으라고 모처럼 용돈을 쥐여주자 아들애의 입이 귀에 걸렸다. 버릇은 들이기 나름이라고 노인이 벌써 정혜 저의 이런 접대법에 익숙해 있을지도 모르며, 어쩌면 매사에 사려 깊게 처신하며 극진히 예우해주는 언니보다 편한 대로 대하는 제 방법이 오히려 노인에게도 잘 통할지 모른다는 생각을 해봤다.

이튿날 아침, 수저를 놓자마자 정혜가 우려했던 대로 노인은 사당동에 있는 맏조카 태섭의 집으로 가고 싶어 했다. 대부분의 조카들이 그러하듯 그 역시도 학창시절 노인의 도움을 적지 아니 받았으나, 정혜가 보기에는 단순히 작은아버지로서의 예우를 할 뿐인데도 노인은 서울에 들를 때마다 사당동 방문에 큰 비중을 두곤 했다. 그것은 어쩌면 노인에게는 태섭이 아들인 정섭 이상으로 마음을 주었던 상대이기 때문인지도 몰랐다. 더더욱 정섭이 그리된 터라 노인은 어쩌면 태섭에게 어떤 식으로든 위안을 받고 싶었는지도 모르겠다.

노인이 젊고 사업이 번창하던 한때, 정혜의 집에는 고향에서부터 올라와 학교를 다니거나 어머니나 아버지의 일손을 돕는 사촌 언니와 오빠들이 자신의 형제 수보다 많았다. 그중에서 오빠 정섭보다 다섯 살이나 위인 태섭 오빠는 유독 노인의 아낌을 받았다. 대전에서도 수재들만 다니는 ㄷ중학교에 좋은 성적으로 합격한 것도 그러하거니와, 큰아버지가 어렵게 얻은 집안의 장손이어서 더더욱 노인의 사랑을 받았던 것 같다. 아마도 정섭 역시 외아들이므로 은연중에 태섭과 형제처럼 지내기를 기대했는지도 모르겠다. 노인은 자청해서 태섭의 든든한 후원자가 되어주었다. 그 덕분인지 태섭은 서울에 있는 ㅅ대학을 졸업하고 원하는 직장에 들어가 승승장구하다가 얼마 전 정년을 맞았다.

"여기인 것 같은데 내가 한 번 내려가서 찾아보마."

앞선 두어 군데에선 아리송한 표정이던 노인이 이번에는 확신이 선 듯 정혜에게 차를 멈출 것을 지시했다. 한여름 더위 속에서 태섭의 집을 찾으려 땀으로 범벅이 된 노인의 뒷모습을 보고 있자니 정혜는 괜스레 심사가 뒤틀렸다. 옛집을 수리하여 다시 들어 왔다는 태섭의 이야기에, 그 집이라면 찾을 수 있다고 장담한 노인을 믿은 것이 불찰이라면 불찰이었다. 더욱이나 두 번씩 확인전화를 넣었음에도 선뜻 마중을 오지 않는 태섭네 식구가 정말 괘씸하기 짝이 없었다.

가까스로 찾아간 태섭의 집에는 일이 생겨 급히 나갔다는 태섭을 대신해 올케 혼자 오도마니 노인을 기다리고 있었다. 정혜는 물론이려니와 노인의 표정도 금세 씁쓸해졌다. 점심을 드는 둥 마는 둥 하던 노인이 결연한 표정으로 정혜에게 영등포에 있는 조카딸에게 가자고 했다. 정혜가 우려했던 '친척 순례'의 시작인 셈이었다.

그새 사촌 언니네 형편은 나아지기는커녕 오히려 가세가 기울어질 대로 기울어져 있어서, 노인에게는 물론이려니와 사촌 동생인 정혜에게도 부끄러움을 가지고 있는 듯했다. 태섭이가 노인에게 섭섭하게 대하는 것도 그렇고, 이 집 형편이 이리된 것도 정섭 때문은 아닐까 싶어 정혜는 정말 간이 오그라드는 기분이 되었다. 정혜는 이런 시간이 몹시 불편했다. 이런 경우 어머니가 살아계셨더라면 두 여인은 서로에게 위안이 되었으련만, 노인으로서는, 더더욱이 정혜로서는 속수무책이었다. 그래도 노인은 다음날이 되면 또 다른 조카와 조카딸을 기억해낼 것이다. 그들에게 베풀었던 작은 은전과 그에 따른 추억까지를 되새기면서….

내일 정혜는 아버지를 무작정 소래의 부두로 모시고 갈 참이었다. 그토록 좋아하는 광어회를 실컷 드시게 한 후 바다를 보고 돌아오면 속이 좀 후련해지지 않을까? 예전처럼 소래에 다녀온 이후에는 또 목동에 살고 있는 순자 언니나 부천에 있는 명섭이를 보고 싶다 할지 모르겠다.

그러나 정혜의 예상은 이번엔 보기 좋게 어긋났다. 다음날 노인은 정옥의 딸네 집을 방문하자 했다. 정옥의 집으로 옮겨온 이후 외손녀가 살갑게 느껴진 덕분인 듯했다. 과연 그 애와의 만남은 다른 이보다 정혜에게 사뭇 각별하게 느껴졌으나 그것도 잠시뿐 노인은 계속 왠지 모르게 불안해했다.

과연 아버지는 무엇 때문에 이처럼 허황되기 그지없는 순례를 하는 것일까. 매번 지치는 법 없이, 더러는 기억에도 아슴한 누군가를 기억해내려 그처럼 끊임없이 애쓰는 것일까? 매 순간 작별의식이라도 치르려는 이처럼 기억에도 없는 이들까지 애써 찾아내 방문하는 아버지의 마음은 대체 무엇일까?

4. 장날

기승을 부리던 더위에 지칠 대로 지친 사람들도 장날이면 모두들 정신이 번쩍 나는가 보았다. 금산으로 이사를 온 이후 그래도 노인에게 이날만큼 기운이 나는 날은 없는 것 같았다. 어릴 적 보아온 장날과 비교할 수야 없지만, 없는 것 없는 오일장은 노인에게는 추억여행이나 진배없는 좋은 소일거리였다.

지역마다 장의 특성이 다른 것이어서 금산장은 수삼과 인삼 그리고 한약재가 여느 장보다 싸고 다양한 것이 큰 특징이다. 다른 장날과 달리 이번 장은 입구에서부터 전국에서 몰려든 관광버스와 승용차의 행렬이 꼬리를 물었다. 요 얼마 전에 모 텔레비전에서 여름철 보양식에 대한 대대적인 홍보가 있어서 그런가 보라고, 삼장사 아주머니가 자기네들끼리 이야기하는 것을 보고 노인도 그런 줄 알아들었다. 아예 한의사들까지 대동하고 삼장사를 나선 이들도 적지 않았다. 체질에 맞춰 보약을 먹어야 효과가 있는 거라며 모녀간에 진맥을 받고 있는 진풍경도 예전과 달랐다.

모녀를 바라보다가 노인은 순간적으로 눈시울이 더워짐을 느끼고 허흠, 헛기침을 했다. 모친 쪽의 갸름한 얼굴형이 돌아간 아내를 연상하게 했는지 이상스레 신혼 무렵의 아내 생각이 나서 노인은 자신도 모르게 자꾸만 눈을 비볐다. 근래 들어 왜 이리도 자주 아내가 눈에 밟히는지 모를 일이었다.

보통학교를 졸업하자마자 도회지의 과자공장에 들어가서 급사 일부터 시작했다. 손바닥만한 땅으로 농사를 지어봐야 장리빚에 허덕이는 집안을 세울 길이 없다는 판단이 선 터였다. 월급 때면 꼬박꼬박 아버지가 급료를 챙겨가는 바람에 수중에 돈이 남아있을 리 없었다. 열대여섯이면 혼사를 치르던 때에 스물일곱이나 먹은 노총각이었던 노인에게 동네의 마음씨 좋은 아낙이 중매를 자청하고 나섰다. 주머니를 까뒤집어 보일 수도 없어서 한 번만 보고 그만둘 요량으로 만났던 처녀가 어찌나 마음에 들던지 이것저것 생각하지 않고 날을 잡았다. 다행히도 아내는 장모와 단두 식구뿐이어서, 자연스럽게 처가에 들어가 신접살림을 차렸다. 젊음이 밑천이었던지 그들 부부는 금세 살림을 일구었다. 되돌아보면 그때가 가장 좋은 시절이었던 것 같다. 젊고 아름다운 아내와 귀엽고 똘망똘망한 어린 남매…. 남매를 데리고 외출하는 그들 부부의 뒷모습을 보며 부러워 하던 동네 아낙들의 소근거림….

이렇게 얼마를 더 살아야만 될까나. 정섭이 녀석이 형을 치르고 나온다 한들 그놈 밥 얻어먹기는 애저녁에 글른 터. 그렇다고 자신을 마다하는 손자 그늘로 다시 들어갈 수는 없는 일이다. 어쩔 수 없어 딸네 집에 얹혀 있자니 뭐라 하지는 않는데도 자꾸만 사위 눈치 보이고…. 견디다 못해 둘째 딸네로 휘익 바람 쐰다고 나서보지만 돌아서면 또 그때뿐이다. 정섭 이 사방팔방 늘어놓은 빚 때문에라도 친척들에게 자주자주 얼굴을 보여 주러 다녀보긴 하지만, 당사자들의 마음을 다독이는 역할이라도 제대로 하고 있는 건지 노인은 도통 모르겠다. 도대체가 사업을 어떻게 했길래 안 면 있는 이들에게 죄 돈을 얻어 썼는지…. 아무도 나서서 정섭이 제게 얼 마의 빚을 얻어갔다고 말은 하지 않지만, 그 정도로 눈치 없는 노인은 아 니다. 큰사위의 퇴직금을 축낸 것도, 손녀 딸년 혼수비용을 울궈먹은 것 도, 노인은 다 안다. 모르긴 해도 태섭에게도 상당한 부채가 있을 것이다.

젊은 시절 노인 또한 크고 작은 사업을 벌였지만, 정섭이처럼 두서없는 짓을 하진 않았다. 그리고 보면 어려서부터 정섭은 제 스스로 할 줄 아는 일이 하나도 없었다. 중·고교는 물론이고 대학까지 보궐로 들여보냈다. 아직 철이 들지 않아 그렇겠지 조금 더 기다려보자 생각하며 참아준 결 과가 이렇다. 애저녁에 정섭에게 사업을 시켜서는 안 되었다. 당최 사업가 재목이 안 되는 인물이었다. 진작에 손을 뗐으면 그나마 있던 집 한 칸이 라도 건사할 수 있었으련만…. 그랬으면 말년의 내 신세가 이리 처량하게 되지는 않았을 터…. 생각하면 정섭이 녀석이 괘씸하기 그지없다. 이 꼴 저 꼴 안 보고 먼저 간 아내는 그래도 복이 많은 것 같다.

이번 장에는 복날이 얼마 남지 않아서인지 고향 안마당에서나 보던 토

종닭이 많이 나왔다. 전에는 종자를 보려 해도 볼 수 없던 것들이 최근에는 종종 눈에 뜨인다. 유난히 벼슬과 깃의 색깔이 곱고 윤기가 나는 것이 많다. 토실토실 살도 많이 올라있다. 그 속에서 몸이라도 상하지 않고 있는지. 아내 같으면 저 닭에 인삼을 듬뿍 넣은 후 고아서 면회를 가려 할 텐데…. 노인은 지금처럼 자신이 이렇게 무기력했던 적이 언제 또 있었던가 싶다. 괜스레 딸들의 마음을 상하게 할까 봐서 이 말 저 말 참고는 있지만, 요즘 같으면 정말 사는 게 욕만 같다.

그 한켠에는 삽살개와 누렁이, 심지어는 색깔도 현란한 독사들까지 나와 있다.

손수 만든 빗자루와 호미, 낫 등을 파는 대장장이도 있다. 아예 주문한 제품을 즉석에서 만들어 주기까지 한다. 참 좋은 세상이다.

모두들 무엇인가를 한 모퉁이씩 들고 이고들 나서는데 한참을 구경한 노인은 여직 빈손이다. 무연이 자기 손을 들여다보던 노인은 모처럼, 정말 모처럼 근래 들어 자기 손으로 무엇인가를 사본 적이 없다는데 생각이 미쳤다. 젊었을 적에는 그래도 아이들을 위해서라거나 아내를 위해서 하다못해 호두과자라도 더러 사 들고 들어갔는데, 아내가 떠난 지난 수년간 노인이 산 것이라고는 글쎄 무엇을 산 적이나 있었던가 도대체가 기억에 없다.

큰딸에게도 작은딸에게도 얼마나 인색한 아버지로 비췄을까. 언제나 용돈만 받아 챙기면서 무엇 하나 제대로 베풀어보지 않았으니, 이 모두 아내가 먼저 간 탓이다. 내 스스로 하게끔 놔두지 않고, 무엇이든지 아내가 챙겨줘 아예 그렇게 버릇이 든 탓이다. 노인은 가슴을 쥐어박고 싶어졌다.

주위를 두리번거리던 노인은 마침내 즉석 생과자점을 찾아내고는 그리로 향했다. 아내가 좋아하던 센베이, 오꼬시 그리고 계란과자가 오븐 속에서 구워지는지 고소한 냄새가 풀풀 흘러나왔다. 그 옛날 노인이 다니던 양과자공장에서도 늘 이렇게 고소한 냄새가 났었다. 과자들을 그때의 그것들에 비해 종류가 다양해지고 색깔이며 윤기도 많이 좋아졌다. 노인은 모처럼 마음먹고 양과자를 사는 만큼 딸 내외가 충분히 먹고도 남을 만큼 넉넉하게 주문했다.

이 맛난 과자를 딸에게 전해줄 생각이 들자 마음이 급해진 노인은 뛰다시피 차부로 향했다. 노인의 백발이 하늘에라도 닿을 듯했다가 다시 내려앉는 모습이, 멀리에서 보면 마치 한 점 목화 꽃이 바람에 흩날리는 것만 같다. 손에 든 비닐봉지도 덩달아 한 번씩 파도를 탔다.

5. 가출

아무래도 아버지가 이상해진 것 같다. 정옥은 요 며칠 일을 생각하면 아직도 가슴이 벌렁거린다. 다 저녁에 아버지가 문 앞에서 불쑥 생과자봉지를 내밀었을 때도 몰랐다. 모처럼 아버지에게서 선물이라고 받아 들으니 너무도 감개무량했다. 몇 마디 감사의 말씀을 드리니 노인이 어린아이처럼 밝게 웃었다. 평소와 다름없이 정옥 내외와 노인은 저녁을 먹었다. 식후에는 차 한 잔에 생과자를 곁들여 티타임까지 가졌다. 그리고는 여느 때와 다름없는 시각에 건너가셨다. 그런데 보통 때 같으면 곤히 잠들어 있을 노인의 방에 9시가 넘었는데도 불이 켜져 있었다. 좀처럼 없는 일이어서 방문을 두드려보았으나 아무런 대꾸가 없었다. 이상한 생각이 들어 살짝 문을 열어보았다. 세상에! 노인은 자신의 옷가지와 잡동사니들로 온통 말도 아니게 어지럽혀진 방 한가운데에서 아직도 무엇인가를 찾느라고 정옥이 들어온 줄도 몰랐다.

"아버지, 뭐 하세요?"

정옥이 물음에 노인은 희미하게 웃을 뿐 별 대꾸가 없었다.

"아버지 지금 대체, 뭐하시는 거예요?"

정옥이 재차 다그치듯 묻자 그제 서야 노인은 피식 웃으며 뭔가를 찾는 중이었는데 그게 무엇인지 중간에서 잊어버려 도통 모르겠다고 했다. 일전에도 통장을 가지고 한 번, 도장 때문에 또 한 번. 두 번이나 법석이 난 적이 있기 때문에 노인도 민망했던지 내가 스스로 알아 해결할 테니 너는 그만 가서 자라고 단호하게 말했다. 돌아와 자리에 누웠지만 잠이 올 리 만무했다.

다음 날 아침. 방안을 범벅으로 해놓은 채 아버지는 첫차를 타고 어디론가 휑하니 나가버렸다. 다른 때와 달리 행선지를 이야기하지도 않았다. 집안은 물론 방안이 어지럽혀있는 것을 못 보는 유난히 깔끔한 양반인데 좀 이상하다 싶었다.

그런데 1시 차에 들어온 노인은 정옥이를 방으로 불러들인 후에 얼마 전에 맡긴 통장을 달라고 했다. 이유를 물으니 꼭 필요한 데가 있어서 급히 써야겠으니 아뭇소리 말고 내달란다. 정옥이 그럼 어제저녁에 찾던 것이 통장이었어요? 묻자 어제저녁에 내가 뭘 찾았다고 그래. 딱 잡아뗐다. 뭐 하실려고요? 말씀을 하지 않으시면 드릴 수가 없어요. 하자, 그럼 그냥 없었던 일로 하자며 말문을 닫았다.

그러더니만 잠시 후에 다시 정옥을 찾은 노인은 다짜고짜 내 통장이 그렇게 탐이 나더냐, 너도 별수 없다. 억지소리를 하며 정옥에게 어기장을

났다. 어이가 없어 대꾸를 못하는 정옥을 보다 못해 마침 집에 있던 정옥의 남편이

"아버님, 왜 이러세요?"

둘 사이에 끼어들었고 이에 격분한 듯 노인은 두 눈을 부릅뜬 채 길길이 뛰기 시작했다.

"니 연놈들이 이 애비 돈을 못 빼앗아서 안달인데 그래, 어디 내가 그렇게 호락호락한 지 어떤지 어디 한번 해봐라. 이 나쁜 놈들아. 이 천하에 괘씸한 놈들 같으니라구."

누가 보든지 완전히 내외가 작당하여 노인네 쌈짓돈을 강탈하는 형세였다. 정옥으로서는 아버지의 이런 모습은 난생처음이었다. 세상에 두둑한 통장이나 하나 가지고 유세를 부린다면 모를까. 정섭에게 이렇게 저렇게 뜯기고 거의 빈 통장이나 다름없는 것 하나 맡긴 형편에 해도 해도 너무한단 생각뿐이었다. 서러움 반 노여움 반, 정옥은 저도 모르게 흘러나오는 눈물을 주체할 수 없어 방 한 귀퉁이에 그대로 주저앉아 울었다. 뒤늦게 이 무슨 변고인가, 이제 아버지를 어떻게 모시나 싶어 좀처럼 눈물이 멈추지 않았다.

한참을 그러고 있는데 마당에 나갔던 남편이 들어와 아버지가 또다시 나가셨다 했다. 어디 가시냐고 물어도 대꾸도 없이 노인은 차부 쪽으로 가더란다.

"그래도 시내로 가는 마지막 버스 시간은 용케 알고 나가시더라구. 노인네가 아주 날아가시던걸. 걱정할 거 없어. 처제네 아니면 사촌집 밖에 더 가시겠어?"

노인은 그 밤, 아무 연락도 없이 돌아오지 않았다. 뜬눈으로 밤을 새운 정옥이 새벽바람에 전화를 해보고 나서야 노인이 밤 기차를 타고 서울

동생에게 갔다는 걸 알았다. 그렇지 않아도 노인의 얼굴을 어떻게 대할까 걱정이 많았는데 당분간 그 걱정은 하지 않게 되었으니 정말 다행이다 싶었다. 아무리 정신이 흐려졌다 해도 그렇지, 아버지가 이런 식으로 자신의 가슴을 후벼 파리라고는 생각조차 해보지 않았다. 앞으로의 일이 정옥은 정말 걱정이었다. 정옥은 무엇보다 남편에게 제일 부끄러웠다.

6. 평상심

한밤중에 경비아저씨의 인터폰을 받은 정혜는 소스라치게 놀랐다. 여덟 시면 잠자리에 드는 양반이 어떻게 이런 시간에 서울까지 오셨을까? 무슨 일이 난 거야, 일이 나도 아주 큰 일! 서둘러 입었던 잠옷을 평상복으로 갈아입으며 정혜는 다리까지 후들거리는 것을 느꼈다. 가만가만, 침착해야 해.

마침내 경비처소에 내려갔을 때 정혜는 후줄근한 모습으로 화단 한쪽 귀퉁이에 쭈그리고 앉아있는 팔순 노인을 보고 저도 모르게 제 눈에서 눈물이 쏙 빠져나오는 걸 느꼈다.

"아니 아버지. 이 야밤에 웬일이세요? 집에 무슨 일이 있어요? 혹시 언니네 집에 무슨 일이 생긴 거예요?"

달리 해석할 여지가 없는 것이어서 정혜는 그렇게밖에 다른 질문을 할 수가 없었다.

"니 언니랑 형부가 애비 돈을 못 알궈 먹어 둘이가 안달이 났어, 괘씸한 년놈들 같으니라구. 애당초 나를 그리로 데리고 갈 때부터 내가 알아봤다. 내 돈이 탐 나서지 다른 이유가 있을 턱이 없지…. 애비 서울 오는 데도 네 언니 인사도 안 해요, 어이구 괘씸한 년! 인정머리가 없다 없다, 내 그렇게 없는 년은 처음 본다."

드디어 아버지에게도 이런 날이 오고야 말았구나. 이게 바로 노망기라는 거 아냐? 망연이 노인을 쳐다보며 정혜는 앞으로 이 노릇을 어찌해야 하나 암담해서 한숨이 절로 나왔다.

"설마 언니가 나쁜 마음으로 그랬겠어요, 아버지? 뭔가 오해가 있으신 거 아니예요?"

정혜의 대꾸에 노인은 와락 역정을 냈다.

"너는 그럼 애비가 망령이라도 들었단 말이냐?"

"그런 게 아니라요…."

정혜가 얼버무리자 노인이 단호하게 말했다.

"어쨌든 나는 네 언니한테는 안 갈란다."

"그럼 어쩌시게요?"

"예서 너랑 살면 되지. 네 오래비가 곧 나올 텐데…."

그랬구나, 언제나 아버지의 머릿속에는 오빠가 자리하고 있다는 사실을 언제나 우리는 잊고 산다. 그동안 경제사범으로만 알았던 정섭은 이상한 사기사건에도 연루되어 아직껏 재판이 끝나지 않았다.

정혜는 우선 아버지를 모시고 방으로 들어와 자리를 펴 드리고 나왔다. 잠이 천리나 멀리 달아났다. 그렇다고 야심한 시각에 언니에게 전화를 할 수도 없었다.

깜빡 잠이 들었던가, 요란한 샤워소리에 잠이 깬 정혜는 시계를 보지 않아도 지금이 새벽 네 시라는 걸 알았다. 어렸을 때부터 익히 익혀온 아버지의 기상소리! 그 소리가 정혜에게 이상한 안도감을 주었기 때문일까.

정혜는 자기도 모르게 깊은 잠에 빠져들었다.

다음날 노인은 정혜의 집에서 살겠다고 하다가 정혜가 대꾸를 하지 않자, 너네 집에 방이 없으니 이 부근에 방을 하나 얻어 달라면서 정혜의 확답을 듣고 싶어했다. 이미 정옥과의 일을 전해들은 정혜에겐 도대체가 대책이 서지 않은 아버지였다.

친구들에게서 노인성 치매에 대해 익히 듣고 있기는 했어도 다른 분들이야 그렇다 치고, 노인의 건강상태를 근거로 내 아버지만은 절대로 그럴리 없다고 자신하던 정혜로서는 노인이 이렇게 빨리 허물어지리라고는 전혀 예상하지 못한 일이었다. 그래서 정혜는 아직도 아버지가 혹시 우리 자매를 떠보려고 이런 우스운 연극을 하고 있는 것은 아닐까 싶은 생각마저 들었다. 차라리 그렇다면 얼마나 좋을까. 정혜는 넌지시 아버지의 마음을 떠보았다.

"아버지. 혹시 아버지는, 언니와 제가 서로 원수처럼 지내도 좋으세요?"

노인은 이 무슨 당치않은 말이냐면서 펄쩍 뛰었다.

"지금 아버지가 집을 옮기시면 언니와 저는 원수가 돼요. 그러니 옮길 때 옮기더라도 서로 오해를 푼 후에 좋은 마음으로 옮기셔야죠, 지금은 안돼요. 더는 이 말씀 꺼내시지 마세요, 아셨지요?"

정옥의 설득에도 노인이 계속 고집을 꺾지 않자 정혜는 마지막 처방을 쓸 수밖에 없었다.

"아버지, 엄마가 알아봐요. 이 집, 저 집. 아버지가 자꾸 옮겨 다니시면 엄마가 얼마나 속상하겠느냐구요."

그때서야 노인이 퍼뜩 정신이 나는가 보았다.

"그래그래, 네 말이 맞다. 내가 아무래도 망령이 났는가 보다."

7. 귀가

도대체가 큰딸과 무슨 일이 있었던 걸까? 노인은 곰곰 생각해 봐도 생각이 나지 않는다. 그래서 몇 차례 큰딸의 입을 열어보려 노력해 봤지만, 딸은 완강하게 고개를 가로저을 뿐 한마디도 하지 않는다. 이번에는 사위를 들쑤셔 보지만 그 또한 입이 무겁다.

분명 지난 며칠 사이 딸과 자기 사이에 무슨 일이 있긴 있는 눈치인데 당최 노인은 기억할 수가 없다. 며칠 동안 집을 떠나 있는 탓만은 아닌 것이 분명한 데다가 집안 분위기가 예전 같지 않게 착 가라앉아 있어 노인은 심기가 여간 불편한 게 아니다.

곰곰이 생각에 생각을 거듭한 끝자락에 잡힌 기억에 의하면, 뭔가 자기가 큰딸 내외에게 돌이킬 수 없는 실수를 한 것이라는 점이고, 그것은 자신의 통장과 관련이 있다는 것이었다. 이 모두 그나마 며칠 전 정혜가 했던 어떤 말을 노인이 억지 춘향으로 조립해 낸 것에서 연유한다.

"아버지, 지금은 오빠보다 언니가 아버지에겐 효녀예요. 저는 언니처럼 못해드려요. 그러니 제발 서운한 일이 또 생긴다 해도, 그저 한 번 꾹 참고 견디셔야 해요. 언니 섭섭하게 하시면 이 담에 저도 아버지 섭섭하게 할지 몰라요, 아셨지요…. 그리고요. 아버지, 아버지 예전처럼 부자가 아니예요. 아버지 통장에 돈 얼마 없어요, 오빠가 다 썼잖아요."

노인은 그것이 무엇이든 이제는 말끔하게 잊고 싶었다. 정혜로부터 정섭이 언제 나올지도 알 수 없는 중죄인이라는 이야기도 그때 처음 전해 들었다. 아내와 그렇게 애지중지 키운 하나뿐인 아들이 세상에 할 짓이 없어 경제사범도 모자라 사기꾼이라니…. 이제야 며느리를 이해할 것 같다. 오만 정이 떨어지니 그 나이에 이혼을 한 게야. 아내는 참 복도 많다. 이

모든 구차한 꼴을 보지 않고 먼저 갈 수 있었다니….

자꾸만 혼미해지는 자신의 기억력은 또 무엇인가. 바로 조금 전의 일도 어떤 일은 기억에 선명한데 어떤 것들은 도대체 감감하다. 그런가 하면 오랫동안 생각지도 않았던 어떤 것들은 바로 어제 일인 양 뇌리에 박혀있다.

아버지도, 어머니도, 아내조차도 모두들 맑은 정신을 갖고 세상을 떠났는데 자신의 정신은 왜 이리 온전치 않은 걸까? 자기만은 그런 일이 절대로 없을 줄 알았다. 어쩌다 노망이 든 노인네를 보면 젊은 시절을 어떻게 보냈으면 늙어서 저렇게도 흉한 모양일까 싶어 한심했다. 자신은 늘 꼿꼿하고 깨끗하게 늙어갈 줄 알았다. 얼마 전 돌아간 누나가 마지막에 정신이 다소 오락가락했지만, 윤 씨의 가계에는 노망난 이는 없었기에 노인은 늘 그것을 고마워하곤 했었다.

노인은 그나마 정혜에게 다짐을 받아 두었기에 저으기 안심이 된다.

"정혜, 네가 보기에 영 애비가 가망이 없다 싶으면, 애비 추한 모습 보이기 전에 네가 하루라도 빨리 손을 써줘야 된다. 평소에 단정하고 깨끗한 아버지 모습이 좋다고 했지? 아버지를 위해서 네가 꼭 애비를 도와줘야 혀. 알았지?"

그런데 막상 때가 되어도 정혜 년의 마음이 움직이지 않으면 이 얼마나 낭패일까? 하루하루 미루다가 애비랍시고 딸년들에게 볼꼴, 못 보일 꼴, 온갖 추한 꼴 다 보인 다음에, 애비를 마음으로부터 지긋지긋하게 여길 때에야 작별을 하게 된다면 서로에게 너무나 가혹한 처사가 아닐까? 과연 내 제삿밥을 챙겨줄 마음이나 생길 것인가. 그때까지 기다리기에는 아무래도 너무 늦을 것 같다. 노인은 어떤 식으로든 좀 더 나은 방법을 찾아보기로 하고, 그 점에서는 좀 더 시간을 두고 궁리에 궁리를 거듭하여 실수가 없어야 되겠다는 생각을 해본다. 그러다가 노인은 문득 낮에 사위가 마당에서 사용하던 제초제에 생각이 미쳤다. 요즘 들어 사위가 애용하는 제초제는 성능이 어찌나 좋던지 붓끝에 약을 묻힌 후 필요 없는 풀에 조금씩 발라만 줘도 이내 뿌리까지 타들어가곤 했다. 그 제초제 덕분에 딸네 집 마당도, 아내의 산소도, 다른 때보다 유독 모양새가 좋았다.

노인은 살금살금 마당으로 나가 사위가 자주 드나드는 창고에서 예의 제초제를 집어 들었다.

달이 참 육시럴하게 밝았다.

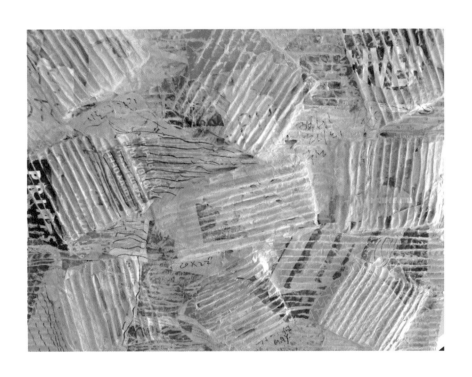

김여성   **지도그리기(뉴욕)**   2016 / 20x23inch / 혼합재료

좋은 그림 찾기

"아무래도 그림을 도로 가져가셔야 할까 봐요. 우리 그이가 그림을 볼때마다 자꾸만 삼각팬티가 연상된다지 뭐예요?"

약간의 금속성이 끼어있는 듯 묘한 여운을 주는 여자의 목소리가, 드디어 용건을 말했다.

별것들이 다 약 올리고 있어. 뭐, 삼각팬티가 연상돼? 상대가 가까이만 있다면 퉤 침이라도 뱉어주고 싶은 심정이었지만, 승희는 적당히 여유 있는 목소리를 만들어 되받았다.

"마침 잘 되었군요. 실은 나도 그림을 보내놓고 며칠 밤을 설쳤어요. 작가에게도 꼭 소장하고 싶은 것이 있기 마련인데, 그 그림이 꼭 그랬거든요."

"그러셨어요? 그럼 정말 다행이네요. 언제 한번 짬을 내서 다녀가세요. 선생님, 정말 죄송합니다. 저도 남편의 미적 감각에 정말 실망했어요…."

그러고도 여자는 한참을 변명하느라 바빴다. 그런 상대방의 태도가 점점 참을 수 없어져서 승희는 슬그머니 수화기를 놓아 버렸다.

참말로 기가 찰 일이었다. 그림을 사달라고 이쪽에서 애걸이라도 했다면 모를까. 물어물어 왔노라며 화실에 들어서기가 무섭게 그림을 둘러보더니만 바로 이 작품입니다. 제 손으로 집어내어 당장 가져가겠노라 설쳐대지 않았던가. 그림을 시작한 이래 이처럼 순수한 입장의 고객을 처음 접한 승희는 이제야말로 내 그림의 진가를 알아주는 이가 나타났구나, 생각이 되어 잠깐 동안 숙연해지기까지 했었다. 그게 달포 전이다.

어떤 전람회에서인가 선생님의 그림을 본 적이 있었거든요. 그때 받았던 감동이 쉬 지워지지 않았어요. 뭐랄까 동병상련이랄까 같은 연배, 같은 경험을 한 사람들만이 나눌 수 있는 공감대가 느껴져서 무조건 작가를 한번 만나보고 싶은 거 있지요? 새 집으로 이사를 하게 되자 제일 먼저 선생님이 떠오르더라구요.

여자의 너스레 덕분에 승희는 분당의 54평 그녀의 새 아파트까지 따라가 제 그림이 걸릴 위치까지 선정하여 주었다. 30호 F로 그린 자신의 정물화는 댕그라니 넓기만 한 아파트의 벽장식을 위해 쓰기에는 애당초 무리가 있기는 했었다. 복사품 일지라도 좀 더 우람하고 인지도가 있는 것이었다면 그들 부부의 자존심을 지킬 수 있었겠지. 십중팔구 그림을 되돌려 줄 구실을 찾느라 애께나 썼으리라. 그런데 생각해 낸다는 게 고작 삼각팬티라니. 실제가 그렇다면 덕분에 부부금슬이 좋아지리라는 생각은 왜 못할꼬.

화가로 하여금 스스로 환멸을 느껴 아예 그림을 팔 생각을 하지 못하게끔 쐐기를 박는 방법도 가지가지이다. 내년 겨울, 꽁꽁 얼어 죽을 연놈들. 승희는 이렇게 중얼거리기는 했지만, 분을 풀만한 욕지거리 하나 온전히 알고 있지 못한 자신에게 생각할수록 정내미가 떨어질 지경이었다. 그나마 어머니에게 배워둔 욕이라도 있어서 얼마나 다행인가.

에이 꽁꽁 얼어 내년 이맘때면 뒈질 연놈들아! 기가 차고 어이없는 일을 당할 때면 여지없이 등장하던 어머니의 욕지거리. 그 말을 들을 때마다 승희는 요즘 세상에 얼어 죽을 사람이 어디 있다고 그러세요, 한마디 하고 싶어서 입이 근질거리곤 했었다.

생각 같아서는 당장 쫓아가 그림을 찾아오고 싶지만, 운반도 문제려니와 감정이 제대로 정리되지 않은 상태로 상대를 대했다가 자칫 후회할 일을 저지를지도 모른다 싶어 우선 조카 혜진이를 떠올렸다.

다급할 때마다 제일 먼저 생각나는 조카애. 즈이 엄마가 오래 직장생활을 하는 덕으로 함께 나눈 시간이 많아서일까, 그 애와는 어떤 감정의 교류도, 대화도 막힘이 없었다. 지금의 심정을 얘기하면 저보다 더 열렬히 상대를 성토해 줄 든든한 후원자. 승희는 그제서야 풀쑥 웃음을 날렸다.

그럴 수도 있지 뭐. 솔직하게 말해서 내 그림이 아직은 상품으로서의 가치는 없지 않은가. 웬 눈먼 구매자가 나타났다가 돈 들여서 물건 산 뒤에 눈떴다 치지 뭐.

혜진이에게 전화를 걸어 그 애의 스케쥴부터 확인한 다음 승희는 분당의 전화번호를 알려 주었다.

별 미친 여자가 다 우리 이모 애먹이네, 알았어. 이담에 나도 그런 일 당할까 겁난다. 뭐? 계좌번호 알아오라고? 그림값 환불해 주겠다고? 한 달 반 동안 감상한 감상료는 왜 안 받고? 차라리 그쪽에 보관료를 주지 그래. 우리 이모, 왜 이렇게 여유 있으시데? 그런데 이모, 그 돈 아직 남아있긴 한 거야?

여직 왜 그 생각을 못했을까. 삼 년 전 더 이상 미룰 수 없어 단행한 대학원 진학으로 그녀의 가계부는 오래전부터 적자투성이가 돼 있었다. 두 해 반만 고생하면 된다는 확신이 있었기에 버텨냈지, 그런 기대조차 없었더라면 그 끔찍한 기간을 어떻게 넘겼을까 싶었다. 가까스로 논문이 통과된 뒤엔 복병처럼 개인전이 기다리고 있었다. 졸업에 앞서 갖게 되는 개인전은 미술대학원의 경우 통과 의례와도 같았다. 그럭저럭 십 년이 넘게한 우물을 팠으니만큼 비록 졸업 개인전이라도 남보다 더 크고 이름 있는화랑에서 보란 듯이 전시회를 하고 싶었다. 최소한 대관 임대료는 빠지지않겠는가 하는 계산도 섰다.

일주일 전시로 몇 점 소품이 팔리기는 했으나 대관료와 팜프렛 제작비용을 빠듯이 댈 정도여서 그녀의 가계부는 최악의 상태에 머물러 있었다.그런 터에 기대하지 않았던 예의 구매자가 나섰다. 그녀에게 받은 돈이 아직 남아있을 리가 없었다.

승희가 난감해 하는 기색을 보이자 혜진이가 이모, 그럼 시간을 두고생각해봐요, 대책 없이 그림을 가지고 와버리면 뒷감당은 어떻게 하려구,조심스레 제 이모를 다독였다. 이 애는 어쩜 이리 사려 깊을까, 도대체 요즘 아이 같지 않다니까. 승희는 저도 모르게 한숨을 내쉬었다.

이 애에게 느끼는 즈이 엄마의 감정도 나와 같을까. 어릴 적부터 이모의 그림 그리는 모습이 보기 좋다고 틈만 나면 승희의 흉내를 내더니 결국 같은 길을 걷고 있다. 일찍부터 갈고 닦은 탓에 혜진이의 그림은 그 나이에 어울리지 않게 성숙하다.

혜진이는 승희와 달리 동양화를 택했다. 승희는 가까운 사이의 사람들이 같은 방면에서 활동하며 겪는 마음앓이를 많이 보아온 터라 조카애의선택을 고맙게 생각했다.

늦게나마 승희가 대학원 진학을 결심한 것도 사실은 혜진이의 대학원진학이 코앞에 닥쳐있을 때였다. 조카에게 뒤처질지도 모른다는 조급함이 그녀의 결심을 도왔다. 허긴 매년 학기가 시작될 때면 대학원생 모집안

내 광고문이 승희의 눈이 예사롭게 보이지는 않았었다.

첫 애를 낳고 나서도, 둘째 애를 낳고 나서 대하게 된 광고 문안들도 번번이 승희의 가슴을 두근거리게 했다. 공교롭게도 두 애의 생일이 다 겨울이어서 몸조리를 하느라고 방안에서만 맴돌고 있던 터라 그녀는 더욱 차근차근 그 문안을 볼 수 있었다.

대학을 졸업한 이후 해산과 산후조리를 위해 가졌던 약간의 공백을 제하면 그녀는 손에서 붓을 놓아본 적이 없었다. 그런데도 캔버스 앞에 앉을 때마다 늘 두려움을 느꼈다. 이게 아닌데, 좀 더 새롭고 좀 더 트인 그림을 그려야 되는데…. 매일 되풀이되는 몇 안 되는 아이들의 레슨 시간마저도 두렵기는 마찬가지였다. 좀 더 분명하고 확실한 교육방법은 없을까…. 내가 제대로 가르치고 있기는 한 거야? 화가와 교육자. 분명한 선을 긋고 나누어 서라 해도 그녀는 어느 쪽에 설지 난감해지곤 했다. 한시도 그림을 떠나 살아본 적이 없으나 그 두 줄 중 어느 곳에도 자신 있게 설 자리가 없었다. 대학원 진학은 이 고통에서 벗어날 수 있는 돌파구라고 해도 과언이 아니었다. 화가이든 교육자이든, 그녀는 자신이 좀 더 분명하고 확고한 신념을 가지고 활동할 수 있기를 바랐다.

십 년이 넘게 혼자서만 고군분투하던 그녀에게 교수들은 제각기 다른 색깔, 다른 분위기로 마음껏 목청을 높이기 시작했다. 일주일에 삼 일은 자기 작업실을 지켜주세요, 학교에 들어온 이상 밖의 개인 화실은 일단 문을 닫아 주시기 바랍니다. 어떤 작품이든지 제작과정 전반을 오픈하세요, 지금껏 하던 구태의연한 그림 그리기에서 과감하게 탈피해야 합니다. 현대를 사는 사람답게 기존의 틀을 과감하게 깨도록 합시다. 가능한 한 다양한 오브제를 활용하기를 빕니다. 새로워지기, 거듭 새로워지기!

일 년이 지나자 그녀에게도 어떤 새로운 조짐이 보이기 시작했다. 늘 탁하기만 하던, 그래서 스스로 불만투성이였던 화면 한 귀퉁이에 어느 틈엔지 원색이 한둘씩 끼어들기 시작했던 거였다. 그 색조 덕분에 그토록 답답하던 그림에 돌연 숨 쉴 구멍이 생겨났다. 캔버스 앞에만 앉으면 생기던 두려움증도 서서히 사라져 갔다. 화실을 닫아건 대신 집으로 찾아오는 아이들을 대하기도 수월해졌다. 전에는 감히 엄두도 못 내던 미니멀 아트 등을 꼬마들에게 시도해 볼 여유도 생겼다. 그리고 그 경험을 살려 다시 자신의 작품에도 응용해 보았다.

"요즘 승희 씨, 옆에서 보면 불꽃 같애."

새카만 후배들 사이에 유독 한 명 끼어있는 동갑내기, 동병상련하는 탓에 거의 터놓고 지내는 민정의 말을 그녀는 있는 그대로 받아들였다. 스스로 생각해도 새로운 어떤 것에 눈을 뜨는 느낌이었다. 무엇이 그리도 조급했을까. 지난날을 되돌아보면서 그녀는 이따금 자문해 보았다.

그러나 모든 것이 다 순조롭지는 않았다. 우선 당장 그간 그녀에게 경제적으로 적지 아니하게 도움이 되었던 미술 레슨의 시간을 줄인 탓에 간신히 재료값은 충당된다 해도 매학기 등록금 납부가 부담스러웠다. 번번이 남편과 친지에게 도움을 청해야 했다.

나름으로는 꾸준히 작업을 해왔다고 자부하면서도 제 학비조차 스스로 해결할 수 없다는데 생각이 미치면 일순 부끄러움이 일었다. 부자 신랑 만나 유유자적 그림을 그리고 있는 동기들에게 턱없는 시샘이 생기기도 했다. 결혼생활 십 년이 넘도록 고작 말단 월급쟁이를 면하지 못하는 남편에 대한 불만도 새삼스럽게 부풀어났다. 저는 철없어 그렇다 쳐도 평생 그림을 그리겠다는 딸에게 부모로서 합당한 배우자를 선택해 주었어야 하지 않나 하는 친정부모에 대한 원망마저 들었다. 황당한 일이었

좋은그림찾기

다. 결혼생활 십 년에 이르도록 단 한 번 제 결혼이 잘못되었다고 생각한 적도, 그 비슷한 생각도 해본 적이 없던 터였다.

여자에게 끌려 그 여자의 집을 방문했을 때에도 승희는 안주인과 자신의 위치를 바꾸어 보고 있는 자신을 깨닫고 소스라치게 놀랐다. 근래 들어 여기저기 엉켜있는 빚을 생각할 때마다 참담한 기분이 들기는 했지만, 마음속에 끈질기게 따라붙곤 하는 치사한 감정은 왜 이리도 질긴지. 다른 집들같이 부부가 함께 빚을 졌다 해도 이만큼 마음의 부담이 클까. 순전히 공부한답시고 혼자 진 빚이어서인지 승희는 한밤중에도 잠이 자주 깨곤 했다.

내 복에 무슨…. 환불을 해 줄 요량으로 빠르게 돈푼깨나 쥐고 있을 친구나 인척 몇몇을 머리에 떠올렸지만, 어느 누구에게건 더 이상 구차한 말을 하고 싶지 않았다.

좀 전부터 제 자리로 지정되어 있는 곳에서 그림을 그리고 있던 두 꼬마 녀석들이 어느 틈엔지 붙어 앉아 싸움을 하고 있었다. 한 애가 일어나서 상대방 그림 한구석에 휙, 한 획을 긋고 가면 질세라 한 애가 되받아 고만한 획을 긋고, 당한 애는 분이 나서 다시 상대방의 그림에 더 큰 획을 긋고 나면 또다시…. 결국 두 애 중 한 애가 울음을 터트렸을 때에야 승희는 4절지 켄트지 두 장이 온통 검정색으로 범벅이 되어 있음을 보았다.

"도대체 니네들을 어쩌면 좋대니? 선생님 어려운 줄도 모르고…."

정말 엉망진창인 기분이었다. 어디서부터 감정을 되잡아야 하는 걸까, 참말 막막했다.

혜진이가 나타난 것은, 승희의 감정이 가라앉을 대로 가라앉아 그야말로 말하기조차 귀찮을 때였다. 각기 제 좋은 시간에 다녀가곤 하는 수강생들이 남겨놓은 지우개 가루와 수채물감 등이 바닥 여기저기를 어지럽히고 있어도 그녀는 치울 생각도 못했다. 정말 손가락 하나 까딱할 기력이 없었다.

"짠─."

언제 나와 같이 혜진이는 밝고 싱싱한 모습으로 즈이 이모 앞에 섰다. 그리고는 가방 속에서 부시럭부시럭 무엇을 찾는 듯싶더니 양념통닭 두 조각과 캔맥주를 꺼내놓았다.

"이모, 내가 지금 어디서 오는 길이게?"

"그걸 내가 어떻게 아니? 내가 뭐 점쟁이야?"

승희의 떨떠름한 반응에도 짐짓 능청을 떨던 혜진이는 싫다는 승희에게 억지로 맥주를 마시게 했다. 일단 목을 넘긴 액체는 승희의 뱃속에서 짜릿한 반응을 일으켰다.

"아, 시원하다."

그 봐 내 뭬랬수, 하는 득의만만한 표정을 지으며 혜진이도 캔맥주의 뚜껑을 땄다. 안주용으로 사온 제 몫의 치킨조각을 맛나게 먹어치운 후에야 혜진이 입을 열었다.

"내가 오늘 사랑의 마술사가 되어 설랑 이모를 위해서 한 건 올렸지. 구매자가 요구하지도 않는데 환불을 해준다고 나서는 장사꾼 봤수? 일단 분당의 구매자를 찾아갔지. 그 아줌마도 매우 난감해 하더라구…. 그래서 내가 우리 이모, 지금 상당히 자존심이 상해있거든요. 얼마나 모욕적인 일이예요, 아마 평생 잊지 못할 걸요. 대체 아저씨는 어떤 그림을 좋아하세요? 이모를 설득해서 아저씨가 좋아하실 그림을 그려 보랄까요, 떠보았더니 아줌마가 기다렸다는 듯이 그러더라구. 차라리 자기 가족의 초상화를 그려달라고 부탁하면 어떻겠느냐구. 거 좋네요, 했더니 되도록 크면 더 좋겠대. 벽 한 면을 다 차지할 수 있게 시리…. 왜 요새 있는 사람들이 하는 짓거리 있잖우? 한동안 윗사람들한테 황금으로 만든 두상조각을 선물하는 것이 유행이었잖우. 얼마 전엔 그 뭐 가족을 주제로 한 군상조각이 인기였다더니. 이제 유행이 흐르고 흘러 식구들 초상을 그려 벽에 거는 게 유행인가 봐. 이모도 슬슬 그쪽 방면에서 두각을 나타낼 때가 되었나, 왜 그런 주문이 다 온대?"

"지들이 무슨 왕족이라도 된대?"

"옛날 생각 해봐, 이모. 이모 학교 다닐 때 안 해본 아르바이트 있었수? 그림계통의 아르바이트만 생겨도 좋아라 하더니만. 유명작가 모사품은 또 얼마나 그려 팔았수? 그에 비하면 이번에는 별로 밑질 것도 없잖우. 이모, 궁중화가 흉내 한 번 내보는 거지 뭐, 것도 괜찮지 않우? 행여 경비가 추가되면 그것도 부담하겠다던 걸."

억지로 받아 마신 맥주가 슬슬 몸 안을 돌아 얼굴을 화끈거리게 했다. 가슴도 콩콩 뛰었다.

승희는 혜진이가 가지고 온 사진첩을 펼쳐 보았다. 아들 하나 딸 하나를 둔 부부는, 두 애를 가운데 두고 양옆에 보호막처럼 서서 이를 맘껏 드러낸 채 웃고 있었다. 아들애는 이목구비는 물론이고 까딱하면 비만이 될 소지가 많은 체격까지 제 아비와 판박이라도 한 것 같이 닮았다. 그중에서 그래도 승희의 시선을 끈 것은 딸애였다. 초등학교 3학년쯤 되어 보이는 갈래머리의 여자애는, 그 나이의 애들에게서는 좀처럼 볼 수 없는 어딘가 우수에 차있는 것 같은 분위기를 가지고 있었다. 이 애에게는 어떤 아픔이 있을까.

돌아갈 채비를 하다말고 그제야 생각난 듯이 혜진이는 화실 문밖에 세워 놓았던 그림을 들고 들어왔다. 제 이모의 기분을 상하게 하지 않으려고 나름대로 배려를 했음을 알 수 있었다. 몇 겹의 갈포지를 벗겨내고는 둘은, 누가 먼저랄 것이 없이 서로 마주 보고 웃기 시작했다. 화면 우측 윗부분에 둥실 떠 있는 역삼각형은 보는 이에 따라 삼각팬티로 보일만도 했다.

최근 승희는 '일기' 시리즈를 그리고 있었다. 매일매일 일기를 쓰듯이 제 주변에서 일어나는 사소한 이야기를 화폭에 담아냈다. 아직 구상 쪽이 그녀의 관심권이었으므로 승희의 그림은 단순화된 인물과 정물들이 수시로 넘나들었다. 문제가 된 역삼각형은 왼쪽 아랫부분에 놓여 있던 탁자를 변형시키는 과정에서 아무래도 탁자 부분이 너무 무거워서 위쪽으로 시선을 분산시키려는 의도로 생겨난 것이었다.

아무리 그래도 어찌 꼭 삼각팬티로만 보일까. 뭐 눈에는 뭐만 보인다더니. 눈물까지 찔끔거려가며 둘은 웃고 또 웃었다.

머리가 지끈거렸다. 벌써 며칠째 구상을 해보았지만 이렇다 할 아이디어가 떠오르지 않았다. 하루라도 빨리 만들어 넘겨주어야만 직성이 풀리겠는데 도대체 어디서부터 손을 대야 할지 난감했다. 차라리 무리해서라도 환불을 해주는 편이 나을 뻔했다는데 생각이 미치자, 승희는 온몸의 기운이 한꺼번에 빠져나가는 것 같은 느낌이 들었다.

애당초 사람에게는 다 각각의 그릇이 있는 게야. 아가, 너는 그림을 그리게끔 타고났으니 어떤 어려운 일을 당해도 다 이겨내야 하는 거다. 다 사람에게는 자기 몫의 그릇이 있는 거거든. 아범도 어렸을 때부터 그림 그리는 걸 좀 좋아했니. 지 좋아하는 거 못한 대신 너를 만났으니 것도 연분 아니 것어? 시어머니의 애틋한 며느리 사랑이 없었던들 제가 아직껏 붓을 들고 살 수나 있었을까….

살아생전 어머니의 초상 한 번 그려보지 못한 처지에 남의 가족 초상을 그리리라고 생각인들 해봤을까. 며느리 그림 그리는 시간이면 행여 방해가 될까 봐 두 애를 데리고 이 집 저 집 마실을 다니셨다. 그분의 골 깊은 얼굴을 화폭에 담고 싶은 마음이 아주 없는 것도 아니었지만, 고부간에 마주해야 할 시간이 사실은 버겁게 느껴졌다. 이 일을 무사히 마친다면 어머니의 모습을 한 번 화폭에 담아 보리라.

이 양반은 이 많은 초상들을 어찌 이렇게 열심히도 그려댔을까. 왕, 왕후, 공주와 왕자, 심지어 시녀들에 이르기까지 앞모습, 뒷모습, 어디든 닥치는 대로 쉬임없이, 빈틈없이…. 승희는 머리를 싸매고 궁리하여도 별다른 대책이 서지 않자 닥치는 대로 화첩을 들여다보았다. 아예 백남준식으로 그려 봐? 흘러간 사진첩을 대하듯 정감 있게? 아니면 황주리식으로? 내 방법, 내 식으로 그린들 알아줄 리 만무한 그림, 차라리 극사실로 처리할까, 누가 보든 알아보고 기차게 잘 그렸다 칭찬이 늘어지게 시라…. 이건 차라리 고문이야.

승희는 담배 생각이 간절해졌다. 언제 피고 어디에 놓아두었는지 기억이 없는 그것을 찾느라 그녀는 온 화실을 더듬었다. 문을 열고나서면 어디서나 쉽게 구할 수 있으련만 뻔한 이 동네에서 그 짓도 번거로워 승희는 주저했다.

"이모, 뭐 좀 되어 가?"

혜진이었다. 승희가 제일 힘들어하는 목요일 오후마다 혜진이는 승희의 화실에 와서 이모의 레슨을 돕고 있었다. 이를테면 아르바이트인 셈이다. 수강생들이 시험기간이라 약속이라도 한 것 같이 결석이어서 제 작업을 시작하려 한 터였다. 승희는 어쨌든 이 애가 반가웠다.

혜진이한테서 담배를 갑째로 건네받았다. 예의 차림답시고 아직은 맛

대고 피워 본 적이 없었다.

"혜진아, 네가 한번 해볼래?"

정말이지 이 뭐라 형용할 수 없는, 지랄 같은 기분에서 벗어나고 싶다는 일념 하나뿐이었다. 혜진이의 눈이 순간 반짝 빛이 났다.

"정말 못하겠어, 보기만 해도 지겨워. 혜진아, 이모 좀 살려주라."

"싸인은 이모가 하는 거다."

혜진은 별달리 깊이 생각하는 것 같지도 않더니만 승희에게서 연필과 스케치북을 건네받아 이내 몇 가지 포즈의 군상을 스케치하기 시작했다. 그런 조카 애를 지켜보며 승희는 순간적으로 묘한 감정에 휩싸였다. 스승을 앞지르는 제자라더니 바로 이 애가 그렇다. 소묘의 기초부터 수채화, 그리고 더 자란 후에는 유화에 이르기까지 승희는 성의를 다해 혜진이를 가르쳤다. 그런데 어떤 과제가 주어져도 막힘이 없는 저 애의 작품 구상 능력과 자신감 넘치는 저 선은 대체 어디에서 비롯되는 걸까. 작품에 대한 탁월한 해석력 또한 혜진이의 강점이었다.

이 모두가 너의 영향 아니겠니? 난 때로 혜진이가 네 딸이지 생각이 들 때가 많아. 혜진이가 날 닮은 구석이 있나, 어디 한번 찾아내 봐. 웃으며 말했지만, 언니의 그때 표정은 정말 쓸쓸해 보였다. 괜히 그림을 시켰나 봐. 내 전공인 수학을 시킬걸. 그랬음 너한테 딸을 빼앗긴 것 같은 야릇한 기분은 안 느낄 거 아냐.

언니가 그럴 때마다 승희는 자랑스러움을 숨기지 않은 채 대꾸했다. 일찌감치 마음 비우고 사는 거지 뭐. 웬 사내 녀석에게 애지중지 키워 놓은 딸 빼앗길 때 느낄 감정, 미리 연습해 본다 치슈. 다행히도 나는 언니의 동생이잖우.

꽁초가 되도록 피운 담배 탓에 머리가 핑그르르 돈다.

승희는 몇 번이나 반복해 본 사진첩을 잡아당겨 한 장을 넘겨보았다. 사광을 받은 채 잔디 위에 앉아있는 네 사람의 표정은 참으로 평화로워 보인다. 시골 풍경이 배경으로 되어있다. 언제나 시선을 끄는 것은 여자아이다. 그 애의 얼굴이 클로즈업되어있는 뒷장을 펼쳐 보았다. 이번에는 좀 더 어린 시절인 듯하다. 화면 가득 여자아이의 얼굴만 잡혀있다. 웬일인지 곧 울음이 터질 것만 같다. 어릴 적의 기억 한토막이 슬쩍 끼어들어, 승희는 저도 모르게 피식 웃고 말았다.

엄마, 선생님이 내일 미술대회 시상식이 있으니까 이쁘게 하고 오래요. 엄마는 별반 반기는 기색이 아니다. 알았지, 엄마? 그래, 알았다. 하라는 공부는 않고 허구한 날 시상식은 무슨…. 엄마는 언제나 언니에게만 관심이 많았다. 한 번도 일등을 놓쳐본 적이 없는 언니를 자랑스러워하는 것 같았다. 다음 날 아침 엄마는 언니가 입던 원피스를 내주었다. 키가 작은 승희가 입기엔 아직도 치렁치렁한 옷이었다. 마음이 내키지 않았지만 할 수 없이 입고 갔다. 설마 전날 저녁에 이야기를 했는데 잊었으랴 싶었다. 특활 선생님, 몇 명의 미술반 친구들과 택시를 타고 시상식에 갔다. 신문에 낸다면서 기자 아저씨들이 질문을 해대고 사진까지 찍어갔다. 친구들이 지켜보고 있었기 때문에 정말 쑥스럽고 부끄러웠다. 나중엔 울고 싶기까지 했다. 신문에 난 사진은 거의 울음이 터져 나오기 직전의 모습이었다. 엄마가 보고 깜짝 놀랐다. 이렇게 큰 시상식에 가면서 왜 엄마에게 말을 하지 않았니? 저런, 그래서 우리 승희가 이렇게 울상이구나. 그렇다고 해서 다음번 시상식 때 엄마의 태도가 달라지지는 않았다.

혜진이 미술대회의 시상식에 갈라치면 승희는 아무리 어려운 입장이어도 반드시 새 옷을 사 입혀 보냈다. 시간이 허락할 때면 동행도 했다. 모르는 사람들은 곧잘 둘을 모녀 사이로 알았다.

"이모, 이게 젤 괜찮은 거 같애."

혜진은 제가 그린 꽤 많은 양의 스케치 중 한 장을 승희의 코앞에 디밀었다. 어쩜, 소리가 절로 나올 지경으로 둘의 감각은 비슷하게 맞아떨어졌다. 혜진이도 예의 여자아이를 포인트로 하여 나머지 식구들을 그리고 있었다.

이 앤 어쩜 이렇게 정확하게 사물을 관찰할 수 있을까. 승희는 새삼스럽게 찬탄의 시선을 보냈다. 결국, 조카와 이모는 적당한 선에서 타협점을 찾고 각기 돌아앉아 에스키스로 들어갔다. 최대한 성실하고 맘껏 섬세하게. 에스키스를 할 때마다 승희는 혜진이를 닦달했었다.

그림은 대충이 없어. 언제나 성실해야 돼. 에스키스가 완벽해야 작품이 완벽해진단다. 성실하지 않은 작품은 금방 표시 나지 않던?

어쩌면 단순히 초상의 차원을 넘어선 작품이 될 수도 있겠어. 승희는 마음이 차분해지는 것을 감지하며 붓을 놀렸다.

애당초 여자를 화실에 들이는 게 아니었다. 승희는 되돌려 온 그림을 보고 아연실색했다. 사전에 한마디 상의도 없이, 그것도 본인이 직접 가지고 온 것이 아니라 소형 트럭 운전사 편에 보내왔다. 운반료까지 이쪽 부담이었다. 잠시 후에 여자에게서 전화가 왔다.

"우리 그이가 자기 모습이 마음에 안 든다는 거 있지요. 그러니 어째요, 애들 방에 두기도 뭣하고…."

감정이 격해져서 뭐라 대꾸를 하지 못하고 있는데 상대방이 다시 말을 이었다.

"마침 집에 잔돈이 없어서 운반비도 물지 못했어요, 괜찮지요? 그런데 이 일을 어쩌지요, 선생님? 차라리 애들 할아버지 초상을 그려 주실래

좋은그림찾기

요? 그거면 뭐 자기도 딴말이야 하겠어요? 이미 돌아가신 분인데…. 만약 딴소리하면 그땐 제가 책임질게요. 정말 죄송해요."

정말, 정말 올겨울 넘기지 말고 꽁꽁 얼어 뒈져라. 나쁜 사람들. 정말 이가 딱딱 마주칠 정도로 분이 났다. 혜진이 너, 오기만 해 봐라. 이게 다 알량한 네 아이디어 덕분이 아니니?

작품이 본격적으로 시작되어 어느 정도 윤곽이 드러날 때쯤 되자 승희는 여자에게 전화를 넣어 협조를 부탁했다. 작품의 성격상 마땅히 모델 작업이 이루어져야 했기 때문이었다. 가능하면 개개인이 가지고 있는 특성마저 화폭에 담고 싶은 욕심이 생겼다.

작품이 완성되기 전에 최소한 두 번은 화실에 와서 모델을 서 주어야겠다고 했더니 쾌히 승낙했다. 아이들이 다녀간 며칠 후 이번에는 부부가 왔다.

그들을 만나게 되었을 때 —더욱 정확하게 표현하면 문제의 당사자인 남자를 만났을 때— 승희에게는 이미 그 전에 가졌던 반감 같은 것은 말끔히 지워진 상태였다. 대학재학 중에나 다루어 보고 오래 잊고 있었던 사실적인 묘사를 다시 접하면서, 새록새록 생각나는 젊은 시절에 대한 추억 때문에 어느 때보다도 활력이 생긴 승희는 오히려 그들 부부에게 감사하는 마음까지도 생겨났다.

남자는 화실에 들어서서 인사가 채 끝나기도 전부터 담배를 입에 물더니 화실을 나갈 때까지 줄곧 담배를 피웠다. 이왕 왔으니 모델 노릇이라도 착실하게 해주면 좋으련만 그도 아니었다. 두리번두리번 이 그림 저 그림 쑤셔내 보고 들쑤시어 보고 하는 폼이, 이런저런 헛고생을 할 것이 아니라 '삼각팬티'가 연상되는 그림이 아닌 다른 무엇이 있다면 본전이나 건져가고 싶다는 심사가 뻔히 드러났다. 그런데도 끝내 그 비슷한 것을 찾아내지 못했는지 돌아갈 때까지 계속 땡감 씹은 얼굴을 펴지 않았다. 여자 역시 남자와 다를 바 없었다. 오히려 남편을 부추기는 폼이 그야말로 잘 만든 부창부수의 연극 한 편을 무대에 올린 격이었다. 참으로 자존심이 상할 노릇이었다.

아이들 덕분에 그나마 작업에 진전이 있었는데 부부를 대하고 보니 피가 거꾸로 도는 기분이었다. 그렇지만 여태까지 허비한 시간과 노력이 아까워 포기하기는 정말 싫었다. 오기로, 거의 오기 하나로 작품을 마무리하였다. 작품의 분위기로 보아서 절대로 그럴 수는 없는 상황이었지만 승희 제 개인적인 반감까지도 표현하여야만 직성이 풀릴 것 같아서 두 사람이 제게 보여준 부분을 과장 없이 화폭에 담았다. 이기적이며 저희들만 잘난 줄 아는, 참말 치사하고 야비하며 한심하기까지 한 사람들. 그러고 나니 분이 조금 풀렸지만, 사인할 일이 난감했다. 눈 딱 감고 사인을 해서 보냈다.

그 모든 과정을 다 안다는 투였다. 부처님 손바닥에서 논 푼수였다. 이것저것 가리지 말고 또 한 번 자존심을 버려? 그쪽에서 나자빠질 때까지 그려주고 또 그려주고. 최후의 승자는 최후에 웃는 자라고 누가 말했더라? 덕분에 추억놀이 한 번 더 해보는 거지 뭐.

평소의 승희답게 긍정적으로 생각의 방향을 가능한 쪽으로 보내다 말고서 그녀는 신경질적으로 일어섰다. 아무리 삭이려 해도 삭여지지 않는 고약한 이 기분.

할아버님 사진은 우편으로 발송할게요. 그래도 동경유학까지 마치신 분인데 어쩜 쓸 만한 사진 한 장 없지요? 주변 없는 건 애 아빠랑 어찌 그리 똑같은지…. 가까스로 찾은 사진이니 어렵더라도 참고 그려 주세요. 선생님, 정말 죄송합니다.

차라리 막돼먹은 여편네처럼 대놓고 환불해 달라면 어디가 덧나나, 교양 있는 여편네처럼 허세 부리는 꼬락서니라니…. 애당초 사람을 잘못 본 내가 바보지, 정말 가슴을 칠 일이었다. 그나저나 혜진이, 요 가시내는 왜 여태 나타나지 않는 거야?

숨이 턱에 바친 혜진이가 문을 민 것은 승희가 담배를 세 개비나 연거푸 피고 나서 웬만큼 감정조절이 되어 있을 때였다.

"이모, 이모, 빅 뉴스야, 빅 뉴스!"

혜진이 평소답지 않게 격앙된 목소리로 더듬거리면서 간신히 제가 주워 들은 뉴스를 전하기 시작했다. 한마디로 요즈음 승희를 애먹이는 황 여사는, 상습적으로 여류화가를 골탕먹이고 다니는 여자로, 웬만한 여류치고 한번 걸려들지 않은 이가 없단다. 한번 그 여자의 올가미에 걸려든 상대는 있는 대로 진을 뺀 후에 환불해 주는 것이 상례인데, 이상한 것은 어쨌든지 그 여자에게 한번 된통 당한 연후에는 화가 개인 신상에 좋은 일이 생긴다는 것이었다.

요 얼마 전에 프랑스 화상의 눈에 들어 내년 봄 그쪽에서 초대전을 갖게 된 유안나 씨도 그렇고, 왜 일전에 신문 잡지 기자들이 년 말에 모여 주는 올해의 화가상 받은 이나희 씨 있잖우, 그 여자가 가장 최근에 당한 여자래요. 전에는 개포동에 살았는데 그 새 분당으로 이사를 갔구만. 예화랑 박 실장님이 그러더라구. 니 이모 곧 좋은 소식 있겠다. 미리 축하 보낸다고 전해라. 무슨 희뜩 맞은 소리인가 싶으면서도 과히 기분이 나쁘지는 않았다. 그러고 보니 언젠가 무슨 모임에 선가 살짝 스쳐 들은 적이 있는 것 같았다.

"그래 모두들 환불해 주고 말았대? 바보들같이?"

"이상하게 돈을 돌려주고 나면 좋은 일이 생기더라니까."

"그래서 나도 환불해 주라 그 말이니?"

"그거야 완전히 이모 개인 소관이지 뭐, 황 여사의 눈에 이모의 그림이 눈에 띄었다는 것은 그만큼 이모의 그림이 좋아지고 있다는 거 아니유. 그것은 곧 이모 신상에 좋은 일이 생길 징조이기도 하고. 이 아니 좋수?"

"근데 그 여자 저의가 뭘까?"

"단정할 수 없지만, 문화적인 유희 아닐까? 작품 한 점 구입할만한 돈만 있음, 스스로 문화인이라도 된 양 도취되어 살 수 있잖우? 이 작품 저 작품 제집에 전시하며 돈 많은 소장가 흉내 내는 재미는 또 어떻겠수? 그 많은 작가 중에서 가능성 있는 보석 찾아내기, 또 찾아낸 작가의 능력과 인내심을 테스트하는 재미는 또 얼마나 크고? 그런데 그 여자, 그림에 대해 꽤 안목도 있는 편인데 어째 그림을 사 모으지 않았을까, 이모. 요즘 배깨나 아플 걸?"

혜진이의 이야기를 들으며 승희는 불쑥 그 여자 또한 학창시절 화가 지망생이지 않았을까 생각했다. 못다 이룬 꿈 때문에 갖게 된 한 판 해프닝? 그러나 그렇게 치부하기에는 여자의 행동이 너무 치졸하다. 그림을 그릴 줄 아는 여자라면 화가의 자존심이 어떠하다는 것쯤 모르지는 않을 터.

생머리를 늘어트린 한 여자의 모습이 확연히 떠올랐다. 여자는 집요한 시선으로 승희를 보고 있었는데 그 눈빛의 절묘함이란 어떻게 말로 표현할 수 없을 지경이었다. 뭉크의 작품 '절규'에 비견될 수 있다 할까. 자기도 모르는 사이 승희는 캔버스 앞으로 나아갔다. 그리고 붓을 들어 방금 떠오른 여자의 모습을 그리기 시작했다.

캔버스에 생머리를 한 여자가 그려졌다. 여자의 모습은 차츰 무엇인가를 호소하는 것처럼 변해갔다.

어떠한 일이 있더라도 환불은 해주지 않을 거야. 지금부터 그릴 내 그림이 모두 그 황이라는 여자에게 보내지는 끝도 없는 헌정품이 된다 해도 어쩔 수가 없어. 상대방이 지쳐 나가자빠질 때까지 끈질기게 그려 바치고 말 테야. 자기 탐닉에 빠진 상대가 더 이상 우리 화가를 우롱하게 놔두지 않는 것. 이것만큼은 꼭 해낼 나의 과제야. 혜진아, 알겠니? 우린 우리 스스로를 우리가 지켜야 해. 그까짓 여자에게 왜 그렇게 모두 맥없이 당해야 하느냐구? 우리가 뭐 장사꾼이니? 참, 이참에 우리도 화가 노동조합이라도 하나 만들어야 하지 않겠어?

이제 그림은 거의 완성 단계에 이르러 절묘한 눈빛의 여자 뒤에서 승희의 붓은 자유자재로 움직였다. 언제나 에스키스의 중요성을 강조해 오던 승희에게는 드문 일이었기 때문에, 혜진은 숨을 멈추고 경이에 찬 시선으로 제 이모를 지켜보았다.

이재호   소도   2016 / 100x60cm / 수묵 담채

황혼이혼에 대하여

1

어머니의 입에서 '황혼이혼'이라는 말이 나올 때까지 솔직히 나는 두 분이 이토록 심각한 상태라고는 단 한 번도 생각해 본 적이 없었다. 어머니는 평소 나에게 짬만 나면 아버님의 흉을 보지 못해 안달하며, 막내 시동생의 결혼을 끝으로 두 분이 관계를 청산하겠다는 식으로 이야기를 마무리하고는 했지만, 그것은 다 속이 보이는 거짓말이라고 가볍게 여겼다. 내가 보기에도 아버님의 성격은 좀 별난 데가 많았으므로 나는 어머니가 얼마나 속이 상했으면 저런 말씀을 내놓고 하실까, 어머니의 편에 서서 맞장구를 치면서 어머니의 이야기를 들어주는 것으로 내 할 도리를 다했다고 생각해버린 것 같다. 더구나 타고난 이야기꾼인 어머니는 아무리 괴로운 이야기도 구성지게 옮기는 재주가 있었기 때문에, 나는 그저 어머니가 술과 함께 늘 올리는 안줏거리 정도로 가볍게 여기곤 그만이었다. 마침내 이번 봄, 뒤늦게 막내 동서를 보았어도 나는 그 문제에 대해서 그다지 마음을 쓰지 못했다.

그런데 두 분은 이미 오래전에 이야기가 끝난 듯, 더 이상의 주저나 망설임이 없이 당당하기만 해서 나를 혼란에 빠트렸다. 한술 더 떠 아버님은 연변에 가서 살 의향으로 이미 관계기관을 통해 수속을 밟고 있다고 했다. 아무리 오래전에 두 분이 따로 살 궁리를 했다 하더라도 그렇지, 갑자기 연변은 웬 연변? 부모님의 이혼발표를 들은 우리들은 너나 할 것 없이 모두 눈이 휘둥그레졌다. 아무리 지방에 내려가 있어도 맏며느리인 만큼 사전에 어떤 기미를 알고 있지 않았나, 그렇다면 미리 어떤 식으로든 언질을 좀 해주었어야 하지 않을까 하는, 다소 원망이 섞인 눈초리를 보낸 것은 어이없게도 바로 시댁에서 부모님과 함께 생활하고 있는 둘째 시동생 내외. 세상에 이 무슨 경우가 이럴까. 매일매일 얼굴을 대하고 사는 이들이 모르고 있는 일을 153㎞ 거리 너머에 살고 있는 내가 알아야 할 특별한 이유라도 있는가 말이다. 나중에는 남편조차 그러한 방안의 분위기에 휩쓸려 뭐라 표현할 수 없이 야릇한 눈초리를 내게 보냈다. 더욱 기막힌 일은 당사자인 나조차도 이 일에 내가 일단의 책임이라도 있는 것처럼 느껴지기 시작했다는 점이었다. 언제나 왜 나는 당당하지 못한 것일까? 직장생활을 핑계로 시댁에 들어와 살며 부모님의 온갖 보호 아래 지내고 있는 둘째나, 이제 갓 시집와 두 분의 따뜻한 보살핌을 받고 있는 셋째 네를 제치고, 지방에 내려가 있어도 단순히 맏며느리라는 이유 하나만으로 집안의 온갖 대소사를 시시콜콜 챙겨야 하는 나의 자리라는 게 새삼스럽게 따분하게 느껴졌다. 책임과 의무만이 가득한 맏며느리의 자리….

방안이 점차 이상기류를 타기 시작했다. 원래 두 분의 금슬이 좋은 편은 아니지만, 그렇다고 뒤늦게 이혼을 감행할 만큼 심각한 것으로 여기지 않았던 만큼 부모님의 느닷없는 '이혼발표'는 우리들 모두에게 너무나도 충격적이었다.

흠, 흠. 두어 번, 헛기침을 하던 아버님이 이윽고 건넛방으로 넘어가셨다. 그제야 어머니는 내 쪽으로 다가앉았다.

"글쎄, 내가 생각을 잘못했는지 모르겠다만 네가 내만 같아도 그리했을라. 하루 한 날, 어디에선가 날아든 편지 한 장에 평생을 함께해온 정분을 한칼에 내쳐버리는 인간이 어디 인간이라니? 난 암만 생각해도 헛살은 것만 같다."

어찌 날아 왔는지 수일 전 중국 연변에서 아버님 앞으로 한 통의 편지가 배달되었더란다. 아버님 고향이 황해도 연백이니 때때로 같은 고향 사람들이 이런저런 소식을 전해오기는 했더랬다. 그런데 이번엔 어쩐지 이상한 예감이 들어서 살짝 펴보았더니 글쎄 아버님이 오매불망 소식을 몰라 애태우던 북의 아들 소식이 전해져 있더란다.

"바로 이 편지여. 편지를 받은 그 날부터 연변에 가서 살자고 조르기 시작하더니 내가 거절을 하니까, 언제부턴가 당신 혼자서라도 가겠다고 저 난린디, 내가 무슨 수로 저 화상의 고집을 말린다니? 봐라, 오십에 가깝다는 사람이 쓴 글씨체를 좀 봐. 글씨라고 쓴 건지 원. 거기에 가본들 부령에 있다는 아들과 여기서처럼 자유롭게 만날 수나 있겠니? 잘된겨. 내 원대로 된 거라니께. 징글징글한 니 시애비와 그렇게 원하던 데로 갈라서게 될 모양이니 원도 한도 없다 야."

우리는 편지를 중심으로 동그마니 모여 앉았다. 아버님으로 하여금 어머니에게 드디어 '황혼이혼'이라는 폭탄선언을 스스럼없이 던지게 한 한 장의 편지.

"제가 읽을게요."

너무 급작스런 소식에 반쯤은 얼이 빠져나간 나와 남편을 제치고 둘째 시동생이 바닥에 놓인 편지를 잡아당기며 좌중을 둘러보았다. 시동생은 언제나 저렇듯 침착했다. 이윽고 그는 자그마하나 분명한 어조로 편지를 읽어 내려갔다.

　　　정 선생님 보십시오.
　　　그간 백방으로 수소문하였으나 알 수 없던 아드님 소식을 이제야 들었기로 몇 자 적습니다. 아드님은 부령에서 아주머니를 모시고 살고 있다고 합니다. 슬하에 삼 남매를 두었다는군요. 여태 아저씨 고향인 연백 부근만 헤매었기에 그토록 소식을 알 길이 없었던 것 같습니다. 마침 제게는 도문을 통해 자잘한 물건들을 사고파는 소상공인 친구들이 많아 수시로 그곳 사정을 알아보고 있는 중입니다. 어쩌면 생각보다 빠른 시간에 좋은 소식을 들을 수 있을 것 같습니다. 제 생각 같아서는 선생님께서 이참에 이곳에 다녀가시면 어떨까 싶습니다만, 형편이 어떠신지요? 편지에 제대로 적을 수는 없으나 이곳에 오시면 가까운 시기에 꼭 좋은 일이 생길 것 같아서 드리는 말씀입니다. 보다 빨리 선생님을 뵈올 수 있기를 희망합니다.

　　　　　　　　　　　　　　　　　　　　　1995년 10월 2일
　　　　　　　　　　　　　　　　　　　　　박 근 배 배상

"이거, 사기극 아닐까요?"

모두들 숙연해 있는데 막내 시동생이 불쑥 내뱉자 둘째 시동생이 말을 받았다.

"글쎄, 어쩐지 냄새가 나긴 난다만. 형은 어떻게 생각해?"

"이거야말로 아버지가 고대하던 소식 아니니? 거, 듣던 중 반가운 소리다. 아버지한테 이보다 반가운 일이 어디 있겠어? 그동안 그쪽 식구들 안부를 몰라서 얼마나 애를 태우셨어? 어쨌든 반가운 소식이다."

"지성이면 감천이라고 정말 잘 됐어요. 몇 해 전 윤 영감님도 아드님과 연락이 닿았잖아요. 중국에 그렇게 자주 들락거리더니만 드디어 가족을 찾았다면서. 아버님도 그때 두 차례 함께 다녀오시지 않았어요? 돌아오셔서 아버님 얼마나 오래 침울해 하셨어요. 3년 전인가? 이산가족 찾기 방송 이후 아버님이 그처럼 침통해 하시는 거 또 보셨어요?"

둘째 동서의 말은 옳았다. 그래도 이산가족 찾기 방송에서는 몇 명의 제보자에 의해 북에 두고 온 가족이 고향인 연백에 그대로 있을 것이라는 한결같은 소식을 접하긴 했었다. 그런데 중국행에서는 그나마 아무런 소식도 얻어듣지 못하고 아버님은 빈손으로 돌아오고 말았다. 그때 아버님의 참담한 표정을 어찌 잊을 수 있을까.

"이 좋은 소식을 들었으면 우리 모두 함께 기뻐해야지, 왜 이혼을 하니 마니 우리를 놀라게 하세요? 어머니. 아버지가 북에 두고 온 자식을 만나고 싶은 거야 인지상정이고, 우리들 중 그거 반대할 사람 하나 없잖아요. 우리에게도 형제가 생기는 건데, 어머니도 아버지가 연변에 가서 살자 하시면 좀 생각해보자고 하면 될 일을 왜 이리 일을 크게 벌이셔요? 음식이 입에 안 맞아서 그곳에서는 못 살겠다고 하시지 않았어요. 아버님, 그때 왜 연변 다녀오신 후에요⋯. 그나저나 아버님이 왜 여생을 연변에서 살려고 하실까?"

남편의 말에 갑자기 정적이 감돌았다. 그거야, 두 분이 워낙 견해차이가 심하시니 뭐, 차제에 자유롭게 살자 그거 아니겠어요? 대단해요, 참 대단들 하셔. 둘째 동서가 내게 눈을 찡긋해 보였다.

동서와 나와의 교신을 눈치챘는지 어머니가 불쑥 끼어들었다.

"그거야, 내게 복수하려는 거 아니겠냐? 내가 늘쌍 막내 결혼만 시켜봐라, 이혼을 허고 말겠다고 벼르니까 미리 선수 치는 거지⋯. 여태 빈 껍데기 남편 믿고 속아 살은 생각을 하면 기도 안 찬다, 기도 안차."

"말이 씨가 돼요, 어머니. 애들 듣는 데서 어떻게 그런 말씀을 그리 쉽게 하세요."

남편의 핀잔에 어머니의 음성이 이내 수그러들었다.

"그래, 네 아버지헌테 그 이야기 듣고, 내가 내 입방정 때문에 크게 당하는구나 싶었다. 근데 이 노릇을 어쩐 데니?"

"당장 그쪽 식구들 생각 때문에 그렇지, 설마 아버지가 딴생각이야 하시겠어요? 그러게 평상시에 아버지께 좀 더 따뜻하게 대해 주시잖구요."

둘째 시동생의 말이 채 끝나기도 전에 둘째 동서가 거들었다.

"맞아요, 어머니. 어머니는 우리한테는 잘 대해주시면서 아버님한테는 언제나 쌀쌀맞으시더라."

"니 아버지 승질빼기를 물러서 시방 나를 나무라니? 니 아버지 같은 이랑 한 번 열흘만 살아봐라, 너희는 사흘도 못살라. 사흘이 뭐여? 이틀도 못살지. 됐다, 말년에 내 팔자가 피려니 이런 일이 다 있지."

어머니가 끝내 자리를 박차고 나가 버렸다. 한동안 방안에 다시 침묵이 흘렀다. 그때까지 내처 입을 다물고 있던 막내 시동생이 더는 안 되겠는지 처가에 모임이 있어서 그만 가봐야겠다며 일어섰다.

"첫 모임일 텐데 그럼, 가 봐야지. 그래야 미운털이 안 박힌다. 나처럼 미운털 박혀 평생 고생하지 말고 처음에 기선을 잘 잡아라."

둘째 시동생이 괜한 너스레를 떨었다.

"별일이야 있겠니? 여직 잘 지내시던 분들이. 어쨌든 우리가 좀 더 관심을 가져야 할 듯싶다. 주말은 물론이고, 평소에도 좀 자주자주 찾아뵙도록 하자. 아예 당번을 정할까?"

막내 시동생의 마음을 편하게 하려는 듯이 남편이 의도적으로 밝은 목소리로 말했다.

"정말 두 분이 헤어지면 어쩌지요?"

서울에 살 때는 몰랐는데 지방에 살게 된 지 얼마나 됐다고, 어쩌다 한 번씩 시댁에 갔다 올 때마다 서울의 탁한 공기에 머리가 절로 내둘러진다. 경부선 고속도로로 접어들어 승용차의 흐름이 어느 정도 완만해졌다 싶을 때쯤에서 나는 넌지시 남편에게 물어보았다. 맏며느리인 나로서는 응당 그 부분도 걱정이었다. 그럴 리야 없겠지만 졸지에 어머니를 떠맡게 된다면? 아아, 정말 생각만 해도 싫다.

"그보다 그 박근배라는 교포는 믿을 만한 사람일까? 그 사람은 정말 북쪽 식구들의 근황을 알고 있는 걸까?"

아까부터 골똘히 무엇인가를 생각하는 눈치이더니 남편은 내내 그것이 마음에 걸렸나 보았다.

"내놓고 이야기하지 않아서 그렇지, 요즈음 우리 주변에서 비밀리에 북쪽 식구들과 편지 왕래하는 이들이 꽤 있다잖우. 얼마 전 단신 남하한 이철우 소위도 대학교수인 누이가 수시로 중국에 드나들며 연락을 취한 덕분에 탈출할 수 있었다지 않아요? 음지식물이 왜 더 번성하는 법 아니유? 그쪽도 돈이면 안 되는 게 없다던데, 요즘엔 아예 전문적으로 이산가족만 연결시켜 주고 먹고사는 브로커도 있다고 하잖아요. 그 사람도 그런 부류의 사람이겠지요, 뭐."

"아무래도 난 여엉 걸쩍지근해. 누군가가 아버지를 이용해 사기극을 벌이고 있는 거 아닐까? 명호도 그러잖아, 대뜸. 명길이도 그러고. 대체 그 사람이 무슨 말을 어떻게 했길래 난데없이 아버지는 연변에 가서 살겠다는 생각을 하신 걸까? 부자상봉 좋지. 그거 말릴 사람 하나 없는데 굳이 그곳에서 여생을 보내겠다는 아버님의 저의가 뭐야?"

"그거야 일일이 남에게 부탁하느니 당신이 직접 나서서 찾아보시겠다는 거 아니겠어요? 이곳에서 기다린 세월이 얼만데 게다가 얼마나 희망적인 소식이예요? 아버님 조급증이 나서 그러시겠지요, 뭘. 좀 더 가까운 곳에서 우리 눈치 안 보고 두고 온 식구들을 찾고 싶은 아버님의 마음, 이해가 안 돼요?"

"그럼 어머니 말씀마따나 여기 있는 우린, 아버지에게 대체 뭐였어?"

"우린 다 호의호식하고 잘 살고 있대잖우? 아버님 힘닿는 데까지 뒤도 봐 주었고. 다 장가 들였으니 당신 도리 다 하신 거고."

"호의호식? 때맞춰 학비 한번 제대로 주셨으면 내가 성을 간다."

"설마?"

"어머니도 한이 많으셔. 아버지는 이자 생각하느라고 언제나 몇 번씩 학교에 호출을 받고 나서 반에서 제일 마지막으로 돈을 주셨어. 어린 마음에 어찌 자존심이 상하던지…. 장학생이 되어 아버지의 코를 납작하게 해 준다던 게 외려 코가 꿰었지. 장학금을 놓쳐봐, 어찌나 구박이 심하던지 나중엔 기를 쓰고 장학금을 타야 했어. 그때 장학금을 놓쳤으면 우리 아버지 아마 나를 아들로 여기지도 않았을지 몰라. 그러자니 어머니 마음고생은 또 어땠겠어?"

듣느니 처음인 이야기였다. 노상 컴퓨터 앞에 앉아 돈도 되지 않는 글 쓰는 일에 몰두하는 나를 딱해하는 아버님이기는 했다. 아버님에게는 모든 것의 가치는 돈과 환산되느냐, 안 되느냐 하는 지극히 단순한 구조로 결정되어질 뿐이었다.

"한때는 아버지가 친아버지가 아닌가 생각했어. 아버지란 분이 도대체 내게 이럴 수 있나 싶을 만큼 냉정했어. 덕분에 경제관념 하나는 확실하게 성장했지…. 지금도 난 아버지가 여전히 어려워."

"아버님은 이런 날이 오리라고 미리 예감하신 걸까요? 그래서 미리미리 당신과 어머니를 그렇게 단련시킨 게 아닐까요?"

"난 절대 이렇게 아버지를 보내드릴 수 없어. 아버지는 뭔가 착각하고 계신 거야. 엄청난 세월이 흘렀어. 이제 세월을 뛰어넘어 그쪽 식구들을 만난들 기쁨이 얼마나 오래갈까? 그동안 생긴 여러 가지 거리감 때문에 대화나 제대로 될까 모르지. 그리고 과연 만날 수는 있는 거야? 만난다는 보장은 있는 거냐구. 그러나 무엇보다 어머니 때문에 안돼. 아버지 없는 어머니를 생각해봐. 아무리 이혼이라는 말을 매달고 살지만, 노후에 어떻게 지내시라고. 이제 겨우 살만하신데…."

"당신이 휴가라도 내서 박근배라는 사람을 만나보면 어떨까요?"

"나더러 이 바쁜 시기에 휴가 내고 연변을 가보라고?"

"정 어려우면 시동생들을 보내던가."

2

"형님, 아무래도 두 분이 이상하신 것 같아요."

동서의 카랑카랑한 목소리가 전화기 선을 타고 곧장 내 마음에 요란한 파장을 그려댔다.

"무슨 일이야?"

"그날 이후로 두 분이 각방을 쓰기 시작했어요. 그거야 워낙이 자주 있는 일이니까 그러려니 하고 지나쳤는데, 어제는 복덕방에서 집을 보러왔다지 뭐예요? 어머니는 지금 같은 불경기에 왜 집을 파냐고 펄쩍 뛰시고, 아버님은 이왕에 헤어질 바에야 피차 재산도 나누어야 되지 않겠느냐는 거 있지요? 신길동 건물도 내놓았대요. 글쎄."

신길동 건물이라면 두 분은 물론이려니와 남편이 몹시 애착을 가지고 있는 건물이다. 남편은 오랫동안 주변에서 살며 흠모해 마지않았던 적산가옥의 주인이 되던 날을 언제나 즐거이 회상하곤 했다. 이제 그 땅엔 3층 건물이 들어섰건만 남편의 기억 속엔 그 건물은 그대로 적산가옥인 채 남아있었다. 남편은 언젠가 아버지에게 그 건물을 도로 사들여서라도 자신의 소유로 하고 싶어 했다. 애당초 유산상속 같은 것은 기대도 안 한 터이긴 해도 남편이 알면 어떤 반응을 보일까 내심 걱정스러웠다.

"형님, 듣고 계세요?"

동서가 다시 숨넘어가는 소리로 나를 불러댔다.

"그럼, 듣고 있지."

"대체, 우리 집에 무슨 이런 일이 생긴데요? 나는 불안해서 못 살겠어요. 아버님, 정말 떠나실 마음인가 봐요. 어머니는 어제저녁부터 음식 한 모금 넘기지 않고 누워 계세요. 지금 직장이라고 나와 있긴 한데 불안해 미치겠어요. 세상에 이런 법도 있데요? 어머니가 너무너무 불쌍해요. 그나저나 집이래도 후딱 팔리면 우린 어떻게 허죠? 아파트 입주하려면 아직 2년 더 기다려야 하는데…."

"동서는 참, 지금 그거 걱정할 때야? 그나저나 큰일이다. 알았으니 일단 일해. 나도 하던 일 마무리하는 대로 어머니한테 가 볼께."

"그래 주실래요? 어머니한테는 저보다 형님이 위안이 되실꺼예요. 부탁 드려요."

그래, 어머니한테는 내가 너보다 훨씬 났고말고. 나는 약삭빠른 동서의 입놀림에 순간적으로 얼굴이 붉어짐을 느꼈다. 손아래 동서건만 나는 늘 그녀에게 한 수 지고 있는 느낌이다. 아버님 말씀을 빌리면 돈이 되는 일을 하고 있는 동서의 당당함 때문이다. 바꾸어 말하면 돈이라곤 전혀 되지 못하는 일에, 시간과 정력을 한없이 소모하는 자의 자격지심 같은 것일 수도 있다.

모든 가치의 척도를 황금에 두고 있는 아버님과 전혀 개의치 않고 사는 어머니와의 결합에서 나는 삐꺽거림은 사실 어제오늘 일어난 일이 아니듯 나에 대한 아버님의 신뢰감 역시 바닥이다. 그는 현대를 사는 여성은 남자 못지않게 경제적인 능력이 있어야 한다고 믿는 사람이다. 그런 의미로 직장을 가지고 있는 동서는 아버님 눈에 고가점수 최고점의 더할 나위 없는 며느리일 터였다. 현재 동서 내외가 본가에 들어와 부모님과 함께 살림을 합친 연유는 집 장만 5개년 계획에 따른 동서의 직장생활이 가장 큰 이유가 된다. 그러나 아버님에게는 남편의 지방발령으로 분가를 할 수밖에 없던 우리와 달리, 함께 살겠다고 들어온 둘째 네에게서 엄청 큰 효도를 받고 있다고 생각하는 모양이었다.

무선 전화기를 아예 컴퓨터 옆에 옮겨놓고 나는 컴퓨터의 자판을 누르기 시작했다. 이제 원고는 10쪽을 넘어서고 있다. 컴퓨터로 글쓰기에 익숙하지 않은 탓에 독수리 타자법을 겨우 면한 나는 다시 자판을 누르기 시작한다. 생각하는 시간과 자판을 누르는 시간이 비교적 별다른 오차없이 맞아떨어져 가고 있는 나의 타자 실력.

남편은 그때 일을 잊고 있었던 것은 아닐까? 연애시절 둘은 남편의 고향이기도 한 ㄷ시의 한 여학교에서 함께 교편을 잡고 있었다. 지대가 높은 곳에 있었던 교사는 빌딩이 별반 없던 그 무렵에는 제법 요즈음의 고층건물로 여겨질 만큼 높아 보였고 그 때문에 시내 쪽이 내려다보이던 교사의 한쪽 벽면은 늘 정부에서 권장하는 우스꽝스러운 구호가 적힌 현수막이 연중으로 휘날리곤 했다. 어느 날 반백의 교장은 신임 미술교사인 남편에게 새로 하달된 구호 문구를 내밀면서 현수막에 옮겨 적을 것을 지시했다. '우리의 수출고지 드디어 삼천불 돌파!' 뭐, 대충 그런 구호였던 것 같다.

　우연찮게 소설이라는 것에 매달린 지 어언 7년. 함께 시작한 문우의 태반이 일간 신문이나 문예지에 얼굴을 내밀고 나름대로 작가 행세를 하고 있지만, 나는 아직껏 이렇다 할 관문을 넘지 못한 채 오늘도 컴퓨터 앞에 앉아 있다.

　나의 소설은 매번 수많은 작가 지망생들과의 경쟁에서 탈락하고 있다. 운이 좋은 어떤 경우에는 당선작보다 더 많은 양의 심사평을 받기도 하고 더러는 단 몇 줄로 요약된 언급을 받기도 하지만, 아예 이름자조차 언급되지 못하는 때가 부지기수이다. 어쩌다 지면에 이름이 거론되었다 하더라도 이해되지도 납득할 수도 없는 심사위원의 심사평을 해독하느라 전전긍긍하기 일쑤이다. 도대체 비평하는 사람들은 왜 그렇게 어렵게 글을 쓰는 것일까. 최근에는 '신인이란 그 이름의 새로움이 아니라, 문학의 기법과 정신의 새로움을 통해서 그 신인다움을 인정받는 것이다.'라는 문구와 '신인작품의 경우에는 실험성의 있고 없음이 당락에 막대한 영향을 끼친다'는 모 문예지의 조언을 새기며 막바지 원고작업에 마음을 쏟고 있다. 그러나 마흔을 훌쩍 넘겨 사고가 이미 고착화된 내가, 그들이 원하는 모범답안을 낸다는 것이 가당키나 한 일일까. 최근 문단에서 제대로 뜨려면 미모를 겸비한 삼십 대 여류작가이어야 한다는 풍문이 돌고 있다. 실제로 문단은 점차 젊어지고 있는 것만 같다. 올해가 가고 또다시 새해가 되도 나는 계속 이 일에 매달릴 수 있을까? 그것은 나도 장담할 수 없다. 사실 나도 요즈음 일찌감치 아버님 말씀을 새겨듣지 못한 스스로에게 종주먹을 들이대고 싶은 심정이다.

 시댁에 가기 위해 집을 나선다면 나는 원고를 마무리하지 못해 5년 연속 치러오던 이 작업을 포기해야 할지 모른다. 서울에 가야 하나 작업을 계속 해야 하나 나의 마음에 일어난 혼란은 곧 손가락 끝으로 옮겨져 나의 원고에는 수없는 오자가 생겨난다.

　남편이 그 일을 순순히 맡았을 리가 없었다.
　"이곳이 산업전선입니까? 이곳은 신성한 학원입니다. 우리의 학원에 대체 왜 이러한 구호가 필요합니까? 현수막이 정 필요하시면 빵기작이에게 부탁하시지요."
　하얗게 질린 얼굴로 한동안 남편을 바라보던 교장은 두말없이 그 자리를 떠났고, 현수막은 붓글씨를 잘 쓰는 한문선생에게 떠맡겨졌지만, 그 일은 두고두고 남편의 교직 생활에 적지 않은 파장을 몰고 왔다. 견디다 못한 남편이 재숙과의 결혼을 계기로 미국행을 결행한 것도 따지고 보면 그 상태에서는 그림도, 교직 생활도 별 의미가 없다고 생강되어졌기 때문이었다.

오자투성이의 문장을 쳐내려 가는 동안 여지껏 혼돈스러웠던 문제가 머릿속에서 차츰 정리되어 오는 것을 느꼈다. 나는 그것을 다음 문장에 연결하여 보았다.

　견디다 못한 아버님이 어머니와의 이혼을 결행하려는 것도 따지고 보면 그 상태에서의 결혼생활이 더는 의미가 없다고 생각되어졌기 때문은 아닐까.

왜 이혼은 반드시 젊은 사람만이 가능하다고 생각한 것일까. 입버릇처럼 이혼을 꿈꿔왔던 어머니. 인간의 감정은 상대적인 것. 단지 그 말이 뒤늦게 아버님을 통해 밖으로 표출되었을 뿐. 두 분의 사이는 어쩜 더 이상 치유될 수 없을 만큼 곪아 있었는지도 모른다. 자식들 눈치 볼 것 없이 더 늦기 전에 새롭게 출발하고자 하는 두 분의 의사는 당연히 존중되어져야 하는 것이 아닐까. 연변행이나 북의 가족문제는 아버님에게 하나의 계기에 지나지 않을 터. 나는 대체 앞으로 어떻게 처신을 해야 하는 걸까.

결국, 나는 그날 동서와의 약속을 지키지 못했다.

3

아버님의 뜻을 꺾을 수가 없어 집을 팔기로 했다는 어머니의 전갈을 받은 것은 동서의 전화를 받은 지 꼭 사흘만의 일이었다.

"아무래도 큰애, 네가 아버지를 한 번 만나봐야겠다. 대체 아버지가 무슨 억한 마음을 먹고 이러는지 나는 당최 모르겠어. 그저 날이 새면 횡하니 어딘가를 다녀와선 짐만 꾸리고 있구나. 어차피 가실 양반 맘 편히 보내는 게 수인 거 같아 내, 쓰다 달다 말은 않는다만 생각하면 헐수록 복장이 터진다."

말씀 끝에 어머니는 끝내 목놓아 울고 말았다.

과일을 들고 안방으로 한걸음 발을 들여놓다 말고 나는 그만 기겁을 했다. 언제나 정갈하던 방안은 그간 아버님이 사들인 자잘한 물건들로

거의 만물상을 방불케 할 만큼 어지러웠다.

"애기가 또 웬일이네?"

나를 한 번 힐끗 쳐다본 아버님은 텔레비전에 시선을 고정시킨 채 꼼짝하지 않았다.

〈○○○의원에 의해 4,000억 비자금이 조성되었다고 폭로되었던 전 대통령 △△△씨의 비자금이 사실로 확인이 되면서 연일 나라 안팎이 시끄러운 가운데, 대검 중수부에서 본건에 대한 수사착수에 들어갔다. 차명으로 분산 예치되어 있는 은행의 예금계좌 조회표는….〉

지치지도 않는지 아나운서의 목소리는 여직도 격앙되어 있다.

"저런 죽일 놈이 있나? 제발 편지왕래만이라도 하게 해달라고 그렇게나 민원을 넣어도 들은 척도 않던 저런 나쁜 놈이 대통령이었다니…. 지 주머니 속 챙기느라 고렇게도 바빠서리 우리 실향민 이야기는 들을 새가 없었구먼, 그래. 어찌 저렇게도 지 주머닌 착실히 챙겼을꼬?"

잠시 분노에 떨던 아버님은 불쑥 일어나 벽장에서 양복저고리를 내오더니 주머니 속에 손을 넣어 무엇인가를 찾았다.

"이걸 좀 보려마."

봉투는 그런대로 괜찮았지만, 편지지는 질이 형편없이 떨어지는 16절지 갱지였다. 그런데…, 쓰여 있는 글씨체는 대단한 달필이었다. 아버님 보십시오 라는 글귀에 눈이 닿자마자 나는 나도 모르게 얼굴 근육이 경직되었다. 그럼에도 내 눈은 마음보다 빠르게 글씨를 더듬어 내려갔다.

아버님 보십시오.

위대한 아바이 수령님 덕분에 우리는 잘 먹고 잘 지내고 있습니다. 그간 저희들을 찾기 위해 백방으로 수소문하였다는 아버님 소식을 이 제야 들었습니다. 건강하신지요. 염려해 주신 덕분으로 저희 형제도 어 머니를 모시고 잘 지내고 있습니다. 아버님 소식을 전해 들으신 어머니 는 이제 죽어도 여한이 없다고 하십니다. 남들처럼 서둘러 제사를 지내 지 않아 얼마나 다행이냐고요. 어머니는 늘 아버님은 그리 쉽게 세상을 저버릴 분이 아니시라 하시며 남들 다 드리는 제사를 거부하셨거든요.

아버님, 저는 많이 배우지는 못했지만, 업무상으로 두어 차례 연변을 갈 기회가 있었습니다. 연변을 나가던 첫해부터 수소문하여 아버님을 찾았으나 허사였는데 이제야 연락이 되다니 꿈만 같습니다. 전 아버님 이 전쟁 중에 돌아가셨나 했습니다. 그렇지 않고서야 이렇게 깜깜무소 식일 수 있나 생각했습니다. 누구를 통해서라도 확실한 소식을 들어 야 체념이 될 것 같아서 짬만 나면 아버님 소식을 알려고 애를 썼습니 다. 이렇게 아버님의 근황을 듣게 되다니 정말 감개무량합니다. 아버님 도 이곳 연변에 두 차례 다녀가셨다고 들었습니다. 한 번 더 이곳을 찾 아 주시면 안 될까요? 통일이 될 때까지 기다리기에 저는 조급증이 나 서 견딜 수 없을 것 같습니다. 아버님, 뵙고 싶습니다. 어머님도 혹 모시 고 나갈 수 있으면 모시고 갈 것이지만, 이미 연로해 기력이 쇠진하신 터라 어찌 될지 잘 모르겠습니다. 아버님, 언제나 우리 부자가 상봉할 수 있습니까? 서둘러 주십시오. 뵙고 싶습니다.

덧붙이는 글: 연변에 사는 사촌 이내의 친척이 초청을 하면 저의 연변 방문이 쉬이 이루어집니다.

1995년 10월 3일
큰아들 명근 올림

숨이 멎는 듯한 긴장감에 나는 가슴을 쓸어내리며, 잠시 마음을 가라앉혀야 했다. 얼마간 마음이 진정되기를 기다렸다가, 나는 두 번째 봉투에 손가락을 밀어 넣어 조심조심 편지지를 끄집어냈다.

아버님 보십시오.

위대한 아바이 수령님 덕분에 우리는 잘 먹고 잘 지내고 있습니다.

좋지 않은 소식을 전해드리게 되어 송구스럽기 그지없습니다. 급작스러운 아버님의 소식을 접했을 때, 이미 병이 깊으셨던 어머니는 아버님의 소식으로 잠시 회생하는 듯 보이더니만, 결국 어제 늦은 밤 세상을 뜨고 말았습니다. 평생 저희 형제를 위해 노심초사하시던 어머니. 행여 이 하늘 어딘가에 살아계실 아버지를 위해 건강과 안녕을 빌던 어머니는 이제 불귀의 넋이 되고 만 것입니다.

참, 일전에 보내주신 가족사진 잘 받아 보았습니다. 새어머니가 인물이 좋으신지 동생들의 인물들이 훤합디다. 제수씨들도 모두 미인이구요.

사진을 보신 어머니가 뭐라고 그러신 줄 아십니까? 그래도 새어머닐 빼고 찍은 사진을 보내준 것 보면 네 아바지 그래도 예의는 차릴 줄 아는 분이시다.

그러나 저희 입장은 좀 다릅니다. 이제 하나뿐인 저희 어머니이신데 한번 뵙고 싶군요. 하루빨리 뵙고 큰절 올릴 기회가 주어지길 빌어 마지않습니다.

아버님, 부디 건강하십시오.

1995년 11월 15일
큰아들 명근 올림

편지지를 내려놓는데 마음과 달리 내 손끝이 가늘게 떨렸다.

아버님이 무릎걸음으로 다가오는가 싶더니 더듬더듬 내 두 손을 찾아 마주 잡았다. 그리고는 어찌나 세게 힘을 주는지 나는 나도 모르게 아버님 손에서 내 손을 빼내려고 안간힘을 써야 했다. 이윽고 아버님은 입을 떼었다. 순간 그분의 얼굴은 이제까지 내가 보아오던 얼굴과는 전혀 다른 이의 얼굴이 되었다. 절절한 마음 한 자락이 노인의 표정까지도 이처럼 확연히 바꾸어 놓았다는 말인가?

“얼마 전 세상 떠난, 윤 할배처럼 내도 그렇게 힘들게 눈을 감고 싶지 않네…. 아직도, 윤 할배의 마지막 모습이 눈에 선하고 마는. 애기도 기억하고 있는지 모르겠지만, 그 할배 세상을 떠나던 날, 바로 그날 새벽에 하필이면 김일성이도 떠나지 않았네? 그 영감이 내게 그랬고만. 곧 통일이 될 텐데, 그럼 내 새끼덜 다 볼 수 있을 꺼인데…. 정가 이눔, 자넨 좋~겠구~만. 통일된 세상 만나 새끼 끼고 살고지고. 꿈에 그리던 고향땅도 밟고 지고. 네놈은 그래도 복이 많구만. 더도 말고 통일이 될 그 날 꺼정만 더 살 수 있다믄사 나는 무슨 짓인들 못할게 없을 낀데….”

윤 영감과 아버님은 각별한 사이였다. 바로 그랬다. 김일성의 사망소식으로 온 나라가 뒤숭숭하던 바로 그 날에 그는 세상을 떠났다. 밤새 윤 영감님의 병실을 지키다 돌아온 아버님은 그의 장례가 다 끝나갈 때까지 몸져누워 어머니를 불안하게 했다. 그분은 자손들 다 마다하고, 아버님의 품에서 잠들면서도 끝끝내 눈을 감지 못해 아버님의 애를 태우게 했다고 들었다.

“내 이 두 손으로 그놈의 눈을 감기지 않았네? 감겨도, 감겨도 자꾸만 떠지던 그놈의 눈깔탱이…. 시국이 이렇게 어수선한데, 통일이 될 때까지 어찌 더 기다리네? 더 기다려 본들, 내 숨이 그때까지 붙어있을지 모르지 않네? 눈 이렇게 시퍼렇게 떠 있을 때, 몸뚱이 아직 움직거릴만할 때, 한 번이라도 더 새끼도 보고, 고향땅도 밟아보고 싶네. 이제 어쩔 수 없이 애기에게 편지를 보여주네. 애기라면 이 시애비의 마음을 헤아릴 수 있을까, 어메는 모를 게야. 이곳에선 나는 이제 없어도 그만인 사람이지만, 저쪽 아들에게 나는 이제 하나뿐인 피붙이 아니네? 새끼들과 서신 왕래도 허락되지 않는 이 땅이 내게는 몸서리치게 싫고마는. 나는 편지라도 실컷 나눌 땅을 찾아 떠나고 싶네. 이곳에서 나는 누릴 만큼 누리며 살 만큼 살았구먼. 마지막으로 북쪽 가서 새끼들 한번 만나보면 더 이상 원도 한도 없겠네. 아니 못 만나도 좀 더 가차이에서, 그놈 아새끼덜 사는 쪽을 바라보며 온종일 해바라기라도 하고 싶네. 제발 애비가 한이나 되지 않게 편안한 마음으로 떠나가게 해주게나. 왜들 그러네? 내가 적지에 가는 것도 아니고, 딴마음 있어서 어메를 버리고 가는 것도 아닌데…. 혹시 애비가 연변에 가는 일이, 너희들에게 흠이 될까 싶어서 그래서, 서류를 깔끔하게 정리하려 하는 것뿐이지 딴 맘 있는 게 아니고마는…."

4

한밤중 느닷없이 들려오는 차임벨 소리에 후다닥 자리에서 일어났다. 섬칫할 정도로 매섭고 차가운 눈초리를 한 남자 두 명이 시커먼 가죽점퍼의 깃을 세운 채 지키고 있다가, 내가 문을 열자마자 들어선다. 그들은 무엇인가가 적힌 쪽지를 내게 들이밀지만, 그것이 무엇인지 알 길이 없다. 나는 오도카니 서서 그들이 무슨 말인가 하기를 기다려 본다. 다리가 사정없이 후둘거린다. 언제 들어왔는지 알 길이 없는 일군의 장정들에 의해 집안은 금세 왁자지껄해진다. 어느 틈엔지 아버님은 잠옷 차림으로 내 쪽으로 걸어 나오고, 내 앞에 버티고 서있던 두 명의 남자는 잽싸게 아버님의 양옆으로 달려들어 아버님을 부축하는 형식을 취한다. 아버님이 나를 향해 무엇인지 들릴 듯 말 듯 무슨 말을 하는 것 같긴 한데 도대체 나는 그것을 알아들을 수가 없어 답답하다.

어느 틈엔지 아버님의 옷차림은 외출복으로 바뀌어 있다. 아버님의 양옆에 서 있는 사내의 얼굴은 여전히 무표정하다. 갑자기 아버님이 두 손을 번쩍 쳐들며 나를 향해 무어라고 외친 듯하나 옆에 있는 두 사내에 의해 저지당한다. 도대체 이 무슨 영문일까?

어머니가 동서와 함께 내 쪽으로 걸어온다. 어느 때보다도 어머니는 늙어 보인다. 몹시 지친 얼굴이기도 하다.

"그래, 나다. 내가 그랬어. 네 아버지 그렇게 보내고 싶지 않았다. 그동안 살아온 세월이 아깝고 분했다. 그래서 내가 신고를 했다. 여기 간첩이 있습니다. 바로 내 남편 정동철. 이 자가 간첩질을 일삼더니만 드디어 그가 연변에 가서 살겠다고 합니다. 아마 나 몰래 이북으로 넘어갈 심산인 것 같습니다. 어쩌면 이미 서너 차례 다녀왔을지도 모르겠습니다. 제발 이 사람을 잡아가세요! 큰애야, 제발 그런 눈으로 나를 보지 마라. 네가 나래도 별수 없을라. 나는 무슨 수를 쓰던지 네 아버지를 붙잡아야 한단다. 그를 잃고 내가 무슨 기운으로 사니?"

"아니야, 말도 안 돼. 이건 아니야, 이건 아니라고."

나는 악을 쓰며 발버둥을 친다.

"대체 왜 이러니, 큰애야."

누군가의 손이 왁살스럽게 나를 잡아 흔든다. 겨우겨우 치켜뜬 눈 바로 앞에 걱정스런 어머니의 눈이 마주 보인다. 어머니와 나는 바로 어제저녁 한이불을 덮고 자리에 누웠었다. 나는 후다닥 자리에서 일어나 앉았다.

"이대로 아버님을 떠나보내실 거예요, 어머니? 제게 좋은 방법이 생각났어요."

나는 머리맡에서 허둥거리며 전화기를 찾아 쥔 후 빠르게 다이얼을 눌렀다. 낮에부터 수없이 외워두었던 일곱 개의 숫자를 누르는 이 시간이 도대체 왜 이렇게 길게만 느껴지는 것일까.

내 하는 양을 빤히 바라보던 어머니가 내게서 전화기를 낚아채듯 빼앗아 제 자리에 얹어 놓았다.

"이미 마음이 떠난 사람과 마주하고 있은들 그게 무에 그리 뜻이 있을꼬. 떠나고자 하는 사람, 떠나보내고 남을 사람은 남아 사는 것이 세상의 이치란다. 큰애야, 나는 이제 마음이 편타. 그러니 너도 더 이상 마음 쓰지 마라. 거기 가신다고 설마 이쪽 식구 까맣게 잊기야 하겠니? 제발 그쪽에 가서 이쪽을 까맣게 잊고 살만큼만 좋은 일이 생긴다믄사, 그 아니 좋겠냐만."

좀체 잠이 오지 않을 것 같아서, 나는 텔레비젼을 켠 후 볼륨을 최대로 줄여본다. 마감 뉴스 시간일까. 놀랍게도 거기에선 주인공만 바뀌었달 뿐, 방금 전 내가 꿈속에서 본 것과 별반 다를 바 없는 장면이 그대로 리바이벌되어 돌아가고 있었다.

얼마 전까지만 해도 대통령이었던 이가 수의를 입고, 수갑에 두 손을 결박당한 채 모든 것을 체념한 얼굴로 수감되는, 참으로 비감한 모습이었다.

벌써 몇 번째의 전직 대통령과 그 일가가 저 지경을 되풀이하고 있는가.

실향민인 우리 아버님의 가슴에 박힌 가시를 시원하게 빼내 줄 위정자는 진정 이 땅에 남아있지 않은가 말이다.

5

아버님은 결국 다음해 연변으로 들어갔다. 그리고 갖은 고생을 한 5년 후에, 그는 자신의 두 아들 가족을 탈북시켜 기적처럼 돌아왔다. 어머니는 마치 아버지가 금의환향이라도 한 듯 반기며, 그들 모두를 품어 안았다. 나에게는 한없이 버겁게 느껴지던 맏며느리 자리에서 내려오게 되는 꿈같은 일이 벌어졌다. 새로 자리바꿈한 그녀는 타고난 맏이 감이었다. 비로소 우리 집에도 평화가 찾아왔다.

박인규   **자연과 인간**   2016 / 20호 / 캔버스에 오일

수의(壽衣)

　잠결에 벨 소리를 들었다. 소리가 하도 요란해서 처음에는 그것이 자명종 소리인 줄로 착각했다. 손을 뻗어 머리맡에 있는 자명종을 더듬어 찾은 다음, 돌출된 부분을 누르려는데 아무리 찾아도 그 부분이 잡히지 않았다. 계속되는 벨소리 그제서야 소리의 근원지를 알아내고 더듬더듬 핸드폰을 찾아들었다.

　"여직 자니?"

　엄마였다. 핸드폰에 대고 연신 하품을 해댔다. 쯧쯧. 혀를 차는 엄마의 소리가 들렸다.

　"가 보았니? 그래 하고 사는 것은 어떻든? 건강하시던?"

　"그래서 전화하셨어요? 갔다 왔으면 제가 어련히 전화드렸을까?"

　은근히 부아가 났다. 하품이 다시 미어져 나오려는 입을 손으로 막으며 짜증 섞인 음성으로 대꾸했다. 엄마도 만만치는 않았다.

　"여직 가보지 않았다는 거야?"

"요새 얼마나 바쁜데 그래, 엄마."

"아무리 그래도 그렇지, 넌 애가 왜 그렇게 쌀쌀맞니?"

엄마의 짧은 한숨소리. 엄마가 뭘 그리 애를 끓여요. 우린 한 치 걸러 두 치잖아. 작은엄마 조차 나 몰라라 하는 마당에 내가 왜 거길 가야 돼? 그렇게 당하고서도 엄마는, 또. 내 안에서 곧 터져 나오려는 말을 참느라 내 딴에는 꽤나 힘이 들었다.

"한 번 쯤 좀 내 봐라. 날씨 더 차지기 전에…. 애, 그리고 서둘러라. 출근 시간 늦을라. 그 늦잠 자는 버릇은 언제나 고쳐질지…."

서둘러라. 이 말은 대체 내가 언제까지 들어야 되는 건지 모르겠다. 엄마가 내게 가장 자주, 그리고 가장 많이 사용한 말이 있다면 바로 이 말이지 않을까? 엄마한테 이 말을 들을 때마다 이상하게도 중학교 다닐 때 미국인 선생님이 가르쳐 준 영어문장이 함께 떠오르니 무슨 조화일까 모르겠다.

"Hurry up, or you will be late!"

우리말을 한마디도 못하던 그 선생님은 한 학기 동안 이 문장을 어찌나 자주 입에 올렸던지, 여름방학을 앞두고 치른 영어회화에서 이 문장을 틀린 애는 한 명도 없었다. 이 문장이 내 뇌리에 이토록 각인된 연유는 무엇일까?

엄마의 주문에 따라 나는 움직이기 시작한다. 일어서서 우선 창문을 열어젖혔다. 기다렸다는 듯이 찬 기운이 쏟아져 들어왔다. 상쾌했다. 아침마다 엄마가 하는 허리운동을 흉내 내본다. 일단 몸을 곧바로 하고 선 다음, 후하고 입으로 숨을 내쉬면서 천천히 몸을 앞으로 굽혀 숙이다가 손바닥을 펴 바닥에 대 보았다. 일어설 때는 입을 다물고 코로 숨을 들이쉬면서 원래의 자세로 돌아오는 것이다.

매일 아침 엄마는 마당에 나가 스무 번 이상 이 운동을 하고 나서야 아침을 지었다. 한번 삐끗했던 허리가 재발할까 봐 전전긍긍하던 엄마가 물리치료실을 드나들던 끝에 나름대로 터득한 운동이었다. 엄마는 이 운동으로 상당한 효과를 보았다면서 나에게도 함께 하자고 채근하곤 했다. 아무리 그래도 나는 엄마와 단 한 번도 이 운동을 함께해 본 적이 없다.

운동을 하는 중간중간 몸을 바로 세울 때마다 내다보니 아침 산책을 나온 이웃 사람들이 눈에 띄었다. 달리 그들과 각별한 친분이 있는 것은 아니지만, 그냥 이런 식으로 눈에 익은 이웃들이었다. 며칠 사이에 그들 모두 가을 점퍼를 입고 있었다.

처음, 등산로가 빤히 바라다보이는 이 반 지하방을 얻을 때만 해도 엄마는 썩 내켜하지 않았다. 세상에, 이런 방도 이리 비싸다니. 통풍이나 잘 되려나 모르겠다. 곰팡이 핀 곳은 없나 살펴보렴. 당신 평생에 이런 방은 처음 본다는 투였다. 양반타령을 예사로 해대는 집안의 맏며느리인 만큼, 최소한 집 걱정은 안하고 살았으니 그럴 법도 한 일이었지만 친구들 보기 민망했다. 함께 세 들어 살기로 한 친구들이 우겨대지 않았으면 나는 결코 이 방의 임자가 되지 못했을 것이다. 그때 취직을 위해 상경하여 함께하던 친구들은 모두들 뿔뿔이 흩어져 귀향을 하거나 제 갈 길을 가고, 이제 나만이 남아있다.

이상하게 이 방은 처음부터 내 마음을 끌었다. 친구들이 떠난 후에는 마치 오래 숙원한 일이 이루어지기라도 한 것처럼 날아갈 듯한 기분까지 들었다. 늘 손님이 끊일 사이 없던 집에서 살던 나로서는 처음 갖게 된 나 혼자 만의 공간이라는 점과 카타콤같이 이 방이 지하에 있다는 데에 따른, 뭔지 모를 은밀스러움이 내 마음에 들었던 것 같다.

순전히 다이어트만을 위하여 준비한 생식 200g에 우유를 섞은 다음

방울토마토를 꺼내어 아침식사를 한다. 식사준비랄 것이 없으니 출근을 준비하는 시간도 그리 많이 필요하지 않다.

방을 나서기 바로 전에 나는 체중계에 잠깐 올라섰다. 45kg. 원래대로 돌아왔다. 요 며칠 야식을 했더니 금방 살이 붙는 느낌이었는데 정말 다행이다.

그간의 경험으로 나는 분에 넘치는 야식이야말로 살이 붙는 지름길이라는 것을 알고 있다. 야식은 절대 금물이다. 저녁 생식 후 잠들기 전까지 물 이외의 것은 무엇이든지 다 나의 적이다. 세상에 스물다섯이나 되는 처녀애가 단지 직장 때문에 음식조절에 신경을 쓰고 있다면 믿을 사람이 있을까? 그것도 연예계 직업을 가진 것도 아닌 터에 말이다.

선천적으로 나는 남다른 미각을 타고 난 것 같다. 집안이 다 알아주는 음식솜씨를 가진 엄마 덕분에 어쩌면 더욱 계발되었을지도 모른다. 엄마는 제사에 올릴 음식을 마련하는 데조차, 상을 받을 어른들이 즐기던 기호식품을 만들어 내고는 했다. 때문에 나는 내 나이 또래의 아이들은 먹어보지 못한 들깻잎 부각, 죽나무 어린 순으로 만든 포 같은, 특이한 음식의 맛을 일찍부터 알고 있었다.

얼마 전부터 나의 하루는 자연 다이어트식을 먹느냐 아니면 맘껏 밥을 먹느냐는 중대한 갈등으로 시작된다. 처음에는 나도 체중조절이 이처럼 힘 드는 일이라고는 생각도 하지 못했다. 3kg 정도의 감량을 할 수 있으면 취업할 수 있다는 학원장의 말이 그처럼 큰 족쇄가 될 줄은 그땐 정말 몰랐다. 취업을 위해서라면 그 정도쯤은 의당 해낼 수 있을 거라 믿었다. 문제는 그때 이미 시작되었는지도 모르겠다.

취업의 문이 너무 좁아 친구들 대부분이 전공을 바꾸어서라도 취직을 하려고 모두들 혈안이 되어 있었다. 더 이상 마음고생 하지 말고 내려오라는 엄마의 전화를 받은 며칠은, 정말 이제라도 짐을 싸 집으로 내려가는 게 낫지 않을까 싶어 몹시 우울했다. 자취방을 나와 학원이 있는 종로까지 가는 버스 속에서도, 버스를 내려 미로 같은 골목길을 들어설 때에도, 나는 갈팡질팡 마음을 잡지 못했다.

그날 학원 입구에서 우연히 학원장을 만났다. 일찌감치 해외유학을 마쳤다는 그녀는, 마흔을 갓 넘긴 나이인데도 제법 규모가 큰 이 의상학원을 직접 운영하고 있었다. 이 여자의 장점은 오랜 시간 외국생활을 한 사람들이 가지고 있기 마련인 자유 분망함이랄지 과장된 제스츄어 같은 것을 눈에 씻고 찾아보려 해도 볼 수 없다는 점이었다. 거기에 나이를 가늠해 보기가 어려울 만큼 젊다. 뿐인가, 즐겨 자기 일을 하는 사람들에게서 보이는 당당함과 활력이 몸에 배어 있다. 내 얼굴에 책임져야 하는 저 나이가 되면 나도 저런 모습이면 좋겠다는 생각을 종종 해오던 터였다.

"윤서정. 너, 44사이즈 맞지?"

나는 잠시 머뭇거렸다. 나는 55사이즈를 입는다. 학원장이 다시 대답을 재촉했다.

"피팅 모델을 한 명 추천해 달라고 의뢰가 왔어. 44사이즈를 소화해낼 수 있으면 좋겠다면서. 티오가 생기면 디자이너로 승급시키겠다는 조건이야. 워낙 불경기라 추천의뢰도 예전 같지 않네. p그룹이면 앞으로 비전이 있어. 어때? 윤소정!"

근래 들어 의류업계에서 의상학과 출신의 피팅 모델을 많이 뽑는다는 얘기를 들은 적이 있다. 예전 같으면 마네킹에 입혀 보던 의상들을 직접 모델에게 입혀보아 더욱 편안하고 아름다운 의상을 만들자는 발상에서 비롯되었을 것이다. 기업에서는 의상학과 출신의 피팅 모델을 뽑아 더 나은 의상을 만드는데 일조를 하게 한 후, 디자이너로서 자질이 보이고 또 자리가 생기면 우선권을 준다고 들었다. 아무래도 의상에 대한 감각이 있고, 관련되는 전공자이면 서로에게 더욱 도움이 된다는 계산이 섰을 것이다.

지방대학 졸업생들에는 좀처럼 취업의 기회가 주어지지 않는 게 요즈음의 현실이다. 더욱이나 유행에 유별나게 민감한 의류업계는 상대적으로 그 문제에 더욱 예민하다. 내로라하는 유학파가 어느 곳에서든 포진하고 있어 그들만으로도 인재는 넘쳐 나고 있다. 의상의 추세가 전반적으로 기성복 쪽으로 흐르는데 그 메이커가 대부분 서울에 집중되어 있다. 아직껏 남아있는 개인 의상실은 소수인원이면 운영이 가능하므로, 더 이상 충원을 고려하지 않고 또 그런 기회가 생기면 알음알음 경력자를 뽑는다. 아무리 여건이 좋지 않다고 해도 마냥 손을 놓고 있을 수는 없는 노릇이었다. 졸업을 앞두고 나는 친구 몇 명과 함께 상경하여 비교적 취업률이 높다고 정평이 난 이곳 의상학원의 연구과정에 등록했다. 대학등록금에 버금가는 학원비를 내면서까지 과정을 다 마쳐가는데도 취업에 대한 어떤 보장이나 언질이 없어 내심 불안하고 초조하던 참이었다.

아무리 그래도 그렇지. 첫 단추가 중요하다는데 여태 고생한 보람도 없이 피팅 모델로 첫발을 내딛어야 하나. 만에 하나 영원히 피팅 모델로 끝내야 하는 불상사가 생긴다면? 그 짧은 시간에도 여러 갈래의 생각들이 두서없이 내 마음을 휘저었다.

"체중은 얼마나 나가?"

되묻는 학원장의 가슴께를 바라보며 나는 조심스럽게 대답했다. 어른 앞에선 상대방의 가슴께에 시선을 두어야 참해 보인단다. 엄마는 세상이 아무리 바뀌어도 여자는 어쨌든지 여자다워야 한다고 했다.

"48kg이예요."

"그렇게 안 보이는데…. 그럼 55사이즈네. 3kg 줄일 수 있을까. 보름 동안?"

이대로 고향집에 돌아간들 상황은 더 나아질 바가 없다. 끊임없이 디자이너로서의 길을 찾아보다가 그도 안 되면 다른 친구들처럼 시급 5,000원짜리 커피전문점 아르바이트 일이라도 감지덕지하며 찾아 나서겠지. 때론 잃어버린 내 꿈이 어떻고, 자책하다가 혹여 잠깐 사귀게 된 누군가의 손을 잡고 생각없이 결혼을 해 버릴지도 몰라.

"체중감량 할 수 있겠어?"

너무 갑작스러운 상황이어서 나는 어찌할 바를 모르고 그만 눈을 내리깔았다. 학원장의 시선이 다시 내 주위를 맴돌았다. 체중감량의 관문만 통과하면 그녀를 찾기로 하고 서둘러 그 곁을 빠져나왔다.

보름으로 작정한 체중조절은 예상보다 어려웠다. 급한 대로 처음에는 무조건 하루 두 끼를 굶었다. 일주일 만에 목적한 체중감량에는 성공하였지만, 사흘 만에 현기증이 나기 시작했다. 이번에는 마음을 독하게 먹고 저녁 한 끼는 굶고, 두 끼는 절식으로 방법을 바꾸었다. 아침은 생식과 과일로 대신하고 점심은 닭 가슴살과 샐러드에 우유 한 잔을 곁들였다. 매끼 견과류 10알 외에 일체의 간식을 끊었다. 함께 사는 친구들도 취직을 위하여 이번 기회에 우리 모두 S라인을 만들어 보자며, 죽기 살기로 나와 함께 극기 훈련에 동참했다. 이제까지 낙으로 생각했던 먹는 것에 대한 즐거움이 없어지자 세상 살맛이 뚝 떨어질 지경이었다. 그러나 이건 나에겐 생존에 관한 문제였다.

곧 죽을 것 같은 기간을 거쳐 나는 취직이 되었다. 한 방 친구들 중에서 제일 먼저 감량에 성공하면서, 취직이 결정된 일이어서 모두의 축하를 받았다. 우리끼리 제법 조촐한 파티도 열었다.

잘 견뎌야 해. 지방대 졸업생의 실력도 만만치 않다는 걸 이 바닥에 알리려면 남보다 배 이상의 노력이 필요할 거야. 네 성공은 네 개인의 성공이 아니야. 우리 지방대학 출신들의 자존심이 걸려 있단 밖에.

내가 단지 조건부 피팅 모델로 취업이 된 것을 알 리 없는 친구들은 부러움과 시새움이 교차되는 눈빛으로 그러나 우정 어린 충고를 아끼지 않았다.

처음 얼마 동안 나는 친구들의 충고에 충실하려고 노력했다. 설령 피팅 모델으로 취업이 되었다 해도, 나는 내가 진정으로 원하는 일을 하기 위한 첫걸음을 뗀 셈인 것이다.

피팅 모델이라는 직종이 그래도 나름대로 인기 있는 직종임을 알게 되고, 또 내가 해야 할 업무 내용이 무엇인가를 파악하기까지 그리 오랜 시간이 걸리지는 않았다. 그러나 무엇보다 나를 당황하게 한 것은 피팅 모델의 체격 조건에 매여, 앞으로 나는 체중이 늘어나는 것은 물론이려니와, 허리가 굵어져도 가슴과 엉덩이에 더 이상 살이 붙어서도 안 된다는 사실이었다. 왜 나는 가장 기본적인 사항에 대한 상식이 없었을까. 체중 감량하는 데만 마음을 썼을 뿐 앞으로도 계속 그 체중을 유지하고 관리해야 하는 문제에 대해서는, 터럭만큼도 고민해 본 적이 없었던 것이다.

종점 근처에 방을 얻은 것은 참으로 잘한 짓이다. 출근을 하려고 버스에 오를 때마다 서울에서는 좀체 누리기 어려운 호사를 하고 있다는 생각을 한다. 등받이에 느긋하게 몸을 기대앉아 출근할 때의 상쾌한 기분. 몇 정거장을 더 가다 보면 숨 쉴 공간조차 없이 꽉 차버린 승객들 대부분이 출근시간 내내 몸 전체로 전쟁을 치루는 데, 나는 그들과 무관하다. 차에 오르는 동승자를 바라보는 시간, 그래도 하루 중 내게도 모든 것이

좋은그림찾기

희망적으로 느껴지는 시간이기도 하다.

다시금 잠결에 받은 핸드폰 생각이 났다. 엄마는 새벽바람부터 내 잠을 깨울 정도로 작은아버지의 안위가 진심으로 궁금한 걸까? 자기 식구들조차도 외면하는 이를 엄마는 왜 그렇게 궁금해하는 걸까. 그게 다 맏며느리의 소임, 또는 책무라는 것인가. 엄마를 보면 가족 간의 화목에 여자들의 역할이 얼마나 절대적인가, 새삼 알 것 같긴 하다.

작은아버지. 나의 눈에 비친 그는 고작 무책임한 가장이며 알코올 중독자이자 정말이지 무참하게 실패한 인간일 뿐이다. 어린 시절부터 내가 보아온 것은, 끊임없이 엄마와 아버지, 그리고 고모들을 괴롭혀대던 철면피한 그의 모습이었다. 어린 나에게도, 그의 관심사항은 오로지 할아버지가 남겨놓고 가신 유산인 것 같았다. 수시로 아버지는 문전옥답을 처분하여 작은아버지의 손에 쥐여주는 눈치였지만, 그의 버릇은 쉬이 고쳐지지 않았다. 어느 날 딱 한 번 나는 맨정신인 작은아버지를 본 적이 있다.

어찌 된 일인지 그날 작은아버지는 우리 고장에서는 좀체 볼 수 없는 흰색 양복을 제대로 차려입고 내려왔다. 어린 나에게도 그때까지 보았던 그 어떤 사람보다 멋지게 느껴졌으나, 늘 봐오던 그의 모습이 아니어서 낯설기만 했다.

아직껏 운이 따라주지 않아서 그렇지 작은아버지 손재주가 얼마나 비상한지 몰라. 넌 어려서 잘 모르겠지만, 작은아버지는 재단사란다. 서울에서도 몇째 손가락에 꼽힌데. 지금은 저래도 반드시 성공을 할꺼야. 그리고 우리는 작은아버지에게 큰 빚이 있단다. 갚아도, 갚아도, 갚지 못할 큰 빚. 작은아버지의 횡포를 견디다 못한 아버지가 아웃으로 피신을 간 사이에 내가 작은아버지 흉을 보았더니 기껏 엄마가 한 말이었다. 무슨 놈의 빚잔치가 그리 길대? 아무리 우리가 빚을 많이 졌다 해도 이제껏 갚은 것만으로도 벌써 옛날 고리짝에 다 갔겠네. 쫑알대는 내게 느닷없이 엄마가 소리를 빽 질렀다. 어른이 그렇다면 그런 줄 알게지, 조그만 기집애가 알면 얼마나 안다고 말이 많니, 많긴!

아버지를 찾아다니다가 찾지 못한 작은아버지는 결국 엄마가 있는 부엌으로 들어섰다. 그리고는 엄마에게 주절주절 주정하기 시작했다.

그러니께 형수님, 한 번만 더 봐 주시면 성공하기 전에 다시는, 내, 이 동네에 얼씬하지 않을게요. 맹세하라면 하고말고요. 내가 다시 형네 집을 찾으면 나는 개 쌍놈이다! 개 쌍놈! 마지막이다 생각하시고 한 번만 형수님. 예? 나도 보란 듯이 뭔가를 보여 주고 싶다 이거예요, 아시겠어요?

그 며칠 후, 작은아버지는 정말 우리 주변에 얼씬거리지 않았다. 작은 아버지가 그렇게 또 한 번 집을 나서자 이번에는 작은집 식구들이 한동안 우리랑 함께 살게 되었다. 작은엄마가 우리 집에서 분가를 하겠다고 나선 것은, 작은아버지가 어디선가 딴살림을 차렸다는 소식을 듣고 나서였다. 작은집 식구들이 우리 곁을 떠났다고 해서 엄마의 마음에서 그들이 지워진 것은 아니었다. 명절이랄지 크고 작은 집안 행사 때가 되면 엄마는 늘 그 식구들 걱정으로 몸살을 앓곤 했다. 오빠에게만 서울 유학의 혜택을 주고 우리 딸들에게는 모두 집에서 대학을 다니도록 종용한 것도 따지고 보면 그쪽 사촌들이 마음에 걸려서 그랬을 것이다. 나는 서울 유학을 목표로 여러 번 시위를 벌였지만, 엄마의 고집을 꺾을 수가 없었다.

여자애는 객지에서 위험해서 안 된다. 그리고 생각이 있는 애 같으면 그런 말 감히 입에 담을 수 없을 거다. 서영이네 식구는 지금 어찌 지내는 줄도 모르는데…. 서영이네는….

서울 유학을 하지 못한 앙금이 아직도 이렇듯 고스란히 남아있는 터에 무엇이 그리 애닲다고 내가 작은아버지를 찾아 나설까. 엄마도 참.

160

입사 후 내게 튀던 첫 불똥이 생각난다. 기분 좋게 집에 들어서다가 작은아버지 덕분에 수도 없이 튀곤 하던 불똥에 비하면 이번 불똥은 그래도 기분 좋은 불똥이랄까. 원인 제공자가 다른 이 아닌 나 자신이었다는 점에 대해서 말이다. 전 세계에서 발행되는 의상전문지들과 함께하는 사건이라서 일말의 자랑까지 느껴진다.

실장으로부터 시작하여 말단인 내 자리까지 각 파트의 전문디자이너, 보조디자이너를 거쳐 회람 식으로 보게 되어있는 전문지는 종류가 대 여섯 권이나 되었는데, 내 자리까지 오게 되면 알맹이를 다 발라먹은 알밤 형상이 되기 일쑤였다. 한 권만 그렇다면 그래도 참아보겠는데, 공동으로 보게 되어 있는 책자가 매번 같은 형상이었다. 아무리 서열이 어떻고 파트별 취향이 어떻든지 간에 자기들만 눈이 있고 손이 있나, 참고하기만 하면 되지 매번 왜 책자를 오려내는가 말이다.

책자가 배달되어 온 어느 날, 나는 그것을 몰래 감추어서 집으로 가지고 왔다. 입사 이후 나는 누구보다 일찍 출근하고 늦게까지 남아 있으면서 디자인실의 잡무까지를 해결해 왔으므로 그 일은 그리 어려운 일이 아니었다. 밤새도록 잡지를 독파한 나는, 이른 아침 동네의 복사 집에 들러 눈여겨 보아둔 작품들을 몰래 복사하여 두었다.

오래지 않아 영 케쥬얼 팀장 유가 히트친 작품의 아이디어가 어떤 책자에서 나왔는가는 물론이고, 중년층 상대제품 담당 디자이너 한의 작품은 대체로 일본 디자이너 요오꼬의 취향과 맞아 떨어진다는 것을 알게 되었다. 결국, 그 모든 아이디어의 근원지를 찾아낸 것이다. 허긴 2개월에 생산 예정 의상의 3배씩을 디자인해 내야 하는 그들의 능력에도 한계가 있을 터였다.

그날도 나는 문제의 잡지 중 한 권을 가져와 남몰래 먼저 읽다가 늦잠을 잔 터라 허둥지둥 출근했다. 그런데 이게 웬일인가. 실장과 팀장 다섯 명 모두가 약속이나 한 것처럼 전원이 모두 자리를 지키고 있었다. 정식 출근시간보다 무려 40분이나 앞당겨진 시간이었다. 아침에 이사회에서 긴급 호출이 있었다고 했다. 디자인실 전원이 출근하기를 기다려 실장이 회의를 소집했다. 지난 계절에 히트 제품이 나오지 않아 재고가 산더미 같이 쌓였다는 영업부의 엄살과, 이사회에 긴급 호출된 경위를 그대로 전하면서 실장은 계속 얼굴을 붉혔다.

"어쨌든지 우리의 불찰이 큽니다. 여러분들 모두 책임을 느끼고 분발하여 좋은 작품을 내도록 하세요. 겨울제품 중 패션 리더 상품에 특별히 신경을 좀 써주셔야겠어요. 어떻게 해서든지 실추된 우리의 명예를 만회해 봅시다."

실장이 말을 마치기가 무섭게 최고참 팀장인 유가 뒤를 이었다.

"디자이너 생활 십 년에 내, 이런 꼴 처음이예요. 설령 우리가 디자인을 잘못하여 매출이 형편없다 해도 그렇지, 왜 그 책임이 전적으로 우리에게 있다는 투냐고요. 지난번 제품이 잘 나갈 땐 모두들 판매 전략이 제대로 먹혔다고 법석이지 않았어요? 실장님도 그래요, 우리가 뭐 그리 죽을 죄를 지었다고 말 한마디도 못하세요? 아니 경제가 전체적으로 침체되어 있는데 우리 제품이라고 별수 있나요? 그리고 왜 갑자기 뜬금없이 해외출장을 줄이래요? 지들이 출장 나가지 못해 배가 아픈 건지 워언. 출장비도 현실화해주지 못하는 주제에, 이건 원 도대체가…."

팀장 유의 불평은 마주앉아 있는 사람들 모두에게 야릇한 동지의식을 유발시켰다. 굳었던 얼굴들이 서서히 풀어졌다. 마음 좋은 실장도 동조의 웃음을 띠었다.

"윤서정, 우리 커피 한 잔 마시자."

디자이너 한의 말이 채 끝나기 전에 나는 사내 자판기로 나갈 동작을 취했다. 그때 팀장 유가 나를 불러 세웠다.

"윤서정, 내가 생각난 김에 말하겠는데, 너, 입사한 지 얼마나 되었다고 벌써 건방 떠니? 왜 건방지게 번번이 책자들을 너 먼저 보냐구? 네 전공이 설령 의상디자인이어도 넌 피팅 모델이지, 아직 디자이너가 아니란 말이야. 오뉴월 하루 볕이란 거 네가 잘 모르는 모양인데, 이 세계에서 오래 버티려면 미리 알아 두는 게 좋을 거야."

디자인 식구 전원이 있는 자리에서 그처럼 무지막지하게 나를 몰아세워 제게 득이 되는 것이 대체 뭘까? 다행히도 실장은 그녀 자신 전문지에 칼질을 해대는 디자인실 식구들의 문제점을 알고 있던 터라, 나의 행동을 그다지 문제 삼지는 않았다. 오히려 이야기가 나온 김에 디자이너들의 그릇된 습관을 바로 잡자는 쪽으로 화제를 이끌어갔다. 오래지 않아 화제는 다시 스파팅 제품으로 바뀌었다. 적시에 세일 제품을 내는 것도 중요하지만, 고객에게 서비스하는 차원에서라도 적정가격으로 괜찮은 옷을 구입할 수 있는 기회를 주자는 의견이 지배적이었다.

회의가 길어져 가도 내 머릿속에는 오직 한 가지 생각으로 꽉 차있었다. 어떠한 일이 있더라도 다른 직장이 아닌 바로 이곳에서 팀장 유의 윗자리에 반드시 서고 말겠다는 다짐. 난 그녀의 아이디어가 얼마나 대단치 않다는 것을 벌써 알고 있다. 해외출장에 대해 그녀가 왜 그렇게 과민 반응을 보이는가도 대충은 안다. 겨우 출장을 가서 한다는 짓이 다른 나라 디자이너들이 만든 제품을 도둑질해 오는 거 아니고 뭔가 말이다. 적어도 나는 순수하게 창작된 작품을 낼 수 있다. 구태의연한 벗겨먹기는 싫다.

그날 이후 나는 더 이상 난도질당한 책자를 보지 않아도 되었다. 대신 디자이너들의 복사를 도맡아 해줘야 하는 번거로운 일 하나를 떠맡게 되었다. 그리고 그 일로 팀장 유와 계속 껄끄러운 사이가 되었다. 그럴수록 나는 회사 내의 모두에게 사근사근 굴며 일을 배워 나갔다. 보조디자이너들이 해야 하는 일체의 일, 이를테면 매장근무, 시장조사, 원단구입을 위한 기초조사까지도 마다하지 않고 따라 나섰다. 단추 하나에도 민감하게 반응을 보이는 의상을 위해 동대문 시장을 훑는 일도 예사로 해냈다.

사무실 청소를 마치자마자 디자이너들이 하나둘씩 들어서더니, 여기저기에서 나를 불러대기 시작했다.

계절이 바뀌기 전, 대리점주들과 함께하는 품평회를 앞두고 디자인실이 초비상에 들어간 것이다. 다품종 소량제품 만들기가 새로운 이슈인 만큼 파트마다 제때에 제품을 내려고 그야말로 눈코 뜰 새가 없었다. 디자이너들이 건네주는 디자인 스케치를 복사하여 개개인에게 갖다 주고, 일단 선정된 디자인은 샘플제작을 위해 최종적으로 점검하게 한 뒤 다시 패턴실에 넘겨주었다.

점심시간이 끝나고부터 본격적으로 디자이너들과의 진땀 나는 시간이 시작되었다. 가봉 또 가봉. 다섯 명이나 되는 디자이너들의 옷을 입었다 벗었다 하며 몇 시간을 보냈더니 나중에는 눈이 핑핑 돌았다. 오후 5시가 되자 조금 짬이 생겼다. 또다시 자신의 처지가 한심하기 짝이 없다는 생각이 들기 시작했다. 옷을 입고 근무한 시간보다 속옷 차림으로 일을 하는 시간이 더 많은 직장에 근무하고 있다면 사람들은 어떤 반응을 보일까. 엄마는 필경 별 요상한 직업도 다 있다. 당장 내려오너라. 숨 돌릴 시간도 주지 않고 재촉해댈 것이다. 그래도 네가 파평 윤씨 집안의 셋째 딸이다. 뼈대 있는 집안 자손은 아무 데서나 그렇게 자신을 업신여기는 게 아니야. 그 케케묵은 사고방식으로 나를 묶어두지 못해 안달일 거다. 지금 세상이 어느 땐데 사대부 집안 가풍을 흉내 내지 못해 안달일까. 그래도 직장생활을 위해 이만큼이나 배려해 준 것만 해도 감지덕지할 일이다. 빨리빨리 2년이 지나야 한다. 피팅 모델의 딱지를 때려면 최소한 2년은 버텨내야 한다. 어느 직장에서건 정해놓은 수습기간이 있잖은가. 지금 나는 조금 고된 수습기간 일뿐이다. 수습 딱지만 떼 내고 보라지. 나는 누구보다 잘해낼 자신이 있다. 기회는 준비하고 기다리는 자에게 반드시 오게 되어 있다. 삼일에 한 번꼴 영업부에서 가지고 오는 판매일지가 내 눈앞에 펄럭인다. 윤서정의 제품 y2331이 이번에도 판매랭킹 1위이다. 판매실적을 알리는 그래프는 내가 디자인한 제품에만 최고 정점이 찍혀있다. 어렸을 적에 담임선생님이 교실 뒤편에 그려 붙여놓았던 저축실적 그래프처럼 그것은 때때로 나의 기를 꺾기도 할 것이다. 그러나 나는 해내고야 말 것이다. 팀장 유의 윗자리에 확실하게 올라서는 길은 그 길뿐이니까.

넌 애가 왜 그렇게 쌀쌀맞니? 아무리 아니라고 우겨도 작은아버지는 분명 네 작은아버지인 게야. 어디서 전해 들었는지 네가 취직을 잘했다고 아주 좋아하시더라. 엄마가 자꾸 마음에 걸렸다. 엄마가 채근하면 할수록 반발하는 마음 못지않게, 왠지 내가 꼭 해야 할 책무 하나를 방기하고 있는 듯한 죄책감이 생겨 마음이 영 불편했다. 실장에게 허락을 받고 일찍 회사를 나섰다.

엄마가 알려준 주소를 들고 대방동 산동네를 다 뒤집고 나서야 가까스로 작은아버지가 살고 있다는 집을 찾아냈다. 서울 시내에 아직 이런 집이 남아있을까 싶게 낡고 오래된 ㄱ자형의 한옥이었다. 적어도 다섯 가구는 족히 함께 살고 있는 듯 집안은 어수선하고 다소 번잡했다. 마당의 한쪽 켠에 놓여있는 수도를 중심으로 대여섯의 여자들이 저녁거리를 씻고 있다가 흘금흘금 나를 쳐다보았다. 그중 한 여자가 검지손가락으로 ㄱ자로 꺾어진 제일 끝쪽 방을 가리켰다. 집을 찾느라 워낙 오랜 시간을 헤맨 후라 사위가 어두워져 있었다.

방문을 열었을 때 제일 먼저 나를 반긴 것은 비린내 같기도 하고, 지린내 같기도 한 역한 냄새와 어둑신한 실내였다. 욕지기가 나려는 것을 간신히 참으면서 안으로 들어서려는데 빈속이라서인지 계속 속이 메슥거렸다. 정말 싫다, 엄마. 나는 마치 엄마가 내 옆에 있기라도 하듯 중얼거리며 엄마를 째려봤다.

재단대 비슷한 커다란 탁자 앞에서 무엇인가에 열중하고 있는 노인네가 눈에 들어온 것은 그나마 실내에 적응한 내 시력 탓이었다. 그러나 거기 있는 작은아버지는 잊을만하면 찾아와서 우리 식구들을 괴롭히던 바로 그 인물이 아니었다. 어느 한군데 살이라고는 붙어 있는 것 같지 않은 몸피에, 검버섯투성이 얼굴을 한 병색이 완연한 노인네가 거기 있었다. 아직도 정정한 내 아버지와는 얼마나 다른 모습인가.

그의 손놀림을 지켜보다가 나는 노인네가 남자 양복의 앞섶 부분을 재단하고 있는 것을 알아챘다. 의외였다. 작은아버지가 재단사라는 이야기를 들은 적은 있지만, 이제껏 그 일을 하고 있으리라고는 생각을 해본 적이 없었다. 솔직히 이야기하자면 나는 그가 재단사라는 말 자체를 신뢰할 수 없었다. 순진한 우리 엄마나 믿고 있는 일이려니 했었다.

실내등을 켜고 방안의 환기를 위해 손바닥만 한 창문을 열어 재치는 등, 몇 번 인기척을 했음에도 노인은 나를 의식하지 못하고 계속 일을 하고 있었다. 이미 세월의 흔적을 숨길 수 없는 노인의 손은 수전증세가 있는 듯, 미세하게 흔들리는 것이 그림자를 통해 분명히 드러났다.

"거기, 색시는 누구?"

얼마가 지났을까. 일이 힘에 부친 듯 잠시 일손을 놓은 노인이 쿨럭쿨럭 기침을 하며 나를 올려다보았다.

누군가에게 나를 설명하는데 이처럼 많은 시간을 소요해 본 것도 이때가 처음이었지 싶다. 노인의 눈에 금세 물기가 서렸다. 손짓으로 나를 가까이 부른 노인은 한동안 내 손을 잡고 있더니, 오래 마음에 두고 있었던 이름을 내뱉었다.

"우리 서영이는, 서영이는 잘 지내고 있는가?"

딸아이의 안부를 묻고 있었다. 나는 내가 아는 한 성심껏 서영이와 작은집 식구들의 근황을 알려 주었다. 백방으로 노력했으나 노인의 소식을 알 수 없어, 아버지가 대신 서영이 손을 잡고 신부 입장을 했다는 소식을 전하자 그의 눈에 다시 눈물이 고였다. 유독 자기편이 되어 주었다던 큰고모 내외와 작은고모, 그리고 당숙들과 그 밖의 친척들에 대한 소식까지 빠짐없이 듣고 난 노인이 그제서야 생각난 듯 내게 물었다.

"밥 안 먹었제. 우리, 밥 먹자."

내 대답을 기다릴 틈도 없이 노인은 생각보다 민첩하게 음식배달을 시켰다. 끼니는 늘쌍 그렇게 해결하는 듯 너무도 자연스럽고 익숙해서 내가 말릴 틈도 없었다. 이왕 이렇게 된 것. 나도 느긋하기로 맘을 먹었다.

"서정이 네가 알고 있나 모르겠다만, 내가 서너 살이나 됐을 땐가 동네에 홍역이 돌아 하루에도 아이들이 서너 명씩 죽어 나갔어. 나 또한 그 병에 걸려 열이 펄펄 끓었지. 가망이 없다고 본 네 할아버지가 나를 잿더미에 집어 던지며 그랬다는구만. 큰놈이 멀쩡한께 됐다. 조상님께 제사지낼 놈 하나만 건사하면 그만여. 그 모진 말이 이 가슴에 평생 따라 붙는 거여. 아들이나 많다면 나 하나 없어져도 그뿐이지만 달랑 형제를 두었을 뿐인데…. 몇 년 앞서 세상에 나온 형이 무어 그리 대단하다고, 네 할아버지는 말끝마다 장손 타령이었는지. 거적을 씌워 덮어 놓았던 내가, 잿더미 속에서 꼬물꼬물 기어 나오자 헐 수 없이 거두었던 겨. 그렇게 살아온 놈이 뭣이 그리 푸지게 이쁘것어. 매사가 다 눈에 가시제…. 처음 가출은 내 나이 열다섯 때였지. 네 할아버지가 쌀 팔아 마련해 놓은 돈을 몽땅 훔쳐서 무조건 도회지로 나온 기라. 한 열흘쯤 자알 쓰고 나니 돈이 떨어지더만. 어쩌겄어. 돌아다니며 문전걸식 했제. 멀쩡한 놈이 그러고 다닌다고 매도 숱하게 얻어맞았다. 어찌어찌해서 내, 용케 이 기술 하나 익혔지. 처음 내 손으로 양복이 완성되던 날은 어찌나 기쁘던지, 세상이 온통 내 것만 같더만.”

노인의 확언대로 저녁상 역시 빠르게 배달되었다. 겉보기에는 투박하나 일품 엄마 손맛에 길들여진 내 입맛에도 딱 맞았다. 나는 허겁지겁 밥을 먹었다. 노인은 그런 나를 보며 오랜만에 대화 상대를 만나 한껏 신이 났다.

“한때는 내가 지은 옷을 입지 않으면 신사 측에 끼지 않는다고 장안의 날고 기는 멋쟁이들이 내 양복점을 안방처럼 드나 들었제. 지금도 이름만 대면 알 만한 사람들이 다 내 단골이었어. 호시절이었지, 아암. 호시절이었어…. 그때 한 몫을 자알 챙겼어야 되는데 그만 때를 놓쳐 버렸어. 그 시절이 마냥 갈 줄 알았던 게야. 젊고 그저 혈기만 왕성했던 때였으니까…. 양가 놈에게 사기만 안 당했어도, 내 이 지경은 이르지 않았을 꺼라…. 암….”

그 나이가 되어도 용서가 되지 않는 사람이 있다는 걸까. 평생 자기 자신만을 위하여 살아왔다고 보아도 무방한 이 노인에게도 아직 용서하지 못할 사람이 남아 있다는 사실이 역겨웠다. 대체 인간은 어디까지 이기적일 수 있는가. 순간적으로 서영이가 아직은 제 아버지를 보고 싶어 하지 않는 것이 정말 다행이라는 생각이 들었다. 나는 더 이상 노인과 자리를 함께할 기분이 아니었다. 서둘러 일어서는 나를 제지하다 말고 노인이 얼굴이 해쓱해지도록 오래 기침을 해댔다.

"네가 의상디자이너가 되었다는 말을 전해 듣고, 그래도 내 대를 이을 놈이 나왔구나 싶어 여간 기쁘지 않았다. 우리 때에야 천한 직업 측에 끼었지만, 이제는 모두들 인정해주는 당당한 직업 아니냐? 참으로 격세지감을 느끼게 해준달 밖에⋯. 혹시 네게 도움이 될까 해서 연락을 취했지⋯. 난 이제 더 이상 일감도 없고, 또 일해낼 만한 근력도 없다. 이게 다 내가 아끼던 책자들이야. 중간중간 메모해 놓은 것도 다 여기 있지. 잘 정리하면 네게 도움이 될지도 모른다는 생각이 들어서⋯. 넌 양장이 전문이겠지만, 학교에서 양복도 다루어 봤을 거 아니냐? 양복이 전공이면 내가 더 도움이 되줄 수도 있으련만⋯"

입맛까지 다셔가며 노인은 진심으로 아쉬운 듯 말했다. 나는 예의상 잠시 노인이 넘겨준 노트들을 훑어보았다. 애초에는 깨알같이 박혀 있었을 글씨들은 세월 따라 퇴색하여 알아보지 못할 정도로 희미해진 채, 옛날 영화로웠던 제 모양을 여실히 보여주고 있을 뿐이었다. 노트 군데군데에는 책자에서 오려낸 것이 분명한 조악하기 그지없는 견본그림들이 첨부되어 있었는데 그 또한 같은 형편이었다. 다만 노인이 모은 책자 중에서 몇 권은 눈여겨 볼만한 가치가 있는 것들이어서, 나는 주의해서 그것들을 들여다보았다. 소화 40년 발간인 월간지 '의상'들에는 세계 의류의 흐름을 일목요연하게 정리해 놓은 k씨의 논문이 수 회에 걸쳐 연재되어 있었다. 물론 나는 의류학 시간에 우리말로 번역된 이 글을 읽은 적이 있었다. 반가운 마음에 꼼꼼하게 논문을 들여다보았다. 책장을 넘길 때마다 고서에서 나는 특유의 쾌쾌하면서도 친근한 냄새가 풀풀 후각을 자극했다. 오랜만에 맡아보는 그 냄새가 과히 싫지 않았다.

내 앞에 무엇인가, 꽤 묵직한 것이 놓여지는 소리에 퍼뜩 놀라 눈을 들었다. 노인이 보자기의 매듭을 풀려고 혼자서 애를 쓰고 있었다. 얼마나 꽁꽁 묶어 두었는지 보자기는 좀처럼 풀어지지 않았다.

"네 아버지 주변으로는 변변한 옷 한 벌 마련해 놓지 못했을 것 같아서 내가 큰마음 먹고 지었고만. 내 평생 이렇게 정성들여 지은 옷은 처음이야. 내 필생의 역작이라고 할 수 있고말고. 이제 네 아버지 어머니도, 저 세상으로 갈 준비를 해야 할 나이 아니냐? 한때는 잘 나가던 재단사 동생 둔 양반인데, 마지막 옷이라도 내 손으로 직접 지어드려야 도리일 것 같아서…. 마침, 올해가 윤년이니…. 참, 내가 그 양반 속 무던히도 썩혔다…."

가까스로 펼쳐진 보자기 속에는 두 벌의 수의가 곱게 개켜져 있었다. 그중 한 벌을 펼쳐보면서 나는 비로소 이 옷을 내가 생전 처음으로 대면하고 있다는 사실을 깨달았다. 그동안 나는 어째서 이 옷을 한 번도 만나지 못한 것일까? 그 어떤 옷보다 의미가 있는 옷…. 살아생전 아무리 좋은 옷을 입었다 한들, 마지막 떠나갈 때 제대로 갖춰 입지 못하고 떠난다면 이 무슨 의미가 있을까. 누구나 입어야 하지만 또 아무나 좋은 옷을 입지 못하는 옷, 수의. 그러나 내게 이 옷을 입으라고 한다면 나는 단연코 노(NO)이다. 나라면 살아서 그랬던 것처럼 좀 더 개성있고 좀 더 멋진 옷으로 나를 장식하고 싶을 것이다. 최대한 나다운 마무리여야 한다.

치사하게 직장 내 팀장 유를 대상으로 꿈을 키울 것이 아니라 '수의'라는 더 큰 대상을 향하여 꿈을 펼쳐야겠다는 확실한 목표를 갖게 된 순간이었다. 늘 뿌옇기만 했던 나의 시야가 한순간에 밝아진 느낌이 불같이 일었다.

"작은아버지!"

내 목소리에 너무 힘이 실렸던가. 작은아버지가 눈을 동그랗게 뜨고 나를 바라봤다. 나는 다짜고짜 달려들어 작은아버지의 손을 진심으로 그러쥐었다. 아직은 힘이 있는 그의 크고 투박한 손이 나를 감싸 안았다. 참 따뜻하고 포근했다.

순간적으로 어떤 행복감이 나의 전신을 훑고 지나갔다. 그때서야 나는 나란 인간이 얼마나 이기적인가? 아니 나를 포함한 우리 인간들이란 모두 얼마나 이기적인 동물들인가 생각하며 한숨을 쉬었다.

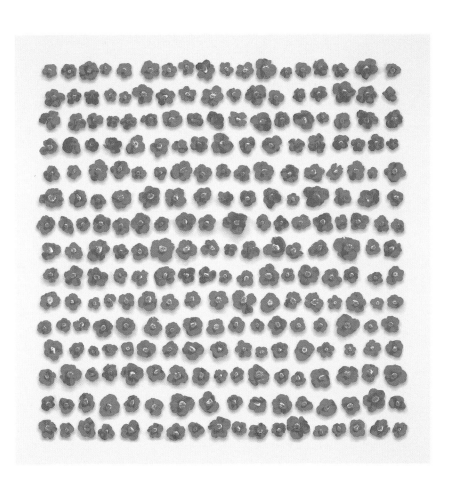

이종협   Camellia on the paper 4   2007 / 102x102cm / 디지털 프린트

유나

내가 유나를 처음 본 것은 아마 그 해 늦은 봄이었을 것이다. 처음과 달리 현실을 어느 정도 수긍하고 나서, 이제 막 딸애를 위해 누구보다 에미인 나부터 정신을 바짝 차려야 한다는 것을 알아냈을 무렵이었다.

하루는 열여섯이나 되었을까 싶은 소녀가 눈에 들어왔다. 아무리 보아도 고등학생으로밖에 보이지 않는 앳된 얼굴을 한 소녀였다. 그 앤 혼자서도 놀라우리만치 자유자재로 휠체어를 움직이며 6병동에서 7병동을 넘나들고 있었다. 내가 세탁을 위해 13병동 세탁실에 갔을 때는, 어느결에 그곳 스테이션 앞에서 간호사와 보조원들 사이에 끼어 희희낙락하고 있었다.

그 애의 파르라니 깎은 민머리와 휠체어에 매달린 링거를 감안하지 않았다면, 그 애의 투명하고 빛나는 피부와 밝은 표정 때문에 하마터면 나는 정기검진을 하러 왔다가 잠깐 병실에 들른 일반인이거니 여길 뻔하였다.

딸애가 7병동에 속해 있던 터라 자연스럽게 나는 6병동에 있는 그 애에

관하여 여러 사람을 통해 적지 않은 사실을 알게 되었다.

놀랍게도 그 애는 골육종을 앓고 있었다. 열여덟 살, 벌써 병력 삼 년째라고 했다. 그 애 곁에는 또한 그 애 못지않게 밝은 성격의 맹모 간병인이 있다고 들었다.

이제 네 번째 항암치료를 받기 위해 입원한 딸애는 만 열아홉이었다. 그때까지 6, 7병동을 통틀어 제일 어린 환자였으므로 담당 의사들과 간호사들로부터 각별한 관심을 받고 있던 터였다. 그런데 유나는 우리 애보다 더 어린 나이에 발병하였을뿐더러 벌써 병력이 삼 년째라고 한다. 그런데 세상에 어쩜 저 애는 저렇게 밝고 명랑할까?

그 애를 만난 이후 나는 하나의 염원을 갖게 되었다. 어떤 이는 병을 이기려면 적어도 그 병의 친구가 되라고 했지만, 내가 생각하기엔 병을 이기려면 우선 같은 병을 가진 말벗이 있어야 할 것 같았다. 어떻게 해서든지 나는 그 둘이 좋은 친구가 되도록 해줄 생각을 하게 된 것이다.

몇 차례의 치료 이후, 몸과 마음이 약해질 대로 약해진 딸애에게 말 그대로 동병상련의 친구를 하나 만들어 주는 것. 그것만이 지금 내가 해줄 수 있는 최고의 선물이라고 여겨졌다. 그럼에도 나는 두 애를 쉽게 만나게 해줄 수 없었다. 우선 딸애에겐 당장 해결해야 할 과제가 있었다. 지금 딸애는 또 한 차례 백혈구와 싸움 중이었다.

딸애는 백혈병과 함께 대표적인 혈액암으로 알려진 림프종 중에서도 한국인에게 많다는 비호치킨 림프종을 앓고 있었다. 그런데 특이하게도 피부로부터 이상이 오는 희귀증상을 동반했다. 곧 고열과 함께 피부의 곳곳이 발진이 되면서 항암치료로 열이 가라앉은 이후엔 검붉게 피부가 착색이 되는 증상이었다. 항암치료는 치료 후 골수 기능저하로 백혈구가 감소하여 면역력이 떨어지는 단점이 있다. 면역력이 떨어진 상태에서의 감염은 환자에게는 치명적일 수가 있다. 그래서 이때 가장 주의를 해야 하는 것이 바로 움직이는 세균 덩어리인 사람과의 접촉이다. 음식 또한 철저히 끓이고 데친 것을 먹어야 하며, 과일과 음료수 또한 제한되었다. 간병인은 물론이려니와 면회인 역시 마스크를 해야만 딸애와의 면회가 이루어짐은 기본이고, 본인이 병실 밖으로 나갈 때면 역시 마스크와 소독제로 무장을 해야만 했다.

병원 용어로 말하자면 딸애에게는 지금 엄격한 [보호격리]가 내려져 있었다. 가뜩이나 입맛을 잃어 병원음식에 식상해 있는 딸애에게 이 기간은 정말 견딜 수 없는 고통의 기간이었다.

그러나 그 자체가 하나의 주기와 같았으므로 그 기간을 열심히 참아내며 병원이 제공하는 모든 치료에 성실히 임해야만 했다. 백혈구 수치를 높이기 위한 모든 조치가 끝나고 바야흐로 딸애의 컨디션이 최적의 상태가 되어야만 본격적으로 치료를 시작할 수 있기 때문이었다.

드디어 기다리던 D데이가 왔다. 아침나절 채취를 해간 혈액이 좋아졌다며 간호사가 [격리해제]를 알려왔다.

침상 사이에 설치된 커튼을 열어젖히니 정말 날아갈 것 같았다. 무엇보다 음식제한이 풀려 딸애에게 무엇이든 원하는 것을 먹일 수 있다니 여간 다행히 아니었다. 유나 엄마의 조언대로 두 애가 좋아하는 통닭구이를 주문한 뒤, 치킨집 배달원과 응급실 입구에서 접선하여 운반해왔다. 이것은 병원생활 석 달 만에 가까스로 터득한 내 나름의 생존법이었다. 원래 밖의 음식물을 병원 안으로 들이는 일은 여러 가지 이유로 금기되어 있지만, 나이가 어린 환자의 경우 병원 측에서 조금 눈을 감아주었다.

병실이 동서로 나누어 있다 해도 뻔한 공간에서 지내다보니 비슷한 또

래는 달랑 둘 뿐이어서 이미 눈인사를 나눈 터인 데다가, 간호사와 양쪽 엄마들을 통해서 서로에 대한 정보를 알만큼은 아는 사이여서 둘은 비교적 쉽게 말을 섞었다. 무엇보다 유나의 붙임성이 한몫했다.

"고등학교 입학을 앞두고 병이 나서, 학력이 겨우 중졸입니더."

말하면서도 그 애는 하하 웃었다.

"언니는 그래도 나보다 낫네요, 뭐. 대학물도 묵어보고."

유나의 목소리는 나이와 달리 허스키했다.

"난 팔자가 왜 이런지 몰라요, 고등학교 물도 몬 묵어보고."

나는 그제서야 그 애의 고향이 경상도라는 것을 알았다. 유나의 너스레에 곧 딸애의 마음도 열렸다. 알맞게 따끈하고, 바삭하게 튀겨져 감칠맛 나는 통닭을 사이에 두고, 딸애도 유나도 모처럼 환하게 웃었다. 유나 엄마와 나도 성큼 가까워진 듯했다. 우리는 두 애들만 병실에 남겨두고 아예 휴게실로 자리를 옮겨 앉았다.

그때까지 거의 일주일이 멀다고 입원과 퇴원을 반복하는 신세지만 이제 겨우 딸애의 병을 인정하기 시작한 나로서는, 선험자인 유나 엄마와의 대화는 참으로 유익하였다. 믿기지 않는 병명 때문에 딸애의 차트를 들고 이 병원 저 병원 확인하러 다니다가 응급실에 수차례 실려 온 것까지 우린 비슷한 전철을 밟았다.

그러나 유나 엄마는 일단 병을 인정한 이후에는 딸애의 건강을 위해 과 감하게 생활의 터전까지 바꾸었다고 했다. 그 점이 나와 달랐다. 이 병의 치료는 무엇보다 맑은 공기와 섭생과 꾸준한 운동에 있다고 그녀는 확신 했다. 곧 그녀는 대학 다니는 딸에게는 학교 가까이 방을 얻어주고 공기 좋고 병원도 비교적 가까운 경기도 둔포로 아예 세 식구가 이주를 해버렸 다. 마침 그 근처에 살고 있던 친척이 비어 있던 집을 추천해 주었기에 가능한 일이었다. 농사라고는 지어본 적이 없는 그녀지만 직접 밭을 갈고 씨를 뿌려 무공해 야채와 과일 등, 제철 재료를 기본으로 한 식단을 짜기 시작했다. 짬짬이 근처 산과 들을 누비며 머루, 다래, 산딸기, 버찌, 취나물, 씀바귀, 홑잎 등을 걷어 식탁에 올렸으며 구찌 뽕, 느릅, 오가피나무에 영지버섯 등, 몸에 좋다는 식물이면 가리지 않고 취해 말린 후, 광에 한가득 비축해 놓고 쉬지 않고 달여 먹였다.

그렇게 간병을 한 덕분인지 유나는 세 차례의 항암치료 후 차도가 있어서 퇴원한 후에 그곳에서 제법 오래 견뎠다. 3개월마다 정규 치료만으로 1년을 버틴 것이었다. 그래서 유나 엄마는 내심 마음을 놓고 있었다. 자기의 이주 결정이 옳았다는 생각과 함께 모두들 반신반의하던 완치의 고지에 가까이 왔다는 자족감에 빠져있었다.

어느 날 잘 견디는 것 같던 유나가 갑자기 고열과 구토에 이어 두통을 호소해 왔다. 서둘러 응급실에 데려왔을 때 그녀는 의사로부터 놀라운 이야기를 전해 들었다. 아무래도 암세포가, 뇌로 전이된 것 같습니다.

유나 모녀는 지금 정확한 결과를 기다리고 있는 중이었다.

"내가 아무래도 벌을 받지 싶어요. 전에 갈비집을 했었는데 잘 알고 지내던 분이 암에 걸렸지 뭐예요. 그분이 우리 집 갈비가 먹고 싶다고 찾아왔는데 글쎄, 하나도 반갑지 않은 거예요. 그래서 그이가 나간 후 내가 문 앞에 나가서 왕소금을 뿌리지 않았겠어요? 재수 없다고…. 그 당시엔 왜 그 병이 전염되는 걸로 알고 있었는지, 지금 생각해도 죄만스럽죠…. "

그날 밤, 나는 딸애가 잠든 틈을 이용하여 동전주머니를 챙겨 들고 휴게실에 나갔다. 늦은 시간이어서 오래지 않아 컴퓨터가 내 차지가 되었다. 여러 경로를 통하여 가장 인지도가 높은 병원의 사이트를 뒤져내서 검색

창에 골육종이라고 쳐 보았다.

뼈 조직이나 유골조직이 중앙세포에 의해서 만들어지는 악성종양인데 뼈에 발생하는 악성종양 가운데 가장 빈도가 높은 질환이다. 위암이나 폐암에 비교하면 발생은 훨씬 적지만, 골육종은 사지의 절단이라는 매우 가혹한 치료를 행하여도 폐라든지 다른 부위에 전이하는 경우가 많고 또한 환자는 초등학생에서 대학생 정도의 젊은이가 많다는 점이 문제이다.
골육종은 유전적 요인이 작용하는 것으로 알려져 있지만 대부분의 환자는 그 원인을 알 수 없다.

······ 중략 ······

수술방법도 예전과 많이 달라져서 전에는 골육종이 있는 부분의 하나 위 관절에서 절단하는 수술을 주로 했으나, 지금은 항암제가 치료의 중심이 되면서 절단도 최소한으로 줄이고 되도록 쓸 수 있는 관절을 하나라도 더 남기는 방향으로 바뀌었다. 항암주사와 정맥주사는 물론이고 혈관 조영술을 하면서 골육종 세포로 가는 동맥 혈관에 항암제를 여러 번 반복해서 넣어준다.

예후: 불과 몇 해 전만 해도 경과가 매우 나빠서 아무리 치료를 잘해도 5년이 지나면 20% 이하의 환자만 살아남았는데 요즘에는 다양한 종류의 항암제를 다량으로 씀으로써 60% 이상의 환자가 5년 뒤까지 살 수 있게 되었다.

두렵긴 해도 딸애의 병과 다를 게 없는 예후였다. 문제는 과연 우리 애들이 그 60%에 드느냐 마느냐, 이겨내느냐, 지고 마느냐에 있다. 그리고 설령 그 모든 것을 이겨 낸다손 치더라도 그 5년 뒤에는? 그리고 또 그 5년 후엔? 그러나 지금 나는 그것까지는 생각하고 싶지 않다. 우선 당장은 이 모든 고통 속에서 딸애를 완전하게 지켜내야 할 그런 시기인 것이다.

그 날 이후 두 아이를 병실에 남겨놓고, 휴게실과 조리실에서 나는 유나 엄마의 병원생활 노하우 및 투병생활의 이모저모를 전수받느라 바빠졌다.

병원의 규칙상 조리가 허용되지 않는 조건임에도 불구하고 영양식은 물론이고, 유나가 원하는 다양한 간식까지 재깍 대령해 내는 유나 엄마의 재주는 참으로 놀라웠다. 오로지 허용되는 조리기구라고는 전자레인지뿐인 이곳에서 유나 엄마가 만들어내는 음식의 종류는 얼마나 다양하던지. 그때까지 전자레인지는 단순히 음식을 데우는 역할을 하는 걸로만 알았던 나의 무지가 한방에 깨져 버렸다.

우선 병원에서 특별식이 나올 때마다 사용되는 뚜껑 달린 오목한 용기 하나를 손에 넣는 일이 중요하다. 그 용기는 하루 한번 영양이 풍부한 메추리 알, 계란, 감자, 고구마 등을 삶는데 아주 유용하게 쓰이기 때문이다.

불고기는 환자식에서 자주 등장하는 메뉴이긴 해도 입맛을 잃은 아이에겐 엄마 솜씨와 비교할 여지가 없다. 결이 좋은 부위의 쇠고기와 양파 반 조각, 그리고 애당초 집에서 꼭 챙겨 와야 할 등산용 양념통은 그야말로 이때 제 역할을 톡톡히 해낸다. 우리 음식은 일단 기본양념이 젤 중요한 것 아닌가. 일단 그것만 준비되면 계란찜은 기본이고 감자볶음도, 칼국수도 또 다른 무엇도 못해낼 것이 없다는 것이 그녀의 주장이었다.

실제로 그녀는 내 앞에서 직접 실습을 해 보이기까지 했다. 병원 주변이어서 슈퍼에 가도 식재료를 구할 수 없어서 언감생심 나는 생각지도 못한 일이었다. 그녀는 두 정거장 거리의 대형할인점에 이어 다섯 정거장 거리의 중앙시장까지를 꿰뚫고 있었다. 워낙이 오랜 시간 병원생활을 한 경험이 있기도 하거니와, 유나 엄마에게는 아무도 흉내를 내지 못할 부지런함과 성실함이 몸에 배어 있었다. 뿐만이 아니었다. 그녀에겐 또한 묘한 친화력이 있어서 위로는 주치의에서부터 아래로는 청소부 아주머니에 이르기까지 모르는 이가 없었다.

덕분에 우리는 유나 모녀와 같은 6병동의 6인실 병실로 옮길 수 있었다. 때때로 유나 모녀는 다양한 안면 덕분으로 구한 것이 분명한 직원용 티켓으로 병원식당에서 고품격 식사를 하기도 했는데, 그런 날이면 환자용 식단과는 엄연히 차별되는 그곳 식단에 대한 자랑 때문에 귀가 따가울 지경이었다. 딱 한 번 유나 엄마가 우리 몫의 티켓을 구해 와서 같이 고품격 식사를 하기로 했는데, 하필이면 그 날 딸애의 백혈구 치수가 다시 내려가 또다시 [격리조치]가 내려지는 바람에 기회를 놓치고 말았다.

아직껏 나는 그 오랜 병원 생활 중에 그래도 유나 모녀를 만나 함께 아픔을 공유할 수 있었던 그 시기를 귀중하게 생각한다. 만약에 유나 모녀를 몰랐다면 하는 생각만으로도 아련해지는 그 무렵의 내게, 그들은 정말 마음 깊이 위안이 되어주었다.

매일매일 그 날이 그 날인 것만 같으나 절대로 같은 날일 수 없는 나날들. 주변의 환자들은 한 명 두 명 퇴원해 나가는데 우리 아이만 퇴원이 보류되는 상태에서의 하루하루. 위중하던 옆 침상의 환자가 밤새 처치실로 갔는가 싶었는데, 그 하루 사이 침상의 주인이 바뀌던 날의 그 씁쓸한 기분은.

경제적인 이유에서 2인실에서 6인실로 옮겨지기를 소망하다가 마침내 잘 아는 이가 밤새 숨을 거둔 바로 그 침상에 딸애를 눕혀야 했을 때의 난감함이란….

살아남은 자와 먼저 간 자와는 과연 무엇의 차이가 있는가? 개개인의 기기 미묘한 병명과 그 병마를 지켜나갈 수 있는 의지, 또는 그 병을 치료할 수 있는 의료기술만이라고 표현하기엔 무엇인가가 미진한 그 무엇. 과연 우리 모녀는 언제쯤 건강한 몸과 건강한 마음으로 저 문턱을 넘어갈 수 있을까? 그리고 유나 모녀는?

매일 밤, 나는 알지 못하는 나의 신에게 간절히 기도하고, 또 기도했다.

제발 하느님, 우리 딸을 살려 주세요. 우리 애를 살려만 주신다면 당신이 하라는 대로 무엇이든 다 하겠습니다. 그러나 제 뜻대로 하지 마시고 당신 뜻대로 하십시오. 아니, 아니, 제 뜻대로 오로지 제 뜻대로 제 딸을 살려주세요…. 당신 뜻이 무엇이건 그리 중요하지 않습니다. 제 뜻은 이 아이가 살 수 있는 만큼 오래오래 사는 것입니다, 주님! 이 아이 이제 겨우 열아홉입니다, 열아홉이요. 그리고 가능하다면 유나도 지켜주세요, 그 앤 이제 겨우 열여덟입니다. 이 애들이 무슨 죄가 있습니까? 예? 하느님.

결국, 유나의 암세포는 뇌로 전이되어서 오로지 방사성치료만이 최선이라는 결과가 나왔다. 이른 아침에 유나를 어르고 달랜 후 샤워까지 시킨 유나 엄마는 유나를 데리고 방사선 치료를 하러 내려갔다가, 삼십 분쯤 후 기진한 듯 표정없이 돌아왔다. 가까스로 침대로 기어 올라가는 유나의 눈에 눈물이 고여 있었다.

딸애는 드디어 다섯 번째 항암치료에 들어갔다. 두 애들이 도란도란 대화를 나누던 며칠 전이 그리웠다.

타이머를 부착한 채 진종일 카무스틴과 엑토포 사이드, 아락시와 멜팔란 그리고 덱사로 마무리되는 3박 4일간의 항암치료 전 과정을 견뎌내며 오한과 발열, 구토 그리고 설사에 시달리는 딸애의 모든 치료과정을 그저 지켜봐야만 하는 나. 내가 해줄 수 있는 일이라곤 간간이 음료수나 음식을 권하다가 그걸 먹고 토하는 딸애에게 쓰레기통을 건네주거나 등을 두드려주는 정도일 뿐이다. 지난번 치료제 후유증 덕분에 거의 헤어졌던 입안이 그나마 이번엔 면역이 생겨선지, 더 이상은 나빠지지 않은 것이 위안이라면 위안일까.

어찌하여 신은 내 아이에게 이처럼 큰 형벌을 주시는 걸까? 이제 겨우 열아홉 살일 뿐인 이 아이에게 죄가 있다면 얼마나 큰 죄가 있으며, 그 죗값이 이것이라면 이건 너무 가혹하다. 차라리 살 만큼 산 나에게 벌을 주시지 않고. [격리해제]라고 시원하게 열어 재친 환자용 커튼을 또다시 꼭꼭 여미며, 나는 창가 쪽 침상에서 시름에 겨워 앉아있는 유나 엄마를 바라보았다.

그녀도 나와 같은 생각을 한 건 아닐까, 그녀의 눈가도 젖어 있는 것 같았다.

할 수만 있다면 애 대신 내가 아팠으면 좋겠어요. 이게 뭐야, 정말. 그녀의 눈도 그렇게 울부짖고 있는 듯했다.

그 유별난 환자가 들어온 날은 그러니까 딸애에게도 치료의 효험이 처음으로 보이기 시작한 때였다. 그때까지 이렇다 할 반응이 없어 의료진을 애태우고, 에미인 나까지도 속을 태우고 있었는데 다행히도 이번 치료 후에는 여러 면으로 다른 때와 많은 차이가 있었다. 우선 다른 때와 달리 조금씩이나마 식사를 할 수 있게 되었다. 딸애의 표정이 많이 밝아졌다.

나 역시 마음이 놓여, 유나 엄마와 창가에 나란히 서서 초여름의 정원을 내려다보았다. 참 세상이 다 초록 일색이었다. 간밤에 내린 비 때문인지 어느 때보다 싱싱한 청록의 이파리들이 따가운 햇볕을 받고 눈부시게 빛나고 있었다. 우리 애들도 저 나무들처럼 하루빨리 건강을 되찾아야 할 텐데. 과연 그런 날이 오기는 오는 걸까? 두 애들도 침상에 앉아 두런두런 이야기꽃을 피우고 있었다.

한눈에도 처음 진단을 받고 입원한 환자임이 분명한 초로의 아주머니와 그 아들임이 분명한 닮은꼴 젊은이가 들어섰다. 행색으로 보아 꽤 윤택해 보이는데도 불구하고 이상하게 정신적으로 여유가 없어 보인 달까, 그들에게는 묘하게 그런 분위기가 느껴졌다. 허긴 지금 저 상황에 여유가 있기를 바라는 건 무리긴 했다.

처음 치료를 받으러 온 환자들은 대부분 세상에 자기만 유독 병마와 싸워야 한다는 사실 자체가 믿을 수 없다. 이 많은 사람들 중에 하필이면 내가, 또는 내 식구가 도대체 왜? 그러므로 지금 이 시각, 이 세상 그 누구도 나보다 더 불행한 사람은 없다. 그러나 곧 깨닫게 된다. 이 12층 건물 통틀어 두 층 모두 당신네들과 같은 병마와 싸우는 환자이며, 이 병실에 들어오지 못해 애태우는 환자가 전국에 헤아릴 수 없이 많다는 것. 그나마 이런 곳에라도 들어와 치료를 받는 이들은 그나마 혜택받은 이들임을 깨닫는 데는 그리 오랜 시간이 걸리지 않는다.

새 식구가 들어오고 얼마 지나지 않아 우리는 병실에서 이제까지와는 너무나 다른 이상 징후를 발견했다. 젤 처음 이것을 감지한 것은 역시 예민해진 딸애였다.

끄르 끄르 끙 그그극 흑- 끄르륵 끙 흑-

너무도 규칙적으로 들려오는 그 소리가 새 환자의 코고는 소리임은 곧 여러 사람에 의해 확인되었다. 약기운 탓도 있지만, 급격히 떨어진 체력 탓에 낮에도 몇 차례 혼곤히 잠에 빠져드는 환자들인지라 일단 참아보기로 했다.

그런데 밤이 되어 휴게실에 들려 두 애들과 TV시청을 하고 돌아왔어도 상태는 달라지지 않았다. 밤이 되어 사위가 다 고요해지자 새 환자의 코고는 소리는 병실을 뒤흔들 정도로 심해졌다.

끄르끄르 끄르륵 끅끅 흑— 끄르끄르 끄르륵 끅끅 흑—

환자 본인과 그 보호자를 뺀 병실에 있는 나머지 5명 환자와 그 보호자 전원이 다 잠들지 못했지만, 이상하게도 그들은 세상모르고 곤히 잠들어 있었다. 예기치 못한 바는 아니었지만 대단한 인내력이 필요한 밤이었다. 참다못해 나이트 간호사를 불러 선처해 줄 것을 요구하였다. 잠결이어서인지 간호사의 전갈을 받은 환자는 자신의 이동을 단호하게 거부하였다.

한밤중 유나와 딸애의 침상을 처치실로 옮기는 대이동이 시작되었다. 다행히도 그 밤에 긴급히 처치할 환자가 없었기 망정이었다. 보호자용 우리의 작은 침상도 당연히 딸들 곁으로 옮기기로 했다. 이동이 수월하도록 바퀴가 부착된 환자용 침상은 우리와 간호사의 힘만으로도 생각보다 빠르고 유연하게 딸들을 처치실로 옮겨 주었다. 워낙이 처치실이라는 곳이 긴급한 환자들을 위해 있는 것이라 이곳 사람들은 밤에 그곳으로 환자가 옮겨지는 곳을 모두들 두려워했다. 우리의 갑작스런 이동을 지켜보던 몇몇 사람들이 걱정스런 얼굴로 우리를 주시하다가, 유나 엄마의 설명을 듣고는 이내 함박웃음을 지었다.

네 개의 침상이 들어서자 그곳은 이제 더 이상 모두가 겁내고 두려워하는 장소가 아니었다. 우리에게 그곳은 안락하고 평온한 잠자리를 제공해 주는 천상의 침실일 뿐이었다. 종일 신경전을 폈던 까닭인지 우리는 누가 먼저랄 것도 없이 하나둘 참으로 달고 긴 잠에 빠져들었다.

다음 날 아침, 침상 두 개가 빠져나가 휑한 6인 병실에서 눈을 떴을 새 환자는, 스스로 생각해도 민망했던지 종일토록 휴게실을 맴돌더니만 밤에는 자신이 처치실로 가는 방법을 택했다. 혹 자신의 못 말리는 코골기보다 그 정도도 참아주지 못하는 어린 환자들에게 섭섭한 마음을 품지는 않았을까?

그렇게 맺어졌던 우리의 인연은 유나가 우리보다 먼저 퇴원하는 바람에 일단 끝이 났다. 유나는 한 달에 한 번, 정기적으로 병원에 들러 20분가량 방사성치료를 받는 외에는 다른 치료법이 없다고 했다.

유나 모녀가 없는 병원에서 우리 모녀는 퇴원 날짜만 손꼽아 기다렸다. 아침나절 출근과 동시에 이루어지는 주치의의 정기회진에 온 귀를 세우는 나날이었다. 집에만 갈 수 있다면, T시에 있는 우리 집, 홈 스위트홈에서 더도 말고 딱 일주일만 지낼 수 있다면, 그것만이 유일한 희망 사항이 된 지 오래였다.

어느 날, 식재료를 사러 내가 잠깐 병실을 비운 사이, 딸애는 세면대 앞에 서서 손을 씻으려다가 다리가 풀려 그만 바닥에 주저앉아 버렸다. 병원 측에서는 약물 후유증이라면서 다음 치료부터 그 약을 빼기로 하고 보조기를 만들어 주며 그것에 의지하여 걷는 연습을 하라고 했다. 걷는 연습을 게을리하면 점점 더 다리에 힘이 빠져서 어쩌면 영원히 걷지 못하게 될지 모른다고 잔뜩 겁을 주기까지 했다. 몇 차례 30m가 될까 말까 한 거리를 운동 삼아 걸어본 딸애는 발목이 아프다는 핑계를 대며 휠체어만 의지하려 했다. 몇 차례 지하에 있는 보조기 수리 센터까지 찾아가 수리를 받아 왔음에도 딸애는 자꾸만 또 다른 핑곗거리를 만들어 댔다. 딸애와 나는 그 문제 땜에 말씨름을 했지만 나는 그 애를 이길 수 없었다.

똑같은 병명이라며 유독 가까이 대했던 민수 엄마. 자꾸만 민수 엄마 생각이 나며 불안해지는 마음을 진정하기 어려웠다. 그녀도 한 달에 한

번 있는 대청소 날, 병실청소를 위해 침상을 비워준 후 바로 병실 앞 복도에서 서성이다가 발목에 힘이 빠져 주저앉은 적이 있다. 그녀의 병세는 그날 이후 급격하게 악화되었다. 그녀의 소원은 이제 다섯 살이 되는 아들애가 어머니인 자기의 얼굴을 또렷하게 기억할 수 있는 나이가 될 때까지 살아 있는 것이었다.

초봄에 항암치료를 시작하여 병력이 고작 3개월밖에 되지 않았음에도 딸애는 벌써 여섯 번째 항암치료를 받는 중이었다. 남들은 한 달에 한 번 받는 항암치료를 한 달에 거의 두 번씩이나 받은 셈이다. 그래서 남들은 3박 4일 정도 치료를 받은 후 병원을 떠나도, 딸애는 치료 전후 병원에서 치료를 받을 여건이 되는지 아닌지 미리 입원하여 체크를 받은 후 항암치료를 하고, 치료 후엔 집으로 돌아가도 잘 견딜 수 있을지 어떨지 경과를 지켜본 후에야 다음 입원일을 예약하고 퇴원이 결정되었다. 그건 고열과 같은 이상 증세로 번번이 응급실 신세를 지는 우리를 지켜보다가 주치의가 내린 조치였다.

그런저런 이유로 이번에는 거의 한 달이나 병원 신세를 지고 있었다. 에미인 나도 집이 궁금하고 가고 싶은데, 딸애는 더 말해 무엇할까.

병원생활이 지겨워 나부터 몸이 뒤틀리기 시작할 즈음, 잘 견디는 것만 같던 딸애가 갑자기 폭발하고 말았다.

"나는 억울해, 난 억울하다고!"

처음에 나는 딸애가 내게 어리광을 부리는 줄 알았다.

"그래, 엄마도 억울하다. 억울하고말고."

내 말이 채 끝나기도 전에 딸애는 갑자기 소리 높여 외치기 시작했다.

"난·억·울·하·다·고! 억·울·해·서·미·치·겠·어! 난·열·아·홉·이·야! 이·제·겨·우 열·아·홉·이·라·고~옷!"

그리고 딸애는 흐느껴 울기 시작했다. 아니 고래고래 소리를 질러대기 시작했다. 온 병실이 딸애의 고함으로 쩌렁쩌렁 울렸다. 병실 이쪽저쪽에서 사람들이 무슨 일인가, 고개를 빼고 딸애를 지켜보았다. 병실 식구들뿐이 아니었다. 복도를 지나가던 환자들과 그 가족들도 무슨 일인가, 고개를 빼고 들여다보았다.

"아무리 생각해 봐도 모르겠어. 내가 뭘 그렇게 잘못했는지, 뭘 그리 잘못해서 이처럼 힘든 생활을 해야 하는지~이~."

서둘러 환자용 커튼을 치려는데 손이 떨려 제대로 커튼이 닫히지 않았다. 간호주임과 담당 의사 선생님이 뛰어왔다.

"모르겠어, 모르겠어, 정말 모르겠어…. 내가 대체 뭘 잘못했을까? 난, 정말 억울해…. 억울하다고…."

딸애는 흡사 실성한 것처럼 보였다. 이제는 히죽히죽 웃기까지 했다.

간호주임과 의사 선생님이 딸애를 다독거려도 딸애의 광기는 쉬이 사그러들지 않았다. 에미인 나도 생전 처음 보는 모습이었다. 그래, 그동안 참느라 고생했다. 그런데 이건 아니지. 나는 겁이 나기 시작했다. 너무 힘든 나머지, 정신착란 증세가 온 건 아닐까?

"그래, 무엇이 그리 억울한가, 선생님한테 한 번 얘기해 볼래?"

선생님이 다독이자 딸애는 놀랍게도 흐느끼면서도 또렷하게 말했다.

"선생님, 난 이제껏 데이트도 한번 제대로 못 해봤어요."

"어이구, 그랬구나. 그리고 또 뭐가 억울해?"

"그리고 나이트도 한 번 못 가보고요…."

"이런 이 나이에 나이트도 못 갔고? 이런 순댕이 봤나? 그리고 또 뭐 못해 봤는데?"

그러자 딸애의 입에서 나온 한마디는 에미인 나를 실소하게 만들었다.

"나, 난, 첫 키스도 못 해봤다고요!"

선생님의 얼굴에도 미소가 어렸다. 그런데 주책없이 내 눈에서 그때부터 하염없이 눈물이 흘러나왔다.

"이런, 우리 병원에 국보급 아가씨. 예 있네 그려. 그러니까 빨리빨리 나아서 데이트도 해보고, 나이트도 가 봐야지. 그래야 첫 키스도 할 것 아닌가? 아, 난 또 뭐라고? 어서어서 나으려면 어렵더라도 치료를 잘 받아야지. 그렇지?"

"난, 하고 싶은 일이 너무너무 많다고요. 아직 해야 할 일을 하나도 못했다고요…. 난, 나을 수 있나요? 낫는다는 보장은 있는 건가요? 이렇게 힘든 치료 후엔 정말 낫긴 하는 거냐고요?"

"그러게 치료를 계속하고 있는 거 아닌가? 아무런 보장이 없다면 왜 이렇게 모두들, 어려운 치료를 받겠어? 그지? 선생님 믿고, 우리 열심히 치료해보자. 알았지? 자아, 오늘은 좀 쉬자. 많이 피곤하지?"

두어 번 더 딸애의 등을 토닥거리던 담당의사는 간호사에게 몇 가지를 지시한 뒤, 내게도 한 번 미소를 지어 보이곤 돌아섰다. 간호주임이 진통제 후유증 같다면서 일단 '아티반'을 다른 약으로 교체해 보겠다고, 걱정하지 말라 했다. 그러나 놀란 내 가슴은 쉽게 진정되지 않았다.

아침나절 딸애의 몸무게를 재다가 깜짝 놀랐다. 50kg대의 몸무게가 드디어 40kg으로 줄었다. 이제 딸애는 누가 보아도 환자임이 분명한 몰골이 된 것이다. 휠체어로 이동을 하기 시작하면서부터 자연 걷지 않게 되었고, 얼마 전부터는 아예 화장실 출입조차 자유롭지 못했다.

딸애는 병원식사조차 거부했다. 입원 초기에는 맛나게 먹던 음식이었는데 병원 생활이 길어지자, 차츰차츰 밥맛을 잃어가더니 이제는 아예 병원

밥만 보면 짜증을 냈다.

지하식당이나 부근에 있는 식당에서 음식을 날라 와도, 친지들이 가져온 밥과 반찬을 가져다주어도, 입맛이 도는 그때 어쩌다 한 끼뿐, 딸애에게 밥을 먹이는 일은 마냥 과중한 숙제였다. 입원실에 조리실이 따로 있는 것이 아니어서 처음에는 친지들의 도움을 받았지만, 나중에는 그도 미안하여 유나 엄마가 알려준 다양한 비법을 생각해 가며 음식을 해결해야만 했다. 그때 마침 전자레인지에 데우기만 하면 먹을 수 있는 즉석 밥이 나온 것도 여간 도움이 되는 것이 아니었다. 그렇게 마련한 밥과 유나 엄마에게 전수받은 조리법이 아니었으면, 나머지 치료기간을 과연 버틸 수 있었을까?

유나 엄마로부터 다시 유나가 응급실에 왔다는 소식을 들은 것은, 담당 주치의로부터 딸애에게 자가 골수이식을 하는 것이 좋겠다는 이야기를 전해들은 날이었다. 여섯 번째 항암치료에도 불구하고 점점 깊어가는 병세에 주치의는 아무래도 자가 골수이식이 도움이 되겠다고 결정을 한 것 같았다. 그때까지 많은 사람으로부터 자가 골수이식만이 재발이 없이 살 수 있는 방법이라는 것을 들어 알고 있었기 때문에, 마음으로는 반갑기 그지없었으나 그 또한 쉽지 않은 일이어서 걱정이 앞섰다. 그것을 하기 위해서는 조혈모를 모으는 게 관건이었다.

조혈모란 골수의 다른 이름으로 피를 만드는 엄마 혈액세포라 했다. 다행스럽게도 딸애의 조혈모에는 암세포가 퍼지지 않았으므로 자신의 조혈모를 채취하여 냉동과정을 거치게 된다. 마지막으로 고용량 항암제로 몸에 남아있을지도 모르는 암세포를 공략한 후에 냉동해두었던 깨끗한 조혈모를 투입하여 스스로 좋은 혈액을 생산해내도록 유도하는 것이다. 대부분의 백혈병 환자들이 다른 이의 골수로 이식을 하는 것에 반해, 딸애

의 경우 천만 다행히도 본인의 골수가 깨끗하여 그것을 이용할 수 있다고
했다.

그런데 가뜩이나 허약해 질대로 허약해진 딸애가 남자 어른도 견디기
어려워하는 그 과정을 잘 견뎌낼 수 있을지 정말 염려가 되었다. 어쨌든
다음 날 아침 일찍부터 조혈모를 모을 예정이니 서둘러 아침을 먹고 대기
하라는 명령이 떨어졌다.

"우리 유나는, 아무래도 틀린 것 같아요."

응급실 대기실 한구석에서 나를 보자마자 유나 엄마는 담담하게 말했
다. 그토록 수없이 어려운 고비를 넘긴 유나 엄마답게 그녀는 자신의 감
정을 조절할 줄 알았다.

"유나는?"

"지금 간신히 잠들었어요. 간이침대에서… 의사선생님이 처음에 다리
를 절단하면 생명은 부지할 수 있다고 그랬는데, 그랬더라면 좀 더 살 수
있었을까? 그때 내가 왜 유나를 설득하지 못했는지 후회가 돼서 미치겠
어요…. 그깟 다리가 뭐 그리 대단하다고. 목숨이 중요하지, 그깟 다리가
대순가…."

잘 참아내는 것 같던 유나 엄마의 눈에 마침내 눈물이 맺혔다.

"그런 이야기가 지금 무슨 소용이에요? 입원실에 올라와서 치료 잘 받
으면 곧 좋아질 거예요. 너무 비관적으로 생각 말아요."

응급실은 환자들로 넘쳐나고 있었다. 제 몸도 제대로 가누지 못하는 위
중한 환자들이 대기실의 좁은 의자에 옹기종기 앉거나 불편한 자세로 누
워서 초조하게 제 순서를 기다리고 있었다.

"이종수 씨!"

좋은그림찾기

"이종수 씨, 안 계세요?"

간호사가 환자를 호명하는 소리, 보호자들이 두런거리는 소리, 환자들의 신음소리, 소리, 소리들로 머리가 지끈거리기 시작했다. 열에 들뜬 딸애를 데리고 처음 이곳에 왔을 때와 별반 다르지 않은 풍경이었다. 대한민국의 수도 서울, 그중에서도 가장 크고 실력 있는 의사들이 많다고 소문난 병원의 응급실. 나는 그때까지 내가 살고 있는 세상에 이런 곳이 있으리라고는 생각해 본 적이 없었다. 누구든지 아프면 입원하여 쉬이 치료받을 수 있는 곳이 병원인 줄 알았다.

이건 완전히 전쟁영화에서 보던 야전 병원이나 다를 바 없었다. 여기에선 보호자가 환자를 위해 야전 침대를 하나 맡기 위해 목숨을 걸었다. 수많은 환자들이 침상을 차지하지 못해 야외용 자리를 깔고, 복도의 맨바닥에 누워있는 판국이니 어떠하겠는가. 병을 치료받으러 전국각지에서 온 환자들이 이 밤을 저렇게 견디면, 내일 아침이면 다 세상을 하직할 것만 같았다.

나도 여유 있게 유나 엄마의 이야기를 들어줄 입장이 아니었다. 요즘 들어 딸애는 더 부쩍 나의 부재를 못 견뎌했다. 제 몸이 힘들수록, 잠시라도 내가 눈에 띄지 않으면 짜증을 부려댔다.

아침 식사도 채 마치기도 전에 조혈모센터로 오라는 전갈이 왔다. 주스 반병도 못 먹은 딸애를 데리고 그리로 건너갔다. 양팔에 서너 개씩 호수를 꽂고 꼼짝없이 누워, 온몸의 혈액을 모두 뽑은 다음 혈액 중에 10%라는 조혈모를 걸러내고, 나머지는 도로 원래대로 돌려보내는 작업이었다. 침상 머리맡에 있는 중요한 기계가 최근 고장이 잦으니 제대로 작동하는지 자주자주 들여다보고, 이상이 있으면 재깍 연락을 취해 달라는 실장의 전갈도 있었다.

딸애의 혈액 중 조혈모만 모아지는 직사각형 비닐 팩이 하나 가득 차는 동안 온몸의 피란 피는 다 일단 기계를 통해 밖으로 나왔다가 다시 되돌아간다니, 잠시라도 기계가 내는 규칙적인 소리에 신경을 쓰지 않을 수가 없었다. 흡사 내 몸의 피가 모두 빠져나갔다가 다시 제 자리로 돌아오는 것만 같았다. 정말 조바심이 나는 하루였다.

그렇게 꼬박 삼 일, 매일 하루 한 끼의 밥을 제대로 먹지 못하고도 딸애는 단 사흘 만에 원하는 충분한 양의 조혈모를 모았다. 일주일 동안 모아도 양이 부족하여 포기한 사람이 있는데, 생각보다 빨리 충분한 양을 모았노라고 담당의사가 아주 대견해했다.

"이제 집에 가도 되나요?"

딸애가 배시시 웃으며 물었다. 너무 오랜 기간 집을 떠나 있어선지 나도 딸애 못지않게 사무치게 집이 그리웠다.

"몇 가지 더 검사가 남아 있어요, 그것만 마치면."

유나가 6병동 2인실 병실로 옮겨왔다며 유나 엄마가 우리 병실에 들렀다. 그녀는 그간 그녀가 보물처럼 끌어안고 다녔을 양념이며 감자, 당근, 미역 따위의 식재료를 내게 넘겨주었다. 그건 이제 더는 그것의 필요성을 느끼지 못한다는 뜻이었다. 아무 말 없이 유나 엄마의 손을 잡아 주었다. 그녀가 돌아서서 나가는데 평소엔 느끼지 못했던 비릿하면서 역겨운 냄새가 훅 끼쳐왔다. 냄새는 그녀가 넘겨준 식재료에서도 똑같이 맡아졌다. 혹 무엇인가가 상한 것이 있나 찬찬히 훑어보았지만, 모두가 말짱했다. 나는 가능한 한 그것들을 꽁꽁 묶어서 냄새가 새어 나가지 못하도록 단도리를 한 후에 침상 한쪽 귀퉁이에 숨겨 두었다.

다음날 유나에게 병문안을 가서 나는 예의 똑같은 냄새를 맡았다. 이번엔 숨쉬기가 몹시 거북했다. 병실가득 가습기가 품어대는 수증기가 흡사 물안개처럼 촉촉이 내려앉았다. 그 중심에 유나가 홀로 가쁜 숨을 몰아쉬고 있었다.

다행히도 며칠 새 유나의 상태는 많이 호전되었다. 나는 웃으며 유나 엄마에게 그녀의 보물 상자를 되돌려 주었다.

그것을 돌려주고 나니 그렇게 개운할 수가 없었다.

그리고 한동안 유나에게 들르지 못했다.

모처럼 시간이 있어서 유나를 만나러 갔다. 나를 보자마자 유나가 샐쭉 토라진 시늉을 해 보였다. 마음은 있었으나 동서로 병실이 거리가 있고, 또 언니 상태가 별로 좋지 않은데도 수없이 많은 검사를 받느라 기진해 있다는 내 말에 유나는 금방 마음을 풀었다. 문득 나는 다시 예의 냄새를 기억해냈다. 도대체 그 냄새의 근원은 무엇일까? 이제는 전혀 느낄 수 없는 비릿하니 역겨운 그 냄새…. 그것이 혹여 '죽음'이란 놈의 냄새가 아닐까? 골똘하게 생각에 몰두해 있는 내 앞에 터벅터벅 한 남자가 다가왔다.

일주일에 서너 차례 원하는 교우환자들에게 들러 기도로 위무해 주고, 때로는 죽음에 임박한 이에게 대세도 주고, 주일에는 병원 소강당에서 미사도 집전하는 오 신부였다. 그를 보자마자 여직 재재거리던 유나가 갑자기 이불을 머리까지 뒤집어쓰더니 후다닥 모로 누워 버렸다. 병실을 드나드는 어떠한 교역자에게든 유나가 해오던 짓이어서 별반 새로울 리 없는 행동이긴 했지만 그날따라 괜히 신경이 쓰였다.

유나에게 혹여 이번에 무슨 일이 생기지 않을까 조바심내던 유나 엄마가, 그 사이에 유나의 일을 오 신부와 상의했던 모양이었다.

"유나야, 이게 무슨 짓이야? 어여 이불 내려 봐."

제 엄마가 두어 번 유나를 흔들자 그 애는 갑자기 발딱 일어나 앉았다.

"신부님, 성경에 보니까 예, 예수님은 별별 병을 다 고쳐주시던데 예, 그라믄 신부님도 제 병을 고쳐 주실 수 있어, 예?"

"우선 유나가 정말 마음으로부터 예수님을 믿어야지."

"그라믄 신부님 예, 신부님은 제게 뽀뽀해 주실 수 있어, 예?"

"그럼, 우리 이쁜 유나에게 것도 못 해줄까 봐?"

유나 엄마도 나도 민망해서 어찌할 줄 모르고 있는데, 오 신부는 이미 유나의 볼에 입술을 가져가고 있었다. 그때 불쑥 유나가 내뱉은 한 마디는 나를 그만 그 자리에서 얼어붙게 만들었다.

"지가 참말 이쁘다 말입니꺼. 병들고 냄새나는 지가 참말 이쁘다꼬 예? 그럼 신부님, 예. 요기, 요기, 제 입술에 뽀뽀해 주이소."

"아니, 이놈의 기집애가⋯. 뭐, 뭐, 뭐라고?"

화들짝 놀란 유나 엄마가 말까지 더듬는 사이에, 이제 갓 서른이 될까 한 젊은 신부는 천천히 성호경을 그었다. 그리고 유나가 자신의 오랜 연인이라도 되는 양, 살며시 유나의 입술에 자신의 입술을 포갰다. 기다렸다는 듯이 유나는 오 신부의 얼굴을 두 손으로 소중하게 감싸 안았다. 누가 보아도 완벽하게 아름다운 연인들의 모습이었다.

그때 불현듯 나에게는 딸애의 얼굴이 떠올랐다. 유나에게도 어쩌면 지금 바로 저것이 생애 첫 키스가 아닐까? 해보지 못한 것이 너무 많아 억울하고 또 억울하다며 울부짖던 딸애. 지금 저 애, 유나는 우리 애가 그토록 원하는 일 중의 하나를 감행하고 있다.

"유나 너, 이제부터 예수님 꺼다아~. 나중에 다른 말하기 없기야."

오 신부의 볼에도 유나의 볼에도 발그레하게 홍조가 생겼다.

오 신부는 유나의 새끼손가락에 자신의 것을 걸고 약속을 한 후, 엄지끼리 도장을 찍고도 모자라 손바닥을 펴 복사까지 하여, 확실한 마무리를 한 후에 자리를 떠났다. 유나는 피곤한 듯 눕더니만 이내 쌔액쌔액 코까지 골며 잠에 빠졌다.

그때까지 숨소리조차 내지 못하고 이쪽의 일거수일투족을 지켜보던 옆 침상의 환자들이 모두들 한숨을 쉬며 제 자리로 돌아갔다. 아마 이 일로 사람들은 두고두고 유나를 기억해 줄 것이다. 유나가 의도한 바는 바로 이것은 아닐까?

유나 엄마의 예상대로 유나는 그 며칠을 어느 때보다 평온하게 지내더니 사나흘 밤낮없이 가쁜 숨을 몰아쉬다가, 재가 사그러드는 것처럼 그렇게 조용히 눈을 감았다. 너무나도 평온한 얼굴이었다. 어떻게 보면 미소를 짓고 있는 것 같기도 했다.

유나는 병원 지하 경당에서 오 신부가 마련한 조촐한 장례미사를 마친 후, 가까운 화장터로 향했다. 나는 딸애가 유나 소식을 듣고 받을 상처에만 연연하느라고 그 애의 장례미사에도 참석을 하지 못했다.

그 애가 떠난 지 4년, 딸애가 조혈모 이식을 한지도 어언 4년이 되어간다. 그간 딸애는 건강을 회복하여 투병하느라 축이 난 공부를 하느라 정신이 없다. 요 얼마 전엔 남자친구도 생긴 것 같다. 그동안 그토록 가고 싶어 하던 나이트클럽에도 가보고 첫 키스 정도는 해보지 않았을까?

때때로 유나 엄마와 나는, 전화로 서로의 안부를 묻곤 한다. 그녀는 오랜 지병인 어깨통증과 남편의 허리병을 유나가 다 안고 가서, 요즈음은 별다른 고통 없이 잘 지내고 있다고 전한다. 모르긴 해도 우리 애의 병도 다 알아서 가져갔을 거라고 한다. 언니가 부디 제 몫까지 오래오래 멋지고 건강하게 살기를 하늘나라에서 기도할 거라고도.

나도 유나라면 충분히 그러고도 남을 거라고 믿는다.

올해도 난 딸애에게 유나의 부재에 대해서 명확하게 해명을 해 줄 자신이 없다. 그저 여태 그래 왔던 것처럼 유나가 건강을 회복하여 우리 애를 잊고 살만큼 행복하고 의미있게 지낸다고 믿게 하고 싶다. 어디에 있든 그 앤 자기에게 주어진 몫의 생을 충실히 살고 있을 거라고.

좋은그림찾기

유병호　　A/P blue & jazz 40　　2016 / 50x70cm / 실크스크린+혼합재료

봉호 오라버니

"하아~루 가아고, 이트~으을 가고 여어~흐을 가고, 하안~달 가아~고 나~알 가고 다~알 가아고, 해가 지날 수로오~옥 임으 새엥가악이 뼈오 ~소~옥으 드으은다~."

할머니의 처량 맞은 판소리 '임 그리는 춘향이' 가락이 오늘도 나의 단 잠을 깨운다. 곧 있을 공연에서 처음으로 혼자서 무대에 오르는 만큼, 조금의 실수도 허용할 수 없다며 할머니는 무서울 만치 연습에 매진한다. 이쯤 되면 당분간 우리 식구들은 각자 최대치의 인내심을 가져야 한다.

나는 그 어느 때보다 생기가 넘치는 할머니의 모습이 너무 좋다. 다시 우리 할머니에게도 봄이 찾아온 걸까? 제발 그랬으면 좋겠다.

요즘 우리 식탁의 주인공은 도라지꽃이다. 이번 주는 보라색이다. 할머니는 식탁에 꽃을 꽂아놓는 걸 좋아한다. 언제나 할머니는 손수 꽃을 챙겨 꽂는다. 정 구하기 어려울 때는 들판에 널린 망초꽃이라도 챙긴다. 지천에 깔린 그 꽃도 우리 식탁에 따로 꽂힌 한, 전혀 다른 때깔이 난다. 희한한 일이다. 어쩜 그리도 영판 다른 분위기가 나는지…. 꽃꽂이는 할머니가 누릴 수 있는 가장 큰 호사이다. 아빠 말로는 할머니는 아주 옛날부터 꽃꽂이를 즐겼다고 한다. 수중에 아무것도 쥘 수 없었던 그 어렵던 시기에도 할머니는 이 호사만큼은 포기하지 않았다.

꽃을 좋아하는 할머니는 그중에서 유독 도라지꽃을 좋아한다. 흰 것과 보라색을 결코 섞지 않고, 따로따로 꽂는 걸 즐긴다.

"이 꽃 속엔 할미의 고향도 보이고, 할미의 청춘도 보인 당께."

"청춘?"

나는 처음 할머니의 그 말을 듣고 화들짝 놀랐다. 할머니는 내겐 처음부터 할머니였으므로, 할머니에게도 청춘이 있었으리라고는 단 한 번도 생각을 못 해봤다.

할머니의 앨범을 찬찬히 들여다본 것도 그래서였다. 놀랍게도 할머니의 젊고 빛나는 시절이 거기 오롯이 드러났다. 잔뜩 모양을 낸 여대생의 모습엔 간간이 작은고모의 모습이 섞여 있다. 한무리의 젊은 남자들과 얼려 찍은 할머니의 모습을 볼 때엔 야릇한 충격에 휩싸이기까지 했다.

이상한 일이었다. 왜 나는 할머니에게도 젊은 시절이 있었으리라는 생각을 해본 적이 없을까. 액자형식의 영화를 볼 때는 당연한 것으로 여겨지는 여주인공의 젊었을 적 모습이 왜 내 할머니에게는 적용되지 않았던 걸까. 모든 사람들에겐 허용되는 청춘시절이 왜 할머니에겐 연상되지 않는 것일까.

덤으로 아빠의 아기 때 모습도 보았다. 아빠 역시도 전혀 예상치 못한 아기 모습으로 거기 있었다.

고모 둘을 낳았을 즈음에도 할머니는 아름다웠다. 전혀 가정을 돌보지 않았던 할아버지로 인하여 마음고생이 심하였을 때임에도 아기를 안은 할머니의 모습은 여전히 아름다웠다.

앞으로 닥칠 모진 세파를 모르는 체, 밝게 웃고 있는 할머니의 저 처연한 아름다움.

인간이 자기의 운명은 미리 알고 있다면 이 세상은 과연 지금의 모습을 유지할 수 있었을까?

나는 1990년. 독일 프랑크푸르트에서 태어났다. 내가 14살이던 2004년. 아버지가 독일의 한 회사에서 이곳 지부에 발령이 나는 바람에 나는 그곳을 떠났다. 그럼에도 불구하고 내가 할 수 있는 독일어는 별반 없다.

안타깝게도 부모님은 나의 장래에 대해 별다른 계획이 없었던 것인지 아니면 새 생활에 적응하느라 바빠서였는지, 내 제2외국어 유지관리에는 관심을 두지 않았으므로 나는 그쪽 나라말일랑은 아예 까맣게 잊어버리고 살았다.

생각해보면 그 좋은 기회를 그대로 방치한 내 부모님을 상대로 한바탕 논쟁을 벌여보고 싶지만 이제 와서 그게 뭐 그리 대수일까?

어쨌든 나는 이곳 어학원에서 독일어를 마스터한 후, 적당한 때에 유학을 떠나기로 하였음으로 그에 관해 딴말은 없기로 한다.

어찌 보면 그러저러하게 내가 유학을 가게 될 시기가 아빠가 처음 독일로 떠난 시기보다 그래도 최소한 5년은 단축된 시기가 아닐까? 그리고 무엇보다 내겐 경제력있는 부모와 단단한 울타리가 되어줄 든든한 내 나라 대한민국이 있다. 할머니가 뿌린 눈물의 노동은 이렇게 우리 세대에겐 대단한 힘이 된 것이다.

할머니 윤경애 여사의 일생은 한마디로 '여자의 일생'이다. 그러나 명작에서와 달리 그래도 말년이 다복한 '여자의 일생'이다. 그중에 백미는 할머니의 로맨스이다.

그러니까 할머니의 로맨스는 고모들이 다녀간 할머니 생신 다음 날에 내가 어렵사리 알아낸 전리품인 셈이다.

모처럼 자리를 함께한 고모들에게 붙어 앉아 과일이며 차 심부름을 하던 나는, 내가 잠시 잠깐 자리를 비운 사이에 어른들 사이에 뭔가 내밀한 이야기를 나누다가 내가 들어서면 이야기가 뚝 끊기는 묘한 기류를 감지해냈다.

솔직히 처음엔 약간 섭섭했다. 아무리 나이 차이가 많이 나더라도 그렇지, 이 방에서 나보다 할머니와 더 많은 시간을 보내는 이가 대체 누가 더 있는가 말이다. 대학생이 된 요즘 내가 할머니와 나누지 못할 이야기는 또 뭐란 말인가. 그래서 나는 고모들이 돌아간 후, 거의 앙탈을 부려가며 할머니에게 다음과 같은 진술을 받아내고야 말았다.

긍께 서울 사는 할매 친구 금자 있잖은 감. 그 할망구가 얼마 전에 전화를 넣어설랑 뜬금없이 다음날 나가 보고 잡다고 내려온다는 것이여. 근디 내가 좀 바뻐야 말이제. 그래서 더 있다 오라고 사정사정 했제. 쪼께 있시면 우리 복지관에서 반석축제가 있는 디, 내가 그래도 단독공연자로 뽑혔단 말이제. 잘은 못혀도 그려도 허는데 까징 열심히 연습을 혀야 잖나 말이여. 그렸더니 이 할망구가 글씨, 아무려도 그날은 꼭, 지를 만나야 쓰겄다고 하도 우겨 싸서 당최 나가 이길 수가 없더랑께. 그래서 간신히 연습을 끝내고 허벌적게 약속장소로 갔제. 그랬더니 글씨, 거기 봉호 오라버니가 딱 버티고 앉아있는 것이여. 진작에 야그 했시믄 나가 쪼매 차려입고 갈 것인디…. 여전히 이제 그 오라버니나 나나 호호 하래비, 할매가 돼 번졌지만 한눈에 처억 알아 보겠더랑께. 을매나 씨겁했는지 그만 나가 그날 생각하믄, 지금도 가심이 딱 오그라드는 것 같당께. 그도 그럴 거시, 집에 와서 따져본께 거의 38년 만이더랑께. 그려도 참말 그 오라버니는 자알 늙었더구만. 워낙이 키도 크고 인물도 훤한께. 암만 그려도 세월 앞에 장사 읍제 잉. 노인네라 기운이 좀 읍어 보이긴 허더만.

  있는 집 3대 장손이라 하여 귀하게만 자라난 덕분에 경제관념이란 눈을 씻고 찾아볼 수 없는 남편. 더 이상 그만을 바라보고 살 수 없다는 판단을 내리게 된 것은, 그 남편에게 여자가 생긴 것을 안 뒤였다. 배신감이고 뭐고, 생각해볼 겨를이 없었다. 그녀에게는 당장 생존이 문제였다. 그때까지 그녀는 이 땅에서 자신이 할 수 있는 모든 일은 다 해 보았다 해도 과언이 아닐 정도로 열심히 살았다. 그중에서 그녀가 가장 오랜 시간 애정을 가지고 했던 일은, 어머니에게 전수받은 한복을 만드는 일이었다. 이 일은 솜씨 좋은 그녀에겐 안성맞춤으로 오랜 시간 공을 들이면 들인 만큼, 반드시 그 대가가 주어지는 참으로 귀한 일감이었다. 그러나 사회가 바뀌어 양장을 선호하는 사람들이 늘어나면서 서서히 일감이 줄기 시작하더니만 어느 때부터인가 아예 손님이 끊기고 말았다. 그녀는 어떻게 해서든지 새로운 일감을 찾아내야 할 위기에 처하게 된 것이다. 바로 그즈음 '서독 파견 간호사'를 뽑는다는 신문기사를 보게 되었다. 국내에서는 별로 쓸모가 없다고 생각되던 자격증이었다. 간호대학교를 졸업한 직후 대학병원에서 2년여 근무했으나, 결혼과 함께 오랫동안 잊고 살았던 일이었다. 그런데 그 신문기사를 보는 순간, 그녀는 수렁에 빠져있는 제 가정을 위해 더 이상 안성맞춤일 수 없는 이 직업에 자신의 모든 것을 걸어야겠다는 생각이 들었다. 무엇보다 나이 제한이 없다는 이점이 있었다. 어쩌면 이것은 그녀에게도 마지막 기회일지도 모른다.

1970년 1월. 마침내 윤경애 여사는 4남매와 이미 별거상태인 남편을 남겨두고 홀로 프랑크푸르트행 비행기에 몸을 실었다. 그녀의 나이 마흔셋. 일행 중 제일 연장자였다.

현장실습은 단 2주. 실습 후 곧바로 현장에 투여되었다. 처음 석 달간은 온종일 시체실에서 병들어 죽어간 시체를 닦아내야 했다. 두서너 명의 동료들과 함께 거즈에 알코올을 묻혀 거의 하루 종일, 딱딱하게 굳어버린 시신을 이리저리 굴려가면서 닦았다. 그곳의 간호사들이 하기 싫다고 거부하는 3D 중 하나가 바로 이 일이라 했다. 우리나라와는 달리 장례식 절차상 사자의 얼굴에 화장을 하는 관습이 남아있던 터라 누군가는 꼭 해야만 하는 일이었다. 그런데 그 궂은일을 대한민국의 젊은 여성들이 너무나도 성실하게 해내는 것이다. 연일 독일신문들은 앞다투어 한국 간호사들을 '코리안 엔젤'이라고 떠들어대며 대서특필했다. 처음으로 행한 인력수입에 대하여 뤼브케 대통령과 행정부는 대단히 만족하면서, 여론 또한 그런 쪽으로 몰고 갔다.

손에서 소독약 냄새가 떠날 새가 없었다. 나중에는 온몸에서 나는 소독약 냄새 때문에 비위가 상할 지경이었다. 세상에 시체냄새가 아니라 소독약 냄새로도 사람의 비위를 건드릴 수 있다니….

말도, 땅도, 일도 낯선 땅에서 이 길만이 살길이라고 그녀는 이를 악물고 버텨냈다. 하루하루가 전쟁이나 다름없었다. 수습기간이 끝나고부터는 서독인 간호사 보조역할로 투입되었다. 고국에서는 생각조차 하지 않던 보조역할이었지만 애당초 그런 자존심 따위는 문제 될 것이 없었다. 대학생, 고등학생, 중학생인 두고 온, 세 아이들이 눈에 밟혀서, 시간 외 일감을 자원하여 더 많이 일을 하면서 딴생각을 할 시간을 줄여나갔다. 많은 동료들이 계약기간을 채우자마자 어디론가 더 좋은 조건을 찾아 떠났지만, 그녀는 그럴수록 더욱더 일에 매달렸다.

결국, 그녀의 그런 투철한 직업정신에 감동한 수간호사의 도움으로 야간대학교에 진학하게 되었다. 현지에서 치르는 자격시험을 통과해야만 정식 간호사로 승격할 수 있으므로, 그녀는 온 마음을 다해 배우고 익혔다.

14세 미만의 아이들만이 엄마와 동행할 수 있는 근로계약 때문에 동료들 중 자녀들을 데려와 기숙사에서 함께 살고 있는 이들이 몇 명 있었다. 그애들이 기숙사를 들락거리는 것을 바라보며 마음을 다잡아야 했다. 남보다 늦게 시작한 만큼 다른 이들보다 배 이상 노력해야 했다. 그러던 어느 날 오후 그녀 앞에 낯익은 글씨체의 편지 한 통이 전달되어 왔다. 바로 봉호 오라버니에게서였다.

그와는 H대 의과 대학교 동문이었다. 의대생과 간호학과 학생 다수가 같은 시간대에 같은 강의를 들으면서 ― 더 정확하게는 연극반 동아리 활동을 함께하면서 ― 자연스럽게 어울리곤 했다. 어느 해 여름방학 때인가 그 지방에선 내로라 행세하는 그의 집에, 연극반 친구들과 함께 들른 적이 있었다. 아흔아홉 칸 참관 댁은 못 돼도 고래등같은 전통가옥에서, 그는 마치 대갓집 자제처럼 살고 있었다. 제복 입은 모습만 보던 그녀의 눈에, 단정한 한복 맵시의 그는 더욱 특별하게 보였다. 그는 동행했던 모든 여학생의 우상이었다. 그녀도 예외는 아니었다. 그러나 그뿐, 감히 그를 욕심낼 생각을 못했다.

여학생 사이에 남학생들은 자연스럽게 오라버니라는 호칭으로 불리어졌다. 그들 중 봉호 오라버니의 인기는 단연 최고였다. 그때 함께 공연했던 '춘향전'에서 둘은 나란히 주인공 역할을 맡았다. 그때의 추억만으로도 후일 그녀가 어려운 고비를 맞을 때마다 그 모든 고통을 이겨낼 수 있는 힘이 되었다.

> 윤경애 여사!
> 이젠 이렇게 깍듯이 예의를 갖추어야 할 만큼 많은 세월이 흘렀군요.
> 어렵사리 주소를 손에 넣었소이다.
> 그동안 그대의 소식이 참으로 궁금하였소.
> 마침 내가 윤 여사가 있는 그곳 제약회사의 초청으로 세미나에 참석합니다.
> 시간이 어렵더라도 귀중한 시간을 내주면 감사하겠소.
> 만나서 할 이야기가 아주 많소.

일본에서 학위를 딴 후 H대학병원에 적을 두고 있다던 봉호 오라버니. 처음엔 봉호 오라버니가 어떻게 수십 년이나 지난 지금까지, 자신의 이름을 기억하고 있을까 의아했다.

세련되고 성공한 외과의사와의 해후는 늘 그를 만나면 마음뿐, 자신을 드러내지 못하고 숨고만 싶었던 과거의 그녀와 한 치도 다르지 않았다. 이미 결혼 생활에도 실패한 그녀였기에 이역만리 떨어져 단지 노역을 위한 직장생활을 하고 있는 자신을 드러내는 일도 썩 유쾌하지 못한 터였다.

멀리에서 보기에도 그의 행색은 당당하고 태도는 자신감이 넘쳐났다. 더욱이나 그가 약속장소로 지정한 R레스토랑은 그 지역에서도 최고급 사교장이었으나, 그녀는 그날까지 단 한 차례도 가본 적이 없는 장소였다. 게다가 그의 주위에는 에스코트할 몇몇 현지인들이 따르고 있어서, 그녀는 성공한 선배의 모습을 보아주는 과거의 후배 역할에 만족할 수밖에 없었다. 사실 그녀의 입장에서는 그것조차 감지덕지해야 할 일이긴 했다.

애당초 둘만의 오붓한 시간을 갖기를 기대한 건 아니었다. 그래도 그렇지, 본인이 만나서 할 이야기가 많다고 했었다. 어렵사리 주소를 손에 넣었다고도 했다….

결혼생활에 실패한 4남매의 어머니인 그녀가 이미 결혼하여 성실하게 살고 있을 그에게 어떤 것을 기대하여야 한단 말인가. 지친 두 어깨에 매달려있는 서울의 아이들을 생각하면 당치 않은 기대였다.

봉호 오라버니는 프랑크푸르트에 머무는 일주일 중에 다섯 차례나 그녀를 만나러 와주었다. 야간대학에 다니는 그녀의 향학열을 칭찬하며 학교 앞에서 기다렸다가 늦은 귀가를 지켜주었고, 그녀가 사는 기숙사엔 그녀의 나이만큼 노란 장미를 사들고 방문해 주기도 했다. 언젠가는 쇼핑센터에 데리고 가서 그녀에게 도움이 될 만한 물품들을 몇 점 사게 하기도 했다. 그러나 그 모든 것이 몇몇 동행인과 함께 이루어져, 그녀는 단 한순간도 그와 개인적인 대화를 나눌 기회가 없었다. 누가 보아도 좋은 선후배 관계로 밖에 달리 생각할 도리가 없었다.

그 주일은 그가 언제 어디에서든지 불쑥 나타나지 않을까 막연히 기다리는 자신을 보고 소스라치게 놀라곤 했다. 그녀의 시계도 이십 년 전으로 돌아가는 듯했다. 그가 프랑크푸르트 거리에 익숙해진 마지막 날에 그와 그녀는 마침내 단둘이서 괴테가 자주 찾았다는 마인 강변의 산책로를 걷게 되었다. 워낙이 자연경관이 아름다운 도시이긴 하지만 그날따라 강은 유독 푸르고 잔잔했다. 시인이 아닌 그 누구라도 저절로 시가 써질 것 같은 아름다운 곳이었다. 보트를 타면서 웃고 떠들어대는 한 무리의 젊은 이들 덕분에 그들의 마음도 무한정 과거로 되돌아갔다. 마침 사과주 맛을 못 보고 가면 후회된다며 우정 누군가가 알려주었다는 주점이 가까운 곳에 있었다. 주인 내외가 직접 담은 사과주를 내오는 정말 소박하고 편안한 주점이었다.

그날 그녀는 그에게서 정말 놀라운 고백을 들었다.

"6·25 직후 경애, 널 찾아볼 요량으로 해군 군의관을 지원했었어. 네 고향 섬에 가면 쉽게 너를 찾을 줄 알았거든. 근데 그 섬에서 넌 어디에도 보이지 않더라. 그때서야 너에 대해 어느 것 하나 확실하게 아는 것이 없는 내가, 참 한심하더구나…."

그 무렵이면 서울에서 간호사 생활을 하던 그녀가, 아버지의 호출에 의해 제2의 고향인 G시로 내려와 있던 때였다. 자칫 잘못하면 전쟁터로 끌려가는 것을 막기 위해 아버지는, 역시 그럴지도 모른다는 공포감에 사로잡혀 있던 친지 아들인 젊은 영어선생과 혼사를 서둘렀다. 그 결혼이 딸에게 몰아친 비극의 서막인 줄 아버지는 알았을까? 두 집안의 결사적인 보호 아래 결혼하여 단지 목숨만을 부지하고 있는 세월 동안, 봉호 오라버니는 전쟁터에서 그녀를 찾아 헤매고 있었단다….

"참, 나는 왜 너에게 내 마음을 표현하지 못했을까? 너에게 딱지를 맞을까 봐, 그게 겁이 난 건 아니었을까? 아니 설마 그렇게 갑작스럽게 전쟁이 날 거라는 생각을 누가 했겠어? 남자로서 어느 정도 자리를 잡으면 널 만나려고 했었는지 모르겠고. 그때의 상실감은 어떤 말로도 표현할 길이 없어… 어찌어찌하여 네 아버지의 흔적을 찾긴 했어. 너네 식구가 고향을 워낙 일찍 떠났기도 하고 또 일본유학을 하신 분이라, 혹시 하는 생각에 일본까지 가게 된 거야… 내친김에 아예 그곳에서 눌러앉아 공부를 시작했지… 시간을 두고 널 찾아볼 요량으로… 죽기 전에 널 못 볼 줄 알았어… 이제라도 널 만나 여한이 없다… 아아, 또 볼 날이 있겠지? 근데 넌 그동안, 정말 내 생각 안 했던 거야?"

그렇게 떠난 봉호 오라버니는 이따금씩 간단한 소식을 보내왔지만, 그녀는 답장을 하지 않았다. 아니 할 수가 없었다. 그러던 그에게도 어느 순간부터 소식이 끊겼다. 그도 더 이상 부질없는 짓을 더는, 하기 싫지 않았을까?

야간대학을 졸업하고 간호사 자격시험에 합격하여 월급도 오르고 어느정도 생활이 안정되어 갈 무렵, 드디어 아이들을 데려올 여건이 되었다. 독일에 둥지를 튼 지 11년 만의 일이었다. 이제 의사소통의 문제도 어느 정도 해결이 된 터여서 아이들의 이주는 예정대로 착착 진행되었다. 우선 아쉬운 대로 당분간은 직장인 성 빈센트 병원 가족 기숙사에서 지낼 요량이었다. 얼마나 기다려 왔던 시간인지, 하루하루 아이들을 기다리며 집안을 꾸미는 시간이 꿈만 같았다.

그 후의 시간은 참으로 꿈결 같았다. 아이들은 차례대로 어학코스를 밟아 정착을 위한 나름대로 공부를 시작했으며, 하나같이 빠른 시일 내제 몫을 찾아 나갔을뿐더러 좋은 짝을 만났다. 막내아들도 7년 반 걸려 공대를 졸업한 후, 취업과 동시에 같은 입장의 간호사 딸과 결혼하였다.

그 아들이 한국지사로 발령을 받은 2004년. 삼십삼 년의 외국생활을 청산하고 그녀도 아들 내외와 함께 영구귀국하게 된 것이다.

요즘 윤경애 여사는 일생 중 가장 행복한 나날을 보내는 중이다. 매일 매일 자신이 정한 스케줄에서 한 점 흐트러짐 없이 알찬 하루하루를 보내고 있다. 시간표에 맞춰 월, 화, 수, 목요일에 영어, 컴퓨터, 판소리와 한국무용, 주말에 한 차례 혈액순환을 원활하게 하기 위해 온천에 들러 사우나를 하고, 그토록 소원하던 한국어로 맘껏 대화를 나눈다. 이따금은 한의원이나 정형외과에 들러, 전에는 남을 위해 헌신했던 몸을 이제는 당당히 드러내고 치료를 받는다. 뿐인가? 더러는 자식뻘이나 되는 젊은이들과 어울려 판소리와 한국무용 공연도 함께하고, 관람도 하면서 건강하고 행복한 노후를 보내고 있는 것이다.

영구귀국을 하지 않았으면 좀처럼 얻지 못했을 노후의 행복을 만끽하는 윤 여사는, 스스로 생각해도 요즘처럼 행복했던 적이 없는 것 같다.

그런데 그 봉호 오라버니를 다시 만나게 된 것이다. 이따금 꿈속에서나 만나보던 봉호 오라버니를, 삼십팔 년 전 프랑크푸르트에서 마지막으로 보았던 그 남자를….

"그러게 할머니, 할아버지가 뭐라셔? 함께 살림 살자고 하셔?"
내가 짐짓 장난을 가장하고 물어본다.
"그라믄 니가 할미 시집보내 줄라간디?"
혹, 할머니도 마음속으로 그런 꿈을 꾸어 보신 건 아닐까?
"못 헐 것도 없지 뭐, 울 할머니만 행복하다면."
이건 정말 나의 진심이다.
"나는, 지금이 질 행복히여. 내 평생, 지금이 질 행복하당께."
나는 그냥 할머니의 말을 진심이라고 믿고 싶어진다.

설령 지금 내가 팔자를 고친다 한들 그게 을마나 오래갈 거 같으냐 말여. 남사시럽고. 게다가 두 늙은이를 두고 입방아들은 또 얼마나 찧을 것이여. 아휴, 난 지금이 질 행복히여, 지금이 지일로 행복하당께. 지난 세월, 니 할배 하나도 건사하기 힘들었어야. 이제사, 먼 팔자를 고쳐 보겠다고 그딴 짓을 허겄어? 머릿속 복잡한 야긴 허덜 말고….

봉호 오래비가 그러더랑께.

건강이 워나기 안 좋응께, 언제 또 날 보러 올지 몰러서 그려서 내 소식 들은 김에 그냥 내려와 본거라. 그저 마지막이다 생각하고 보고 잡은 맘 앞세워 그냥 와뻐릿다더만. 어떡허든지 자기 맘에 한 번 더 나를 담아놓고 싶었다나. 더는 한이 될 일, 맹글어서야 쓰건디? 나가 이렇게 건강하고 다복하게 자알 살고 있는 거슬 보니, 이제야 맘이 좀 놓인다고도 하더랑께.

시상에 있는 고상, 없는 고상 다 시켜놓고 마즈막에 나가 어렵사리 마련해놓은 집 두 치까지도 말아먹은 영감 헌테도 한 번 못 들어본 말 아니여…. 아아, 참 따순 양반…. 내 살아생전 그 오라버니한테 그런 따수운 말 들어 봤응께, 더 이상 원도 한도 읍어야….

할머니는 내가 언제 그랬냐는 듯 처연한 표정으로 연습에 몰두한다. 언제 마련해 두었는지 아예 북으로 장단까지 맞춰가면서.

"도~려~언님 계시일 제는 바~암이 짤루어 하~안~일러니, 도~려~ 언님 떠나시든 나~알부터 바~암도 지이일어서 워~언수로구나. 도~오련 ~님 계에~실적 바느질을 허어~노라면, 도오~려언님~임은 채~엑상 놓 고 소~하악, 대에~학, 예에기, 춘추, 모오~시, 사앙~서, 배엑~두우~시 르을 여어~억려억키 외워가다, 나를 흐을~끗 도올~아보고 와락 뛰어어 다알~려들어 내으으~ 허어리 부여안고 어얼~씨구나, 내에~ 사아~라앙 이지, 허어~든 일도 새엥~가~악이오…."

김여성　　　꼴라쥬 98-A　　　1998 / 40x40inch / 혼합재료

동지미국 전(傳)

삼십 년도 넘도록 깜깜하게 소식을 모르고 지내왔던 강의 근황을 알려온 것은 놀랍게도 예린이었다.

이민생활 사 년이 되었을까? 어느 정도 이곳 생활에 익숙해 질 무렵 권총강도와 맞닥뜨린 적이 있다. 슈퍼마켓 캐셔였던 내 등 뒤에 금속성을 들이대며 금고 속의 돈을 추려가던 그가, 떠나기 직전 천장에 대고 갈겨대던 몇 발의 총성을 들었을 때의 그 뭐라 표현할 길 없는 더러운 기분. 예린에게 다른 사람에게가 아닌 그녀에게 느닷없이 강의 연락처를 받게 된 내 심정은 그때와 흡사했다. 녀석 때문에 인생 자체가 헝클어져 버린, 결혼생활조차도 최대의 피해자가 될 수밖에 없었던 예린. 차라리 그녀의 남편이었던 윤도에게 이 소식을 들었다면, 그랬더라면 얼마나 홀가분했을까.

아직도 쇼크 상태에서 벗어나지 못하는 내게 예린이 나지막하게 말했다.

"혹시 선배, 강 선배랑 통화되거들랑 내 소식도 전해줘요. 내가 많이 보고 싶어 하더라고요. 나이가 들어가면 들어갈수록 정말 그 사람이 궁금하네요. 이민 온 사람 대다수가 이곳에선 원수였던 사람조차 그립다더니 제가 딱 그런 것 같아요."

강이 산다는 곳은 오랫동안 영국의 식민지로 있다가 독립한 유명 휴양지였다. 루소와 고갱이 만년에 머물며 숱한 걸작품을 남겨 놓은 바로 그 땅이다. 고국에 있을 때는 수도 없이 가고 싶던 꿈의 땅이었으나 이민생활 중 까마득하게 잊고 있었던 땅. 언젠가 내 안의 모든 영감이 바닥이 나면 한번쯤 들려 재충전해 보고 싶은 바로 그 땅. 역시 강은…. 참말이지 내 친구 강은, 어찌 됐든 정말 난 놈은 난 놈이다. 그는 지극히 그다운 선택을 한 셈이다.

연락처를 손에 넣은 며칠을 나는 여러 가지 생각으로 꽤나 마음이 복잡했다. 쉽사리 통화를 시도하지 못한 채 허비한 며칠 동안 나는 강과 관련된 모든 사소한 추억을 반추하며, 족히 수십 년을 넘나들었던 것 같다. 특히나 혹시 내가 천재가 아닐까 과신하며 치기어린 발언을 서슴지 않았던 대학 초년생 시절이 가장 도드라지게 기억이 났다.

방학 중 고향집에 돌아와서 아침식사를 하다가 나는 하숙집에선 볼 수 없었던 동치미를 맛보았다. 새콤달콤하고 시원하다 못해 약간 감질나게 신맛까지 도는 그것에 나는 그만 정신을 놓을 지경이었다. 세상에 여태 이 맛을 모르고 살았다니…. 그래서 종일 동치미국, 동치미국 하며 중얼거리다가 책상에 앉아 東·地·美·國이라고 써보았다. 오호, 동쪽에 있는 아름다운 나라라? 그래서 나는 순간적으로 그런 나라가 있다면 그쪽 나라의 우두머리가 한번 되어 보면 재미있겠다는 생각이 들어 강에게 건

의하기에 이르렀다. 나는 권력은 별로니 그저 세습 왕 정도면 좋겠다. 그러니 너는 실권 있는 수상을 맡아라. 강이 오~케이! 받았다. 그날 이후로 우리는 임명한 이도 없건만 스스로 각자 국왕과 수상으로 명받은 자가 되었다.

"어이, 수상!"

"네, 폐하!"

어느 때 어느 장소를 불문하고 우리는 서로를 그렇게 불렀고 곧 그것은 우리과 소수에게서 번져 나가 마침내는 미술대학 학생 전원이, 흔쾌히 우리를 국왕과 수상으로 섬기기에 이르렀다.

그때 마침 프로와 아마추어의 구분이 없이 열려 있는 국전의 문에서 대학생으로써는 처음으로, 강과 내가 나란히 큰 상을 타게 된 것이 우리 동지미국 백성의 수를 늘게 된 결정적인 계기가 되었다. 그럴수록 우리의 우정과 그림에 대한 열정은 활활 타올랐다.

이 세상 그 누구하고 경쟁한다 해도 이겨낼 것만 같은 그야말로 의기가 하늘을 찌르던 시절, 우린 같은 하숙방에서 방학을 뺀 나머지 기간을 거의 동고동락하는 세월을 보냈다. 강이 좋아하는 예린과, 함께 탐독하던 작가 루이제 린저와 비틀즈의 노래와 간딘스키와 몬드리안, 그리고 고만고만한 고민을 우린 모두 함께 나누었다. 바꾸어 말하면 우린 우리가 누려 마땅한 모든 정서를 함께 나누었다는 표현이 된다. 수년 후에야 결정적으로 강은 나와 어느 것 하나 함께한 것이 없음을 알게 되었다. 마땅히 그런 줄 알고 착각에 빠져있던 나를 강은 보기 좋게 배신한 것이다.

먼저 강은 예린을 버렸다. 그리고 이어 목숨처럼 아끼던 '그림'을 버렸다. 아니, 그 둘을 함께 버렸다. 아니다, 나까지 포함하여 강의 청춘 시절뿐 아니라 고향까지도 버렸다. 우리 모두를 배신하고 과감하게 돌아서서 과연 강은 무엇을 얻었을까?

그래 얀마. 너 지금 행복하냐? 동지미국 수상 자리도 내팽개칠 만큼 지금 네 자리가 그렇게나 대단하냐고? 한편으로는 강의 현재가 궁금해서 미칠 지경이었다. 혹시라도 고갱처럼 그곳에서 수많은 여인네를 거느리며 그림과 더불어 살고 있지 않을까? 강이 어쩌면 내가 생각하는 이상으로 대단한 인물이 되어 있을지도 모른다는 생각이 들자, 당장 강에게로 달려가서 확인해 보고 싶은 욕구로 온몸이 근질거릴 지경이었다.

매력적인 저음의 여자가 영어로 이쪽의 이름과 관계 등을 탐색할 때까지 나는 그녀가 응당 고갱이 숱하게 그렸던 '타이티의 여인' 중 한 명이려니 상상했던 것 같다. 유난히 굵은 쌍꺼풀의 큰 눈과 펑퍼짐하게 넓은 콧방울과 두툼한 입술, 그리고 검정에 가까운 어두운 갈색 톤의 윤기 나는 피부를 가진 매력적인 여인 말이다. 관등성명이 끝나자 갑자기 여자가 한국어로 말하기 시작했다. 정신이 번쩍 났다.

"김연우 씨라고요? 분명 김연우 씨 맞나요? 오우 세상에⋯. 그이가 늘 말했어요. 자기에겐 꼭 만나고 싶은 천재 친구가 하나 있다고. 근데 어떻게 전화번호를 아셨나요? 잠깐만요, 잠깐이면 돼요⋯."

천재 친구라고? 나를 아직껏 그렇게 불러주고 있는 친구가 있다는 사실만으로도 나는 충분히 고무되었다. 그래, 우린 그때 천재놀이에 흠뻑 빠져있었다. 내 가장 가까운 사이이면서 가장 큰 적이기도 했던 강, 우린 선의의 경쟁자가 되어 죽는 날까지 함께 할 줄 알았다.

부산하게 딸애를 찾는 소리. 아빠를 불러보렴, 아빠 대체 어디에 계신거니? 아빠 친구 김연우 씨라고 글쎄, 그분한테 전화 왔구나⋯. 그 모든 소리가 한꺼번에 내 귀로 전달되는 것이 신기했다. 그리고 한참만에야 들려 온, 떨고 있을 것만 같은 강의 목소리는, 삼십 년 만에 듣는 강의 목소리는, 예전과 하나도 다를 것 없는 바로 그 목소리였다. 강의 목소리는 너무도 변하지 않았다. 어쩌면 바로 어제 헤어진 듯 그대로였다. 가까스로 연결된 전화기 저쪽에서 어렵사리 강의 음성이 들려왔다.

"동지미국 대왕 전하!"

그가 흑하고 숨을 쉬더니만 넙죽 절이라도 하고 난 듯, 한 음절 한 음절 흡사 사극 배우가 대사를 뱉듯 스타카토로 또박또박 발음했다.

"그동안 옥체 평안하셨사옵니까?"

"동지미국 수상 각하! 그대는 어땠소?"

30년 세월을 훌쩍 뛰어넘는 우리의 대화는 한참 동안 이런 식으로 이어졌다.

"슬하에 자녀는 어떻게 두셨는지요?"

"일남 일녀라오. 그대는 어떻소?"

"소인은 전처에서 하나, 후처에게 하나, 딸만 둘입지요."

"허허허. 역시 수상 각하는 능력이 있으십니다, 그려."

"팔자가 기구한 덕분입지요."

전화 말미에 불쑥 나는 예린의 소식을 전했다. 함께 듣고 있는 강의 아내를 의식해서 되도록 짧으나 분명한 어조로 지나가는 말처럼 말했다.

"각하, 혹여 최예린이라고 기억하시는지요, 그분께서 안부를 여쭈라더군요, 어떻게 변하셨는지 한 번 꼭 뵙고 싶다하더이다. 그 밖에도 참 많은 이들이 안부를 여쭈었습니다만, 일일이 거론하옵기는 어렵고, 어쨌든 그간 강령하셨다니 감읍할 따름입니다요."

"알다마다요. 모두에게 안부를 전해 주옵소서."

갑자기 강이 더는 참을 수 없었는지 목청을 높였다.

"당장 이곳에 와라, 친구야. 너, 그림은 계속하고 있는 거지? 어쨌든지 만나서 얘기하자. 네가 있기 싫을 때까지 묵을 수 있는 거처를 마련해 줄께. 아니, 아예 짐을 싸서 이곳에 와서 그림을 그리면서 살아라! 너 어디에 매인 몸은 아니지? 올 수 있는 거지? 만나서 얘기하자고. 당장 와아!"

강에게 질세라 나도 대뜸 고함을 질렀다.

"얀마, 그러는 너는 지금, 게서 뭐 하고 사는 게야? 혹시, 너 거기서 그림 그리는 거야?"

예린은 내가 이곳 뉴욕에 이민 온 지 꼭 오 년 되는 해, 그러니까 어느 정도 내가 자리를 잡아가고 있을 때에 윤도의 아내가 되어 하필이면 내 앞에 나타났다. 그는 제 누이의 초청으로 이민 와서 이민 초기의 사람들이 그러하듯 돈이 되는 일이라면 어떤 일이든지 마다하지 않으면서 고생깨나 하더니만, 어느 날 훌쩍 결혼을 해야 되겠다면서 귀국을 했다. 곧이어 그곳에서 아예 결혼식을 올리고 온다는 소식을 보내왔다. 나는 그저 허영기 많은 고국의 한 여자애가 아메리칸 드림을 안고 또 하나 이 땅으로 넘어오는구나 생각했다. 그런데 피로연장인 조촐한 한식 레스토랑에 윤도는 의기양양하게 예린을 데리고 나타난 거였다.

대학을 졸업한 내가 C시에 돌아와 미술교사로 자리를 잡자, 이런저런 그림과 관련된 선후배들이 전시회라거나 미술협회 관련된 일로 때때로 어울리게 되었다. 그럴 때마다 그런 자리에는 이상하게 윤도가 끼어 있게 마련이었다. 고교시절 아주 잠깐 M동호회 회원이었다는 이유만으로 그는, 늘 우리 그림쟁이들이 모이는 장소에 한발 앞서 자리를 잡고 있었던 것이다.

그러나 단 한 번도 나는 윤도의 그림을 본 적이 없었을뿐더러 의례적인 말 말고는 그와 대화다운 대화를 나눌 기회를 갖지 못했다.

이 낯선 이국땅에서 한 번 더 부닥치지 않았으면 윤도와 나는 아마 평생 서로를 깊이 알지 못하고 지나치고 말았을 것이다. 내가 한발 앞서 이곳에 왔다는 것과 아직까지도 그림을 하고 있다는 이유가 보태져서, 윤도가 필요 이상으로 내게 존경심과 친밀감을 표하며 다가서지 않았으면 우린 결코 가까워지지 않을 사람들이었다.

그런데 느닷없이 예린이 그의 아내가 되어 내 앞에 나타난 것이다.

애당초 도무지 어울리지 않는 한 쌍이었다. 나는 예린을 따로 불러 왜 이런 말도 안 되는 결혼을 했는지 따져 묻고 싶은 심정이었다. 어쩌면 예린에게도 나처럼 대한민국 땅에서 살 수 없는 어떤 개인적인 이유가 서너 가지 되지 않을까. 나 역시 함구하고 있는 지극히 개인적인 이유가. 어쩌면 예린의 경우 '강'이 그 모든 이유의 전부일지도 모른다는 생각이 들긴 했다.

처음 얼마간은 그들도 그런대로 여느 신혼부부처럼 행복해 보였다. 경제적인 기반이 전혀 없는 상태에서 시작한 만큼 각자가 억척이다 싶을 정도로 돈을 모으는 것 같았다. 모두가 다 그렇게 하고 있으므로 별로 우려할 만한 일은 아니었다. 오히려 예린의 빠른 적응에 박수를 보내고 싶을 지경이었다. 그렇게 일 년 정도 지났을까. 예린이 어느 정도 이곳 생활에 익숙해져서 이웃과도 왕래하며 활기차게 보내는 줄 알았다.

한밤중에 예린이 전화를 걸어왔다. 자정이 가까운 시간이었다.

"선배님, 죄송하지만 저의 집에 좀 와주시겠어요?"

예린은 몹시 떨고 있었다. 나는 주섬주섬 옷을 입고 나섰다.

예상했던 대로 '강'이 그 부부의 화두였다.

"너, 왜 나랑 결혼한 거지? 강민수, 그 새끼가 혹시 여기 있나 찾으러 온 거 아냐? 그 새끼를 찾으면 언제라도 나를 버리고 갈 거잖아, 그렇지 않아?"

예린은 처음 몇 년간은 참으로 많은 노력을 했다. 우리 내외에게 중재 요청을 부탁하기도 수차례. 어느 날 밤은 예고도 없이 무작정 우리 집으로 쳐들어와서, 친정 오빠에게나 가능한 확실한 역할을 요청하기도 하였다. 예전의 그녀라면 있을 수 없는 일이었다.

"너는 그 새끼의 쓰레기야, 더러운 년!"

어느 날부터인가 윤도는 아예 예린을 버려진 취급하며 대놓고 구타하기 시작했다. 사흘이 멀다 하고 얼굴 이곳저곳이 멍든 예린을 보아야 하는 나는 결국 그를 경찰에 고소하라며 그녀를 충동질하기에 이르렀다. 경찰에 고소라니, 딱한 마음에 말은 그렇게 했지만, 한국 정서상 그깟 일로 남편을 고소한다는 것 또한 할 짓이 아니었다. 그건 이곳에 근거를 둔 주민들에나 가능한 일일 뿐이었다. 결국, 견디지 못한 예린이 세 살배기 딸을 남겨놓고 한밤중에 집을 떠나는 것으로 둘의 비극적인 결혼생활은 끝이 났다.

그녀가 감쪽같이 제 몸을 숨기고 내게 조차 연락을 끊은 세월 동안, 나는 시도 때도 없이 찾아와 그녀가 숨어 있는 곳을 알려달라는 윤도의 읍소를 들어야 했다. 강민수와 예린, 둘이 보나마나 함께 하고 있다는 곳, 귀신도 모르는 그곳을 대달라는 읍소는 시간이 지남에 따라 윤도의 끝도 없는 주정으로 이어졌다. 이때쯤 되어 나는 아예 그 둘을 알게 해준 C시가 원망스러울 지경이었다.

'강'의 근황이 궁금하기는 나도 윤도에 못지않았다. 고등학교 시절 미술 동호회 M의 회장과 부회장을 지내며, 같이 상경하여 어렵사리 같은 대학을 다니고 사회생활을 할 때까지 강은 내게 둘도 없는 친구였다. 역시 그 모임의 선후배로 만나 알콩달콩 강과 사랑을 키우던 예린과의 인연 또한 내겐 너무 소중한 터였다.

갑자기 내가 동료 여교사와 결혼을 하여 미국으로 황급히 떠나오지 않았으면 우리의 우정에는 변화가 없었을까?

이민 3년 차가 될 때까지 나는 정말 새 생활에 적응하느라 강과 제대로 연락도 주고받지 못했다. 그러던 어느 날 강에게서 청첩장을 받았다. 당연히 예린과의 결혼을 예견하면서 신부이름을 보았다. 그때까지 단 한 번도 보지도 듣지도 못한 낯선 여자의 이름이 강의 이름과 나란히 인쇄되어 있었다. 아무리 기억해내려 해도 알 수 없는 이름이었다. 강이 깜짝 결혼과 함께 용산의 미군부대 앞에서 그림사업을 벌였다는 소식이 함께 전해졌다. 그리고는 소식이 끊겼다. 사업이랄 것도 없는 사업의 거듭된 실패 이후, 끊긴 강의 소식은 고향의 그 누구도 알지 못했다. 친지와 동료들에게 빚에 대한 온갖 루머만 가득한 채 강은, 그야말로 어디론가 증발이라도 한 것 같았다. 그럴리는 없지만, 그 둘이 다시 만나 어딘가에서 꼭꼭 숨어 잘 살아주었으면 참말 좋겠다는 생각을 나도 윤도 못지않게 수없이 했다.

강에게서 먼저 이메일이 왔다.

> 자네와 통화를 한 이후부터 내겐 새로운 꿈이 생겼다네. 지금 하는 이 사업을 최대한 성공시켜 천재 화가 내 친구 김연우의 후원자로 사는 것이지. 어쩌면 인생의 마지막 사업이 될지도 모르는 리조트 사업을 성공리에 마칠 수 있게 친구여, 그대도 빌어주시게나.
> 그나저나 언제쯤 올 수 있나? 매일매일 자네를 기다리며 살고 있네.

나도 강도 한글 자판에 익숙하지 않아서 우리는 더듬거리면서 의견을 교환하고 있는 중이다.

듣기 거북하니 이제 제발 천재 화가라는 호칭은 잊어 주시게나, 친구.

젊은 한 때, 스스로 자아도취 되어 써본 이후 자네한테 오랜만에 들어볼 뿐, 아무도 나의 천재성에 대해 말하지 않는 것을 보면 나는 분명 천재가 아닐세. 그것도 젊음이 있고, 치기가 있을 때 스스로를 위무하고 격려해 주기 위한 방편이지 않았나? 모두들 춥고 배고프던 시절이었으니 그렇게라도 자신을 사랑하고 달래야 했잖은가 말이야. 지방출신인 우리들과 서울출신 애들과의 경제적인 격차도 만만치 않았고 말일세.

돌아보면 그때가 정녕 그립군.

나 역시도 삼십년 전으로 돌아온 듯 예전과 달리 마음이 둥둥 떠 있네, 그려.

가능하면 빨리 가도록 해봄세. 전시회 스케줄이 두 개 더 남았네. 그것이 끝나는 대로 그쪽으로 건너가 볼 셈이네. 자네를 만날 생각만으로도 벌써 가슴이 벅차오르네.

모처럼 예린의 이메일도 받았다.

선배님 덕분에 강 선배 소식 전해 듣네요. 강 선배한테 가실 때 저도 동행해도 될까요? 잘하면 휴가를 받을 수 있을 것 같습니다. 두 분이 불편하시지 않게 제가 M동호회 후배들을 모아 함께 여행을 하려 하는데 의향이 어떠신지요? 마침 제가 후배들에게 강 선배 이야기를 했더니 모두들 함께 가고 싶어 하네요. 선배님이 가 계신 그 땅이 좀 매력있는 곳이어야 말이지요. 날짜가 잡히는 대로 알려 주시면 제가 추후 연락드리겠어요.

간단하게 적어 놓았지만, 문장의 행간에 담겨져 있는 많은 이야기를 모를 내가 아니다. 그럼에도 나는 적지 아니 놀랐다. 도대체 예린은 이 사내에게 아직도 나눠 가질 마음자리가 남아있는 걸까? 참 대단한 예린이다.

예린이 떠난 직후 내게 찾아와 그녀의 거처를 알려달라던 윤도는, 내게 더는 알아낼 것이 없다는 판단을 했는지 며칠 후 예린을 찾으면 쏴 죽이겠다고 어디에선가 권총을 하나 구해왔다. 그 며칠 후에는 어디에서 구했는지 흡사 황야의 무법자가 썼음 직한 카우보이모자에 그에 어울리는 복장까지 제대로 갖춰 입고 나타났다. 아예 딸애까지 한 세트였다. 드디어는 누군가가 급조하여 만든 것이 분명한 야릇하게 생긴 캠핑카를 하나 구해 와서 예린을 찾아 나서겠다고 선언했다. 붉게 충혈된 윤도의 눈은 살의가 느껴질 만큼 섬뜩했다. 이미 예전의 그가 아니었다. 나는 이번에야말로 정말 어떤 식으로든 사단이 날 것 같은 불길한 예감에 휩싸였다. 내가 알기로 예린에게는 나와 윤도 말고는 이 땅에 달리 아는 이가 없었다. 그가 어떤 경로로 어떤 사람들을 통하여 예린의 소식을 알아냈는지 알 수 없으나, 그는 아마도 빈손으로 돌아올 것이라고 나는 믿고 싶었다. 그러나 눈에 불을 켜고 달려드는 윤도를 보며 혹여 그가 예린의 거처를 알아내 마침내 일을 저지르지 않을까 내내 마음을 졸일 수밖에 없었다.

덕혜 부녀가 돌아왔던 끔찍한 밤. 아직껏 나는 그날을 또렷하게 기억한다. 내 생애 그처럼 추악한 몰골의 인간을 본 적이 없을 만큼 그는 완전히 지치고 허기진 상거지 꼴로 돌아왔다. 자신의 몰골이 그러하다는 것을 알긴 했던지 다행히도 그는 내 집 앞에서 조용히 나를 불러냈다. 단 몇 개월 만에도 인간이 이처럼 추악해질 수 있다는 것을 나는 처음 알았다. 길게 늘어뜨린 산발머리와 덥수룩한 수염과 한순간에 삶의 의욕을 모두 잃어버린 듯한 불안한 표정. 무엇보다 모든 것을 체념해버린 희미하고 자신 없는 눈빛만으로도 그동안 그의 어려움을 짐작하고도 남았다.

"형님 말씀이 옳았수다. 덕혜 에미는 나한테 차고 넘치는 여자 였수. 더이상은 내 마음에 그 앨 가두지 않을 작정이요."

그로부터 얼마 지나지 않아 윤도에게 새 여자가 생겼다. 혼자서 감당하기에는 덕혜가 너무 어렸을 것이다. 내가 보기에 그제야 그는 자기에게 아주 잘 맞는 맞춤옷을 입은 것 같았다.

일 년에 한두 차례 한인들이 주최하는 친목행사에 들르면 매번 몰라보게 자라나는 덕혜를 볼 수 있었다. 어느 정도 시간이 지나자 덕혜는 남동생 하나를 보았다. 누가 보아도 단란한 가족형태를 갖추어가고 있었다. 윤도의 얼굴도 편안해져 갔다.

예린이 어느 정도 기반이 잡히기까지는 10년 정도의 세월이 흘렀다. 독하게 마음먹었던지 전화연락조차 끊었던 예린이 전화를 해온 것은 그녀가 이곳을 떠난 지 꼭 10년 세월이 흐른 뒤였다.

"선배님."

오랜만에 걸려온 전화 목소리임에도 나는 예린이를 단번에 알아챘다. 너무나 반가웠다. 그녀를 생각하면 늘 가슴 한구석이 먹먹해지곤 했었는데, 얼마나 반갑던지 나는 한숨부터 쉬고 말았다.

"그래, 어찌 지내는가?"

"여기 엘에이예요. 일자리가 있어서 그럭저럭 살아요. 곧 하고 싶던 그림공부도 계속하려고요. 그러니…, 제 걱정, 안 해도 되신다고 말씀드리려고요"

"덕혜 애비가 좋은 여자 만나 안정을 얻었어. 덕분에 덕혜는 동생을 보았고. 다행이야, 다행이고말고."

"혹시 몰라서 제 연락처는 남기지 않을래요. 그간 저 때문에 고생 많으셨을 텐데…. 대신 이따금 연락드릴게요. 선배님, 그림은 여전히 열심이시지요? 이곳 지면에서 선배님 활약소식은 이따금 듣고 있어요. 멀지 않은 장래에 저도 뭔가 결실을 낼 수 있겠지요. 그때까지 더 숨죽이고 살게요. 덕혜한테 부끄럽지 않게."

"좋은 연분은 만났겠지?"

"저한테, 그런 행운이 올까요?"

"무슨 소리야? 꼭 그런 날이 오고말고…."

첫 전화는 그렇게 끝났다. 그 후로 예린은 제 인생의 고비마다 잊지 않고 연락을 취해왔다. 더 나은 직장을 얻기 위해 다른 지역으로 이주를 계획하고 있다는 얘기, 가까스로 대학에 입학한 이야기, 잠깐 고향에 다녀온 이야기 등등. 그 이야기 말미에 드디어 예린은 딸 덕혜에 대한 사무치는 그리움을 전했다.

"모든 게 다 견딜 만한데 선배, 덕혜가, 덕혜가 정말 보고 싶어 미치겠어요. 얼마나 컸을까, 얼마나 예쁘게 자랐을까? 정말 못 견디게 보고 싶어요. 딸아이가 자라나는 과정을 지켜주지 못하는 에미의 마음이 어떤 건지는 당사자가 아니면 아무도 모를 거예요…."

어쨌든지 이 넓디넓은 땅덩어리 속에서 홀로 서려고 애쓰고 있는 그녀에게 나는 친정 오라버니 이상의 무엇인가가 되고 싶었다. 그래서 생각해 낸 게 우리 아이들과 자연스럽게 어울려 놀고 있는 덕혜의 사진을 찍어 때때로 그녀에게 보내주는 일이었다.

내가 보내준 사진으로 간신히 마음을 달래기를 여러 해. 드디어 예린이 덕혜를 만나게 해달라고 어렵게 입을 뗐다.

덕혜가 드디어 독립할 수 있는 나이인 열일곱 살이 되었을 때였다. 윤도를 만나 어렵사리 모녀상봉의 의사를 전했다. 윤도는 무엇보다 장성한 딸애의 의견을 존중한다며 내게 일의 추진을 맡겼다.

장성한 덕혜는 어느새 아리따운 숙녀가 되어 있었다. 그 애도 늘 엄마가 그리웠노라고 했다. 엄마를 이해한다고, 저라도 제 아빠와는 함께 하기 어려웠을 거라는 말을 덧붙이기까지 했다. 곧 모녀의 만남이 추진되었다.

못 본 동안 약간 살이 오른 예린은 전보다 건강하고 세련되었으며 당당하고 활기차 보였다. 오랜 별거로 자동 이혼이 되어 있는 윤도와 예린은 깍듯이 예의를 차려가며 서로를 대했다. 덕분에 모녀의 만남은 마치 정상 국가의 외교사절단처럼이나 격식 있고 품위가 있었다. 완전히 미국식이었다. 그토록 오랫동안 마음 졸이며 둘의 만남을 주선하던 나로서도 참으로 반갑기 그지없는 일이었다. 한번 물꼬를 트기가 어려워서 그렇지 트인 물꼬는 두 논을 자유로이 넘나들며 두 집의 수확을 배로 늘여 나가기 시작했다. 최대 수혜자는 물론 덕혜였다. 덕혜는 새엄마의 적절한 보살핌으로 건강하게 자라나 예린에게 받은 것이 분명한 재능과 든든한 지원을 발판으로 L.A까지로 제 활동영역을 넓혀갔다.

윤도와 예린이 덕혜와의 만남 이후 몇 번이나 더 따로 만났을까 하는 점은 나는 사실 별로 관심이 없다. 한 아이의 부모로서 따로 왜 할 말이 없을까마는 아마도 만났다 하여도 무슨 대수랴. 젊은 시절 서로에게 가졌던 애증에 대하여 더 이상 토로해 본다 하여도 새로울 것이 하나도 없는 연배인데.

나로서는 예린에게 더 이상 해줄 게 없는 것이 여간 다행한 일이 아니었다. 친정 오라버니라도 되는 양 늘 뭔가를 해줘야 할 것만 같은 미진한 구석이 사라져 여간 다행이 아니었다.

"이 흉물들아―."

강에게 내가 그랬던 것 같다.

"내가 너네들 같은 흉물들은 보다보다 첨 본다. 너를 보러 우정 시간을 내겠다는 예린이나 기다리고 있겠다는 네놈이나…"

예린이 미국으로 시집와 나와 가까이에서 살았으며, 예린의 전남편이 다름 아닌 윤도라는 이야기는 이메일을 통해서 이미 이야기했다. 그 둘 사이에 딸이 하나 있으며, 강의 소식을 맨 처음 알려준 이도 예린이라는 것도.

그러나 그뿐. 설마 예린이 강을 보러 그곳까지 가리라고는 생각조차 해보지 못했던 일이었다. 내친김에 나는 예린이 부탁한 대로 미국 거주 M동호회 후배 몇 명을 더 데리고 가니 동지미국 왕의 체면을 세워달라는 청을 넣었다.

― 너와 예린의 만남이 혹여 네 가정의 평화를 깰 여지가 생길지 몰라서 내가 처방을 내린 것이니 그대는 그런 줄 알고 안심하라.

나는 만약을 위하여 미리 교지까지 내렸다.

― 네 입장이 곤란해질 경우, 나와 예린이 그렇고 그런 사이라는 식으로 도매금으로 함께 묶는다 해도 그것 역시도 허하겠다. 왜냐하면, 나는 왕이니까. 왕은 우리 국민의 안녕과 평화를 위하는 일이라면 무엇이든 다 해야 하는 법. 그러니 수상, 그대는 짐이 국가와 국민을 위하여 존재한다

는 점을 명심하기 바란다.

　공항은 좁고 지저분하며 뭔가 어수선했다. 입국절차도 두서가 없었다. 그러다 보니 공항을 빠져나오는 시간이 생각보다 오래 걸렸다.

　가까스로 공항로비로 나오자 기다리고 있었던 듯, 고갱의 그림 속에서 방금 튀어나온 것 같은 매력적인 원주민 여인들이 꽃목걸이를 손에 들고 달려와 환영해 주었다.

　"불~라!" "불~라!"

　'경축! 동지미국 국왕 방문! 환영!'이란 피켓을 든 강과 그의 식구들이 그녀들의 뒤에 서 있다가 우리 일행을 맞았다. 한국어로 쓰여져 있기에 다행이지 그렇잖으면 몹시 쑥스러울 뻔했다.

　"왜 이리 오래 걸리셨습니까? 전하! 무슨 일이 생겨 되돌아가신 건 아닌지 노심초사했습니다."

　칠 척은 족히 넘어 보이는 거구의 강이 그의 아내와 함께 다가와 나를 안았다. 나 역시 오랜 세월 동안 모두가 놀라는 몸피가 되어 있었으나, 강은 나의 상상을 초월할 만큼 우월한 거구가 되어 있었다. 한 명 한 명, 강은 예린과 후배들과도 포옹을 나눴다. 한동안 우리는 반가움에 겨워 눈물까지 글썽이는 촌극까지 연출했다. 가까스로 안정을 찾은 내가 예린과 후배 둘을 그의 아내에게 소개해주자, 그의 아내 역시 편안하게 그녀들을 포옹하는 것으로 환대의 격식은 끝났다. 그녀는 한눈에도 강을 사로잡을 만한 외모와 매너를 갖춘 여인으로 보였다.

　다시 예전의 우리로 돌아가기까지는 그리 오랜 시간이 필요하지 않았다. 인생에서 가장 꽃다운 시기를 공유한 우리는, 그의 집으로 가는 30분이 채 안 되는 짧은 시간 동안 그가 가져온 대형 자동차 안에서 급박하게 과거로 되돌아갔다. 우리가 함께하지 못한 지난 세월은 우리 앞에서 아무런 의미가 없었다. 타국생활을 하며 나름대로 가지고 있던 향수가 서로의 눈망울 속에서 확인되자, 우리의 감정은 그대로 분출되어 막을 수 없는 봇물이 되어 흘러넘쳤다.

"형이 여기 있을지 모른다는 생각을 왜 우린 한 번도 안 했을까요?"

후배 황이 젤 먼저 운을 뗐다. 세계 여러 지역을 놓고 강과 제일 어울리는 곳을 택하라면 젤 먼저 떠오를 법도 한 이곳. 유독 함께 어울려 다니며 안 간 곳 없이 C시를 휩쓸고 다니던 학창시절의 강과 나. 이 나이에도 함께 이 먼 곳까지 동행할 수 있는 또래집단을 거느릴 수 있는 명실공히 쌍두 대표자임이 분명했던 우리. 이미 10대에 M동호회를 만들 만큼 만만치 않은 열정과 패기를 가졌던 젊은 날의 내가 후배들과 머리를 맞대어 그를 찾으려 들면 찾아내지 못할 곳이 어디였을까?

"모두가 사느라고 바빴잖아. 질풍노도의 시대를 지나느라 어디 여유가 있었간디? 게다가 여러분이 알다시피 나의 인생이 좀 드라마틱 했어야 말이지?"

강의 유머에 모두들 폭소했다.

그가 곧바로 우리가 머무를 숙소로 우리를 데려갔다. 고급 휴양지답게 아름다운 리조트가 즐비한 해변이었다. 그곳에서 강이 직접 운영한다는 리조트는 아담하나 품격이 있었다. 우선 입지조건이 리조트들 중 압권이었다. 역시 대단한 놈이다. 리조트에 짐을 풀자마자 우린 모두 옷을 갈아입고 리조트 바로 코앞에 있는 바다로 나갔다.

"불~라!"

원주민 남자들이 광채 나는 진갈색의 피부에 유난히 흰 이를 드러내며 웃었다. 신기하게도 고갱이 그린 그림 속 인물들과 별반 다르지 않았다.

"불~라!"

이번엔 우리도 입을 모아 합창했다.

원주민들은 작살 하나로 물고기를 잡아 하루 먹을 양식을 해결한다고 했다. 더 이상 욕심을 내어 물고기를 많이 잡는 것은 이 나라에서는 신에게 죄를 짓는 것이란다. 모두들 뛰어들어 작살을 휘둘렀으나 결과는 시원치 않았다. 오랜 숙련 끝에야 좋은 결과를 얻는 법이다.

이솝도 분명 이곳에 다녀갔을 것이다. 그렇지 않고서야 그 유명한 우화 '해와 바람'을 지어내지 못했을 것이다. 가만히 있어도 태양은 여인네들의 옷을 벗기고 관광객들의 옷을 벗기려 들었다. 바람은 결코 우리의 옷을 벗길 수 없을 것이다.

바다는 내가 그동안 보아온 그 어떤 바다보다도 아름다운 색깔로 나를 유혹했다. 크리스탈 블루. 그동안 다루었던 어떤 색깔의 물감보다 그 색에 제일 가까운 바다를 나는 이곳에서 처음 보았다. 말 그대로 바닷속이 유리알 모양 투명한 블루 그 자체였다. 스킨스쿠버 복장을 하고 산호초 숲속을 거닐 때면 이곳이 바로 천국이 아닐까 생각이 들 정도로 황홀했다. 그 어떤 혼합색으로도 그려내기 어려운 자연의 경이로운 색감과 아무리 뛰어난 화가라도 그려내기 어려운 생물들은 말 그대로 신비였다. 거칠 것 없는 남태평양의 구름과 석양은 또 얼마나 아름다운지…. 이른 아침마다 잊지 않고 배달해주던 달콤하며 쌉싸름한 열대과일과 원주민 아가씨의 해맑은 웃음은 얼마나 고혹적이던지.

그곳에서의 한 달여는 아직껏 내 꿈속에 남아있다. 사람이란 참 묘한 것이어서 그토록 그리웠던 친구와 더할 나위 없이 좋은 자연환경도 내가 오래 머물 장소가 아니라는 생각이 들면서부터 지루해져 가기 시작했다. 휴가기간을 충분히 즐긴 후배 둘이 먼저 떠나고 나와 예린만이 남게 되자, 강의 아내가 참말 그녀와 나 사이를 그렇고 그런 사이로 오인하고 편하게 대하기 시작했다.

그도 그럴 것이 우리들의 식생활은 어느 리조트 식구들처럼 거의 우리들이 자체적으로 해결해야 했으므로, 자연스럽게 예린이 혼자 도맡다시피 주방일을 하다 보니 누가 봐도 오해를 살만했다. 그리고 애당초 그모든 오해의 소지는 내가 자초한 일이기도 했다.

어느 날 나는 예린에게 이제 그만 돌아가자는 말을 꺼내려고 그녀의 방에 들렀다가 탁자에 놓여있던 그녀의 노트를 보고 말았다.

처음 강 선배의 근황을 전해준 사람은 후배 황이었다. 우연히 알게 된 관광 사이트에 강 선배 임직한 사람의 얼굴이 올라와 있는데 세월이 많이 흘러 확실히 알 수는 없으니 한 번 확인해보라 했다. 그래서 그가 알려준 사이트로 들어가 보았다.

그때까지 어떠한 경로로도 알 수 없었던 그의 소식이어서 사이트로 들어가는 내 손가락이 나도 모르게 부르르 떨렸다. 더욱이나 그곳은 예전의 그와 내가 숱하게 화제로 삼아왔던 타이티 섬과 지척에 있는 거리에 있어서 더욱 긴장할 수밖에 없었다.

40세가 되어도 화가로서 아무 명성을 얻지 못한다면 나는 그만 타이티로 떠날 거야. 그저 유화물감만 있으면 먹을 거 잠잘 거, 걱정할 필요 없이 그림만 그릴 수 있는 그곳에 가서 정말이지 지칠 때까지 그림만 그리다가 죽었으면 좋겠어…. 제2의 고갱이 아니어도 좋다. 예린아, 너한테 강요하지 않을 테니 선택은 네가 해라. 날 따라오든지 말든지…. 우와, 이 지구상에 이 같은 지상낙원이 아직까지 남아있다니….

정말이지 다른 곳이 아닌 그곳에 그가 있다는 게 나는 더없이 기뻤다. 어쩌면 그는 지금까지 계속 그림을 하고 있었던 걸까? 제발 그가 자기 재능을 아깝게 버리지 말고 꽃피웠기를 빌어본다. 나처럼 단지 밥값을 벌기 위해 인생을 낭비하지 말았기를….

분명 그 사람이었다. 관광객을 대상으로 소개된 리조트의 주인장으로 등록되어 있는 이는, 예전보다 턱없이 살이 쪄 알아볼 수 없는 중년의 신사가 되었으나 분명 강 선배였다.

나는 왜 그를 보고 싶어 하는 걸까? 김 선배에게 그의 소식과 혹여 그 사람을 만나러 갈 것이면 나도 꼭 끼워달라는 말을 전하면서도 나는 내심 나의 본마음이 무엇일까 하는 의구심을 떨쳐버릴 수가 없었다. 대체 그를 만나 무얼 어쩌겠다는 것일까?

희미한 옛사랑의 그림자를 찾아 떠나기에 나에게는 감당해야 할 일들이 참으로 산재되어 있다. 그 기간에 맞춰 장기휴가를 받아내는 일도 만만치 않은 일이고, 적지 않은 여행경비를 마련하는 것도 요원한 일이다. 그럼에도 불구하고 나의 마음은 이미 그곳으로 향하고 있다. 모를 일이다. 정말 내 마음을 나도 모르겠다. 딸애, 덕혜를 맹목적으로 만나봐야겠다는 마음이 생긴 것도 그러했지만, 이루고 보니 그것은 누구에게도 설명하고 이해를 구할 수 있는 상황이었다. 그러나 이번의 경우는 전혀 나 자신에게조차도 납득이 되지 않는 일임에도 내 마음은 이미 그 사람 곁으로 가고 있다.

너에게 묻는다
        ─ 안 도 현

연탄재 함부로 발로 차지 마라
너는
누구에게 한 번이라도 뜨거운 사람이었느냐

요즘 눈에 자주 밟히는 시이다. 혹여 나는 그 사람에게 이 시를 들려주고 싶은 건 아닐까?

장거리 여행을 떠나기에는 나는 사실 너무나 많은 경제적인 손실을 감당해야 한다. 그럼에도 나는 자꾸만 머리를 굴리고 있다. 애초에 윤도를 남편으로 맞으면서까지 대한민국을 떠나려고 애를 썼던 것처럼, 나는 자꾸만 가능한 쪽으로 머리를 굴리고 있는 것이다. 어쩌면 윤도의 말처럼 나는 애당초 강 선배를 찾기 위해 윤도가 있는 미국 땅을 택했는지도 모른다. 강 선배를 만나 꼭 한번 묻고 싶다. 그러려면 꼭 그곳에 가야만 한다. 더 늦기 전에 그를 만나 꼭 한 번 따져 물어봐야 한다.

너는
누구에게 한 번이라도 뜨거운 사람이었느냐?
아니, 아니,
나에게 단 한 번이라도 너는 진정으로 뜨거운 사람이었느냐?

돌아오는 비행기에서 나는 예린에게 물었다.

"강에게 하고 싶은 얘긴 다 해봤어?"

알 수 없는 눈빛으로 한동안 나를 쳐다보던 예린은 겨우 입술을 달싹였다.

"이제 와서 지나간 일이 다 무슨 소용이냐고 하던걸요. 자기도 모르겠대요! 젊어서 피가 들끓어서 그랬던 거 같다나 뭐라나. 허긴 뭐, 이제 와서 확실한 대답을 들은들 어쩌겠어요? 이미 다 지나간 일인데. 그래도 그 한마디는 분명히 합디다. 세상에 태어나서 강 선배 가슴을 뜨겁게 했던 여자는 저 말고는 더 이상 없었다고요. 그것으로 족해요, 전."

자신 있는 사람만이 쉽게 말하고 쉽게 쓴다

서울대학교 중문학과 명예교수 **허성도**

　나는 작가 김해미를 잘 모른다. 목척교 건너편을 지나고 있는 어떤 여인은 그래도, 무슨 옷을 입었는지 머리 모양은 어떤지 걸음새로 보아 바쁜 일이 있는지 없는지 정도는 알 수 있지 않은가? 그러나 나는 내가 대학교, 김해미가 고등학교 시절에 돌샘이라는 문학 동인회에서 만난 이후로 이 글을 쓰는 지금까지 50년 가까이 한 번도 만난 적이 없다. 그녀가 대전에 살고 나 또한 대전이 고향이므로, 버스나 열차에서라도 아니면 길가에서 싸우는 사람들 구경꾼 사이에서라도 한번쯤 만날 수도 있으련만 여태껏 한 번도 만난 적이 없다. 그러니까 드러난 인연으로 치면, 목척교 건너편을 지나는 여인들보다도 나는 더 김해미를 모른다.

　금년 초 어느 날 나는 문득, 페이스북에 그녀의 이름을 쳐보았다. 그 이름의 소유자가 얼굴도 알 수 없는 작은 사진과 함께 떠올랐다. 나는, 귀하가 돌샘 문학 동인이었던 그분인가를 정중하게 물었고, 그녀는 그렇다는 답을 해옴으로 우리는 그렇게 연락이 되었다. 인연이란 무서운 것인가 보다. 이렇게 몇 번 소식이 오가는 중에 작가 김해미는 생애 첫 창작집을 낸다며 나에게 발문을 써 달라고 요청해왔다. 정성스런 편지글도 아니고, 제법 정중한 음성 전화도 아니고, 속도만 빠르고 무정하기 그지없는 이메일을 통해서다.

나에게는 오래된 한 가지 습관이 있다. 기왕에 들어주어야 할 요청이라면 5초 이내에 '오케이!'라고 답을 한다. 그리고 1분이 지나면 가슴 아픈 후회를 시작한다. 55초는, 내가 이 일을 잘할 수 있는지 없는지 이 일이 중요한지 중요하지 않은지, 굳이 내가 꼭 해야 할 일인지 아닌지를 파악하는 시간이다. 그 날도 이 습관이 발동하여 나는 흔쾌히 대답했다. 그리고 습관대로 1분이 지나기 전에 후회를 시작했다. 내 대답의 흔쾌함이 매달고 온 답답하고 우울한 심정을 김해미는 상상도 못 했을 것이다.

미리 밝혀둘 것이 있다. 나는 문학전공자가 아니다. 고등학교를 졸업한 이후로 작품을 써 본 적도, 더더구나 다른 사람의 작품을 평가해본 적도 없다. 이 글을 여기까지 읽은 분들은 '그렇다면 당신이 뭐하러 이런 자리에 글을 쓰느냐?'라고 항의할 수도 있다. 그러나 그런 분들은 이러한 비난을 마땅히 작가 김해미에게 돌릴 것을 감히 권한다. 나는 나의 습관에 순간적으로 충실했을 뿐, 아무런 잘못도 없기 때문이다. ― 독자 여러분이 이 부분에서 최대한 박장대소나 최소한 슬며시 미소라도 지어주신다면 나는 그 은혜를 평생 잊지 않을 것이다. ― 독자 여러분께서도 습관의 순간적 실수로

쓸데없는 물건을 얼마나 많이 소장하고 계시는가를 돌이켜보시라!

그러므로 다음에 제시되는 나의 견해는 전문가의 견해가 아니다. 그냥 무심히 산길을 지나다가 무심한 산천을 보고 무심히 주절대는 중얼거림 정도로 치부하여 주시기를 두 손 모아 부탁드린다.

서양 철학의 핵심은 통찰이다. 서로 무관한 것들 사이에 존재하는 공통적 원리를 찾아가는 것, 그것이 통찰의 핵심이며 통찰의 정수이다. 그러므로 서양철학은 각각 다른 사람들의 각각 다른 삶의 양태에 존재하는, 혹은 존재해야 한다고 생각되는 것들을 부단히 찾아오고 부단히 찾아간다.

김해미의 소설이 반가운 것은, 이러한 통찰이 작품마다 편안하게 숨 쉬고 있기 때문이다. 통찰의 하나는 삶의 진실이고 다른 하나는 삶의 가치이다. 그녀는 각각 다른 사람들의 삶 속에서 끊임없이 삶의 진실과 가치를 찾아간다. 삶의 진실과 가치는 너무나 단순하고 간단해 보이기도 한다. 그러나 그들이 단순하고 간단해 보이는 것은 그것이 이미 밝혀진 것만 보았기 때문이다. 삼각형의 내각의 합이 180도라는 사실은 너무나 간단하고 쉬워 보이지만, 탈레스가 이를 증명하기 전까지는 이 사실을 아는 사람이 인류역사상 한 명도 없었다.

〈이등변 삼각형〉에서 김해미는 통속적 인물 '박'의 삶을 보여준다. 김해미는 그의 이름조차도 제시하지 않은 채 그냥 '박'이라고 부른다. 이것은 상징이다. 이름 없는 '박'은 세상 사람들이 흔히 말하는 통속적이고 세속적으로 사는 사람이다. 그렇다면 통속적이고 세속적으로 사는 사람은 존재의 가치가 없는가! 세상 사람들이 통속적이고 세속적인 사람이라고 평가한다면 그의 모든 삶도 통속적이고 세속적인가? 그래서 그는 마침내 존재의 가치도 없는 것인가? 이것이 김해미의 의문이다. 김해미는 스스로 제시한 의문에 해답을 제시한다. 작품의 마지막에서 김해미는 '박'을 비판하던 사람들 중의 아무도 이루어내지 못하던 결과를 마침내 이루어낸 '박'을 보여준다. 우리가 비판하는 세속적 통속적 근성이란 과연 정확한 비판인가? 그것은 어디에 근거하는가? 이 마지막 부분에서 김해미는 '세상 사람들이여! 함부로 판단하지 말라'고 선언한다. 고대 그리스의 철학자 피론은 '판단중지(epoche)'를 주장했다. '사물의 객관적 본질은 파악할 수 없는 불확실하고 식별 불가능한 것이며, 어떠한 감관(感官)의 감각이나 판단도 그에 대하여 참이라고도 거짓이라고도 말할 수 없다.'는 것이 그 내용이다. 나는 그러한 사실을 적확한 현실로 제시한 〈이등변삼각형〉이 그래서 반갑다.

〈홀로 아리랑〉은 치매에 접어든 '윤노인'이 치매가 더 심해지기 전에 가족에게 자신의 추한 모습을 보이기 싫어하다가 마침내 제초제를 집어 드는 장면으로 끝을 맺는다. 아! '윤노인'의 자기 살인인가! 그러나 이 장면 다음에 단락이 바뀌고 단 한 줄의 문장이 더 제시되어 있다.

"달이 참 육시럴하게 밝았다."

이 단 한 줄의 문장이 〈홀로 아리랑〉을 설명해준다. 이 작품 어디에도 아리랑은 없다. 아리랑 비슷한 흥얼거림도 없다. 생의 마지막 길을 안내해줄 제초제를 집어든 그 달밤만이 〈홀로 아리랑〉인 것이다. 그리고 그 달이 참으로 육시럴하게 즉, 찢어 죽이고 싶도록 밝았던 것이다. 여기에 작가 김해미의 해석이 묻어나온다. 제초제를 집어든 윤노인을 밝혀주는 달을 죽여 버리고 싶은 것이다. 왜일까? '윤노인'과 같은 부류의 근거 없는 자존심, 병이 들면 고통을 당해야 하는 당연한 섭리를 거부하는 삶의 진실과 전혀 관련 없는 그런 자존심을 위하여, 우리는 모두 제초제를 들고 있기 때문이다. 현대의 미신이라는 돈과 권력. 이것이 제초제라는 것이 작가 김해미의 호소이고, 그 제초제를 남몰래 마시고 싶어도 달빛은 이를 만천하에 드러내 준다는 것이, 그 달을 찢어 죽이고 싶은 이유일 것이다. 아아! 고려시대 시인 이조년에게는 "이화(梨花)에 월백(月白)했던 달"이 21세기의 작가 김해미에게는 찢어 죽일 달이 될 줄을 그 누가 알았으랴!

〈접붙이기〉의 진실도 위와 흡사하다. 〈접붙이기〉에는 작가의 문학적 결론이 보이지 않고 문학적 서술만 제시된다. 그런데 주인공의 삶이 진실인지 아닌지가 구별되지 않는다. 우리는 주렁주렁 감이 달린 감나무가 애초에 감나무였는지, 고염나무에 접을 붙여서 감나무가 되었는지를 모른다. 우리는 매실나무가 원래 매실나무였는지, 복숭아나무에 접을 붙여서 만들어진 것인지, 살구나무에 접을 붙여서 만들어진 것인지를 모른다. 아니 알려고 하지도 않는다.

감과 매실은 그 자체로 완전한 과실이므로 우리는 그것을 볼 뿐이다. 그러나 식물학적으로 파고들면 그것들은 모두 원래 자신의 모습이 아니다. 보이지 않는 나무의 진실, 알려고 하지도 않는 접붙인 나무의 진실. 그것이 작가 김해미에게는 삶의 문제로 다가온다. 보이지 않는 삶의 진실, 알려고 하지도 않는 삶의 진실을 돌아보자는 작가의 지적에 독자의 가슴은 조금씩 아려온다.

〈좋은 그림 찾기〉는 위에 거론한 작품보다 일찍 출세간(出世間)한 작품으로 보인다. 그러나 일찍 출가한 승려가 나중에 출가한 승려보다 먼저 성불한다는 보장이 전혀 없듯이, 작품의 나이를 굳이 문제 삼지 않는다면 이 작품은 위에 거론했던 작품과 외형이 조금 다르다. 〈좋은 그림 찾기〉의 주인공은 속고 사는 부정의 삶을 이어간다. 그리고 마침내 그 부정의 삶을 인정해버린다. 얼핏 이런 형식의 삶은 현실과의 타협이거나 패배로 보이기도 한다. 그러나 주인공은 철저한 부정의 삶 속에서 철저하게 화가로서의 자신의 삶을 이어간다. 그러다가 일어나는 대반전, 주인공은 그 부정의 삶 속에서 진실을 창조해낸다. 그렇던가? 더러움 속에도 정결함이 있다는 쓰레기를 뒤지는 소녀의 손길이 고울 수도 있다는 이야기가 펼쳐진다. 아! 진실은, 거짓스런 삶에서도 싹터 나온다는 사실을 작가 김해미는 말해주고 있다. 그러므로 우리는 거짓의 세계에서도 용감하게 살아갈 용기를 얻는다.

〈황혼 이혼에 대하여〉는 인간의 삶이 기하학적 도형이 아니라는 사실에 주목하는 작품이다. 원이나 삼각형은 반듯하다. 그들은 각각 그들의 정의(定義)를 가지고 있고 그 정의에 충실하다. 그러므로 딱 보면 그 도형이 어떤 도형인지를 안다. 잘못 그린 원이나 삼각형을 우리는 재빨리 알아보고 심지어 잘못 그린 원인도 명쾌하게 지적할 수 있다.

그런데 우리의 삶도 그런 것일까? 삶에도 유형이 있고, 그 유형에 대한 정의가 있고 그런 정의에 어긋나면 그것은 잘못된 삶이라고 지적할 수 있을까? 이혼이라는 삶의 유형이 존재하고 이에 대한 고정적 관념이 존재한다. 다행스럽게도 이혼의 정의는 법률에만 존재한다. 그러나 법률에도 황혼이혼에 대한 정의는 없다. 그러므로 황혼이혼에 대한 고정적 관념만 우리들 사이에 존재한다. 우리의 삶은 대개 이러한 고정적 관념의 지배를 받는다. 자아와는 전혀 무관한 공간적 사회의 고정적 관념이 감히 나의 삶을 지배하려 하고, 대개 그들의 지배는 성공한다. 이러한 지배는 타당하고 이러한 지배를 당하는 것이 순정한 삶인가? 그 경우에 자아는 내 삶의 어느 부분에 위치하는가?

작가 김해미는 삶은 기하학이 아니라고 주장하며 황혼이혼에 대한 고정적 관념에 대하여 조용히 푸른 빛 저항의 깃발을 든다. 당신들이 설정한 관념적 유형이 실제로는 삶의 진실과 아무런 관련이 없다는 것을, 심지어 그 관념적 유형이 실제로는 순수가 아닐 수도 있다는 것을 주장하고 있는 것이다. 이 소설의 끝에서 작가는 여기까지 읽어준 독자에게 쌈박한 선물도 준다. 동서간의 고정적 관념도 사실이 아닐 수 있다는 지적이 그것이다.

이상의 작품들이 삶의 진실의 문제를 다룬 것이라면, 다음의 작품들은 삶의 가치문제를 다루고 있다.

〈수의(壽衣)〉는 새로운 가치의 발견을 다룬다. 그 가치는 우리의 옆에 항상 있는 눈만 뜨면 보이는 가치이지만 그러나 아무에게도 좀처럼 보이지 않았던 가치이다. 이러한 새로운 가치 발견의 순간이 석가모니의 보리수 아래서의 득도의 순간처럼 장엄하게 묘사되던가 아니면 최소한 충격적으로 묘사되기를 나는 기대했다. 그러나 작가 김해미는 이 부분을 너무나 밋밋하게, 전문적 비평가들이 보면 너무나 상투적이라고 말할 그런 정도의 서술로 마치고 있다. 한글만 알면 읽고 이해할 수 있을 정도로 쉬운 문장이다. 그러나 나는 이 부분을 찬란하거나 장엄한 수식을 포기한 '겸허한 설명'이라고 부르고 싶다. 도연명은 이러한 자세를 '수졸(守拙)'이라고 했다. '온몸에 못남을 간직하다'라는 뜻이다. 나는 작품의 핵심을 이렇게 간결하고 쉽게 설명한 김해미가 갑자기 위대해 보인다. 김해미 만세! 이것이 내 평생 한 여인을 향하여 외친 유일한 만세다. 나는 선덕여왕이나 클레오파트라에게도 이런 만세를 외친 적이 없다.

〈유나〉라는 소녀는 암으로 세상을 떠나야 한다. 그 소녀는 더 살고 싶다. 그 이유는 '데이트도 해보고 나이트도 가보고 첫 키스도 해보고 싶기' 때문이다. 이것이 암으로 세상을 떠나야 하는 소녀 유나의 최대의 삶의 가치이다. 하릴없는 성교도 많이 해보고, 늙어서는 기억도 나지 않는 의미 없는 키스도 오지게 많이 해본 성인들에게 유나의 가치는 실로 덧없어 보인다. 그렇다! 실로 덧없어 보이는 가치에 대하여 김해미는 소설 〈유나〉에서 설명하지 않는다. 그러나 그녀는 이렇게 속삭이는 것으로 보인다. '당신들의 가치도 지서스 크라이스트나 고타마 싯타르타, 아니 보통 사람 노자나 공자, 맹자가 보면 이보다 더 덧없고 실없어 보인다구요. 뭘 유나를 보고 웃으시나요? 이제 유나에게서 웃음을 거두시지요!'

〈봉호 오라버니〉에서 작가는 놀라운 통찰을 슬쩍 보여준다.

'나는 처음 할머니의 그 말을 듣고 화들짝 놀랐다. 할머니는 내겐 처음부터 할머니였으므로, 할머니에게도 청춘이 있었으리라고는 단 한 번도 생각을 못해봤던 것이다.'

작가의 이러한 관점과 묘사는 탁월하다. 물리학에도 역사적으로 이러한 관점이 대립한다. 누군가 공중으로 사과를 던졌다. 사과는 최대한 높은 곳으로 올라갔다가 물리학적 원리로 잠시 그곳에 머문다. 그리고 바로 떨어진다. 누군가 때마침 창문을 열었는데 그것은 사과가 떨어지는 순간이었다. 그는 사과가 떨어지는 것만 보고 사과가 왜 떨어지는지를 궁금해했다. 그리고 그 원리를 밝히고자 했다. 이것이 뉴튼 적 관점이다. 그런데 어떤 사람이 창문을 열었을 때, 사과는 최고 정점에 정지해 있었다. 그는 왜 사과가 저곳에 떠 있는지를 궁금해했다. 그리고 그 원리를 밝히고자 했다. 이것이 아인슈타인 적 관점이다. 그리하여 뉴튼은 만유인력의 법칙을 찾아냈고 아인슈타인은 만유인력이 있음에도 불구하고 해와 달과 지구와 수많은 별이 왜 부딪쳐서 폭발하지 않고 우주에 떠 있는지를 우주상수라는 개념으로 설명했다. 관점은 이처럼 세계를 바꾼다.

〈봉호 오라버니〉에서 주인공이 할머니를 바라보는 관점은 아인슈타인 적 관점이다. 할머니의 앞이나 뒤는 보이지 않는다. 그런데 어느 날, 놀랍게도 주인공에게 뉴튼 적 관점이 제공된다. 할머니의 삶이 입체적으로 보이기 시작하는 것이다. 그리고 그 삶의 유일한 가치가 찾아진다. 바로 자신을 한번 찾아와준 〈봉호 오라버니〉의 한마디이다.

'건강이 워나기 안 좋응께 언제 또 날 보러 올지 물러서 그래서 내 소식들은 김에 그냥 내려와 본 거랴. 나가 이렇게 건강하고 다복하게 자~알 살고 있는 거슬 보니 이제야 맘이 좀 놓인다고도 하더랑께.

시상에 있는 고상, 없는 고상 다 시켜놓고 마즈막에 나가 어렵사리 마련해놓은 집 두 치까지도 말아먹은 영감헌테도 한 번 못 들어본 말 아니여…. 아아, 참 따순 양반…. 내 살아생전 그 오라버니한테 그런 따수운 말 들어 봤응께 더 이상 원도 한도 읍어야….'

이것이 할머니를 할머니가 아니게 보이도록 한 한마디의 말이며, 할머니를 가치 있는 삶의 주체로 만든 단 한 마디의 말이다. 아아! 그렇다. 부모 처자 버리고 머리 깎고 입산수도하여 인류의 삶의 가

248

치를 찾아가는 사람도 인류의 하나이고, 이 할머니도 인류의 하나 아닌가?

〈동지미국 전(傳)〉은 줄거리의 설정 자체가 너무나 보편적이고 너무나 흔해 빠져서 마치 삼류 영화 같다. 그러나 여기에서 작가는 그 흔해 빠진 세상의 가치를 확인해준다.

"이제 와서 지나간 일이 다 무슨 소용이냐고 하던걸요. 자기도 모르겠대요! 젊어서 피가 들끓어서 그랬던 거 같다나 뭐라나. 허긴 뭐, 이제 와서 확실한 대답을 들은들 어쩌겠어요? 이미 다 지나간 일인데. 그래도 그 한마디는 분명히 합디다. 세상에 태어나서 강 선배 가슴을 뜨겁게 했던 여자는 저 말고는 더 이상 없었다고요. 그것으로 족해요, 전."

작가 김해미에게는 바로 이런 가치, 삼류 영화 같은 이런 가치가 어떤 사람에게는 바로 존재의 가치라는 사실이 강렬하게 인식되고 있다. 그러므로 감해미의 소설에서는 모든 사람이 살아갈 모든 가치가 인정된다.

이 글은 지금까지 김해미의 작품에 보이는 진실과 가치의 문제를 찾아보았다. 다른 사람의 눈에는 잘 보이지 않는, 대개는 손쉽게 지나치는 삶의 단편들이 그녀에게는 소중하고 상큼한 문학의 주제가 된다. 그녀의 소설에는 엄중한 철학적 진실이나 장엄한 철학적 가치가 아닌, 우리 주변 사람들의 진실과 가치가 들꽃처럼 빛나고 있다. 들꽃의 아름다움을 아는 사람은 축복받은 사람이다. 눈만 돌리면 언제나 행복할 수 있으니까. 그러한 진실과 가치에는 삼류영화 같은 것들도 있다. 그런데 놀라운 것은 그러한 진실과 가치로 말미암아 그녀의 소설에는 진실과 가치로부터 버림받은 외로운 사람이 없다는 사실이다. 우리의 일상에서는 소외된 것처럼 보이는 사람들이 모두 김해미의 소설에서는 소중한 진실과 가치를 지닌 아담과 이브의 자손이 되거나, 전생의 인연으로 이 우주에 존재하는 별처럼 소중하고 빛나는 존재로 숨 쉬고 있다. 생각해보라! 〈봉호 오라버니〉의 한 마디에 삶의 가치를 찾은 그 할머니의 한 생애를 누가 소외된 삶이라고 규정지을 수 있으며, 세상을 뜨기 전 마지막으로 성직자의 첫 키스를 받은 〈유나〉의 꿈을 누가 무의미하다고 판정할 수 있겠는가? 김해미는 이리하여 마침내 세상에 존재하는 모든 진실과 가치는 동등하다는 판정을 내린 것으로 보인다. 이에 따라 모든 진실과 가치의 질량도 동등한 것으로 그녀는 보는 것 같다. 이러한 결론은 참으로 반가웠다. 이 세상에 존재하는 누구나 그 존재의 진실과 가치는 소중하다는 사실이 확인되는 것이므로! 그러므로 모든 형태의 삶이 모두 존중되어야 한다는 사실이 확인되는 것이므로! 이것이 내가 김해미의 소설에서 받은 가장 강렬한 인상이다. 고흐의 그림에 나오는 삼나무와 해바라기 같은, 좁은 캔버스에서 그들을 마구 움직이게 하는 남부 프로방스의 햇빛 같은 그 강렬함이, 오랜만에 만나는 그녀의 작품을 쉬지 않고 읽어가도록 만들었다.

마지막 췌언이다.

김해미의 소설은 쉽다. 머리 나쁜 사람은 줄거리 전개도 모르게 만들어 놓는 괴이한 소설이 아닌 것이 참으로 반갑다. 그리고 문장의 서술도 쉽다. 한글을 이해하면 알 수 있도록 동화처럼 쉽게 읽힌다. 이것은 실로 대단한 일이다. 지금까지의 필자의 경험에 의하면 자신 있는 사람만이 쉽게 말하고 쉽게 쓴다. 예수는 쉽게 말했으나 신학자의 글은 어려우며, 석가모니는 쉽게 말했으나 선사들의 설법은 어려운 것이 이런 이유일 것이다. 앞으로도 작가 김해미의 이런 자세에 변함이 없기를, 정화수 한 그릇도 떠놓지 않은 채 빌어본다.

좋은그림찾기

초판 1쇄	2016년 07월 20일
지은이	김해미
발행인	김재홍
편집장	김옥경
표지 디자인	김유리
디자인	박상아, 이슬기
마케팅	이연실
발행처	도서출판 지식공감
등록번호	제396-2012-000018호
주소	경기도 고양시 일산동구 견달산로225번길 112
전화	02-3141-2700
팩스	02-322-3089
홈페이지	www.bookdaum.com
가격	13,000원
ISBN	979-11-5622-198-2 03810
CIP제어번호	CIP2016016597
	이 도서의 국립중앙도서관 출판도서목록(CIP)은 서지정보유통지원시스템 홈페이지 (http://seoji.nl.go.kr)와 국가자료공동목록시스템(http://www.nl.go.kr/kolisnet)에서 이용하실 수 있습니다.